莫斯科的情人：Влюбленные

白樵——著

目次

II 詞根一
寒帶語言學

III 詞根二

情人巡迴展覽畫派

IV 後綴反身動詞

名家推薦

（按姓名筆劃排序）

夾縫的言語，折射的幻術

《莫斯科的情人》的風格使人想起卡夫卡與王文興，如此專精於——以破體語言創建自我獨特文學世界。這是一本非典型散文，以異質的語言，探問散文可以如何展演符號技藝？如何以極致抒情，抵達主體的智性表述？敘述者在情人們與「我」、俄語和中文之間，彼此交疊擺盪的精準與失準；擦出語彙的流變創造，甚而隱然逼近體類邊界的微革命。白樵以身煉字，以心渡文，用個人生命小史折射時光走訪的落塵時代；在已戰與未戰的俄國記憶花火間，描摹眾聲喧譁的愛。

——李筱涵

肉身是經驗的怪手與推土機。一種執拗的形象，從童年與青春期開始組合成形，像在沙漠上持續不斷以手挖掘，汗液、血液、體液，從臺灣到世界不休地擴散流淌，最後倒灌匯聚而成的就是作家專注的書寫之姿——那隻書寫的手。白樵在《莫斯科的情人》裡告訴我們最寶貴的東西，是節奏，是在暴亂的成長過程及錯位的人際關係裡，肉身縱使迷亂狂歡，當經驗最終包裹進文字容器時，依然可以穩定得在爵士鼓點上縱情起舞。又或在舞姿裡一個媚行的反向提問：沒有經驗，不是還有肉身嗎？不是還有願意挖掘的手勢嗎？

——沐羽

語言的美，齒與唇輕顫從喉間吐出的聲音，從第一個音到更多音，那些複數包含著曾稱為「我們」的詞。

俄語的繁複、神祕、曖昧，及各種用法，如人生遊戲，大寫、小寫、前綴、各式格位，從場際遇中，開始懂得語言的正確用法，或是關於「我」的正確用法。

這本散文集，是樵寶的人生語言學，建構出後來的自我，安妮・艾諾以身體為敘事容器，語言則是樵寶的容器，每個構詞法，在雪國的凝凍中，成為了火熱的他，說著只屬於他獨特腔調的語言。

——林徹俐

字母蜿蜒過唇齒而為語言，慾望流經身體而為我。白樵借聲／身的對位，回溯年少時孤身遠赴極北苦寒地求學諸般見聞；徘徊於語言和非語言的種種衝擊之間，他大膽涉入，碰撞，糾纏，爾後空手奪白刃般一舉奪回自我。《莫斯科的情人》是冰天雪地中一枚熊熊燃燒的火石，其豔異與險峭，滾燙與剛烈，足以使臺俄兩地的讀者有了共同的焦點。

——栩栩

白樵的文字精煉卻又複沓綿密，短短數語，總輕易地拋擲出許多接連不斷的意象，構築一個又一個於讀者而言，不那麼輕易進入的文字空間。也因此特別喜歡白樵的長文，獨特的文字節奏，動用所有感官的敏銳經營，閱讀時總有種非日常的劇場感，聲音、身體、氣味、視覺，無不華美，並經由如詩般的文字唸誦，將世間的愛恨嗔癡禱入天聽。

——楊莉敏

《莫斯科的情人》是從九座正字記號抽取出來的靈魂，真正的情人不是一具軀體，情人是語言，而語言裡頭的每一詞根、每一文法，都鑲著城市與民族的精魄。白樵將那些年俄國的物與人，透過多語間的不同聲調、透過筆尖與舌尖相互轉譯，抵達了他個人書寫創生出的私語系……多少潮人夜戲與傷痂血書，一夜夜、一頁頁譜成了他多重華麗的完美賦格。

——蔣亞妮

白樵每次出手都是一場絕無僅有的展演。他的莫斯科，我期待了三年。

——鄧九雲

異種之根

摘心，梳枝，剪定，我們有忒多整理、控制植物枝葉生長的手段；然而，植物的根卻是難以修剪的。

若將我們對付一生的過程比喻為對付植物，我們總有各式各樣的辦法改變身上的東西：外貌、智識、語言——但，對那些不在身上的東西，不在身上卻決定了自己的東西，族裔、家史、歧見——那就是根，是意志難以抵達的地方。

從上一部散文集開始，白樵已然塑建他作為敘事者的鑾骨形象：強悍至叛逆，堅決到決絕，那是對枝葉的絕對控制，一位和植物同等頑強的園丁。而在《莫斯科的情人》，他則呈示對根的莫可奈何，他曾以為語言和藝術是他用盡全力長出的花與實，然根仍在原地。根可能還因此，更張揚更網羅了。

異類可以學會同類，異種卻無法成為同種。我們從更深的地方不一樣。而那裡，是難以修剪的。

——蕭詒徽

推薦序

煉酷兒記

楊佳嫻

從《風葛雪羅》到《莫斯科的情人》，白樵蝕刻怪誕家庭與猙獰成長的酷兒之我，精靈在靜止之屋中閃回遙遠過往，記憶宛如毒藥糖心。人生戲劇如此真實，所以酷兒之我走向了文學？文學究竟提供了儲藏室、告解室抑或診療室？欲望如此頑強，青春不堪稍縱，而古老異國苦寒如神話，所以酷兒之我以身焚之煉之？十分紅時，凝為鋼，化為灰，一體並存。

雖然臺灣男同志散文寫認同多過於寫欲望，其欲望城國卻也泱泱可觀。和欲望正面對決者，如陳俊志、李幼鸚鵡鶺鴒、唐墨等，曲折表露者，如王盛弘、馬翊航、陳栢青、程廷、謝凱特等，成長中摸索，情愛變遷中浮露，可能與家／族脈絡中糾纏，也連繫到性別氣質的多元化、交友管道的便捷化。白樵《莫斯科的情人》中跨國情欲活動依托於網路交友軟體，多語能力添翼，拓荒可能性大幅增加，是一份私人田野報告，也是一趟不斷修改河道的旅程，呈示諸般細節，抵著肉身寫。他且有意鍛鍊一種華美而崎嶇的文體，以此領我們攀走白堊地形，爬藤與蟲化石傷痕般啃著腳底。

對於盤錯於體內那一份同而不同的欲望，書中〈Divina Commedia〉扣問：「將惡殲滅，淨滌，掩埋後的我還會是我嗎？」所謂「惡」，即知罪而犯罪，認識界線卻仍輕慢跨過，比方不願穩定嚮往浪蕩，比方在完滿處鑿洞，比方恥笑醜人、排擠弱者，比方青少年發現竟能輕易左右成人世界的秩序。敘述者在原本叛逆現卻皈依主的女性友人引領下，見識了某教會顛狂聚會，他想：「激情本質同根。我們心扣問，幾經思索，推想罪之諦，應是放大本我，而神聖的前提則須屏棄私己。藏在以神為主體的嚴謹結構下，是與學校，社會生活無異的壓迫與控制。」比起獻出自我，用神之名，壓制異端，他更願意「當名自私而快活者」，甘為惡人、罪人，且自信「與偽善的法利賽人相比，決絕的惡與罪，原是如此聖潔，純粹」。

所謂惡與罪，未必等同於敘述者真認同此一說法，它是相對於社會一般觀念的說法，也同時是行惡與罪者藉由無畏揭露與實踐，強調其無惡與非罪。這樣的信念，正與書中第二輯「詞根一：寒帶語言學」和第三輯「詞根二：情人巡迴展覽畫派」的多篇文章互應。對「我」來說，在臺灣固然已初識同性情欲，做過禁忌的事，卻尚未領略核心，須待赴俄羅斯後在另一時空裡感受孤獨與自由後，才有機會重識滋味——基輔的帕維爾，莫斯科崇拜東方文化的光頭佬，聖彼得堡的西琉沙與馬克辛，網友的朋友的男友凡尼亞，演奏爵士鋼琴的康丁斯基，躲藏於異性戀關係裡的伊格爾，性格體貼的小安東，凡此人眾，〈雪時肉啟〉中的比喻：打開且重整了「閉鎖而多霧的莊園」般的身體。

若與這個情人起了齟齬，不必自溺，轉往另一個可造之人，即可疏通。交友軟體把同人們成群帶到彼此眼前，指觸搭建關係，蘊藏種種機運。在這個基礎上，不受一對一真愛神話籠絡，不再局限於既定人際網絡，實現情色世界共和國，邊境不斷推闊。情人們也如同窗口分散又層疊，帕維爾以身體為盞，把烏克蘭活生生帶來，馬克辛領路聖彼得堡的同志三溫暖與璀璨夜生活，以及尋常市民居住的窄仄老舊後蘇聯時期公用住宅。凡尼亞想必極具魅力，驅動了敘述者高昂的想像力，性愛流動呼哧奔騰，我極喜歡〈凡尼亞〉一文以蘇聯畫家彼得洛夫・沃特金的畫為擬：「眼前兩名結實高加索男子，如其作《男孩們》一金髮，一深褐，他們彼此拉扯身體遊戲，裸體金髮男子腳中緊箍的，那匹飽脹昂揚的血色寶駿。所有彼得洛夫・沃特金筆下的遠景，皆因整室滿盈的慾望彎延扭曲。他們的口器成筆，蘸覆飽滿顏料，將我內裡捲藏的畫布，塗抹成一道道嬌豔粉嫩，時而強烈時而和諧的撞色區塊。」

和情欲田野同步發生的，可能還有關於國族自我的掙扎？〈位格〉一文中，白樵定義俄國是一處「充滿悲劇，苦難，哀悽與掙扎的國度」，來自歷史與文學，也來自風土和氣質。從邊緣島嶼臺灣來到巨大的北國，他這樣一個亞洲學生，在此既感受到放逐般的自由，又時時有受貶抑與人身攻擊之虞，日常難以抹除關乎國族的憤怒——那個陽光般的歐洲學生為什麼更受語言教師的青睞？為什麼他不須苦苦追上程度來討教師的肯認？而在學習俄語中「浮」（в，在……裡面）和「納」（на，在……的表面之上）的用法時，發現臺灣是納臺灣，日本是浮日本，引發關於主權的內在思索。語言裡的政治聯想，國族身分的飄浮，對臺灣留學生來說很容易就變成痛點。

然而，獲取國族身分的承認，並非最終目的。〈盧辛斯基〉裡，寫被分配到語言班最高級別，班上同學不少俄語母語者，他是教師盧辛斯基第一個臺灣學生。經歷過課堂上不留情面的奚落，迫使他拚命趕上程度，務必要讓人刮目相看。最後，如願通過語言考試，半帶玩笑問盧辛斯基，自己說俄語時可有刺耳腔調？得到了這樣的回答：「有腔，但那不是臺灣學生慣有，也非華人常見，而是相當個人風格質地。」顯然，能融入他者又保有獨秀質感，乃「非關族裔之個體」，他視為盧辛斯基給予的「最高禮讚」。可見主體性如芽也如刺，試著伸展也試著抵禦，來自臺灣的酷兒，其主體性未必只能依附國族存在。

本書所收文章可分為兩大類，很大一部分是帶有暴虐自省氣息的抒情散文（包括全書末尾宛如悼曲的〈別父歌〉），另一小部分則扮演譯介角色，為華文讀者勾勒當代俄文文壇風貌，或在安妮·艾諾獲諾貝爾文學獎後，專文闡說其作品特質與在法國的地位。白樵能事多語，俄文系出身、曾在俄羅斯留學，後赴法國研究斯拉夫文學，這樣複合的背景，加上他關注俄法當代文壇而非只知道經典或小範圍知識，相信已經成為出版界與媒體需要此類專家時的重要人選。有意思的是，本書中不只有他譯介工作的成果，〈翻譯者的孤獨劇院〉、〈翻譯者的孤獨經濟〉二文也呈現了譯介工作內在的尷尬、侷促與傷害。

不高舉愛的純真旗幟，寫欲望的黏稠與裂縫，寫自鄙與自戀近乎傲慢（也是一種罪嗎？）且無任何悔疚，正是《莫斯科的情人》最吸引人之處——就是〈波麗路蟲舞〉最後那句，「迫不及待地想把自己，弄得更髒一些」。

推薦序

異境試身拭身與終將逝身

鍾文音

這是文字極具風格化與才華洋溢的作者，且坦率得淒美。

我在二〇二〇年初讀白樵小說〈南華夫人安魂品〉，當時力推此作品獲得鍾肇政文學獎小說類首獎，至今闔眼回想內容，仍輕易可召喚小說的華麗詠嘆與獨特腔調。

當時我的推薦語：

小說之難還難在作者運用第一人稱「我」的觀點，此觀點必須付諸於一種現實感，因而小說的現實就端賴作者必要的用心建構（經驗性材料該如何為作者所用），在現實之中，且能暈染出某種想像的魔幻色彩，可說是篇貼近現實卻又能脫逸現實的精采小說。

而這回，他不僅撥弄小說類別，也「持續撥弄散文類別的曖昧肌理。」

白樵新作《莫斯科的情人》迴異小說華麗之風，此次貼近地面（雖語言仍屬白樵腔），平實敘事，坦然相見，毫不遮掩。

全書在異鄉情人們與童年的回眸中，夾入了兩篇論述：以〈灰色畫像〉書寫心儀的法國小說家安妮．艾諾，以〈多聲部崩解〉描摹近代俄國文學家群像。穿插這兩篇看似突兀，但卻使全書在身海的激流湍湍中，注入了心河的靜靜無言。

使全書帶著既性感（感性）又靈性（性靈）的廣度，媚眼迷濛處處卻也醒眼微察徐徐。猶如是白樵以他者為鏡，以她（他）方的身體告白來對映自己的身體懺情，將書評式論文體夾在散文的抒情與敘事中，感知交融，身心融雜，此體例白樵稱之為「智識性散文」。

在我看來，可謂是在智識的硬石上開出轉眼凋萎的血（雪）肉之花。

全書結構以其擅長的法、俄「寒帶語言學」為框，以構詞學為骨，輻射開展架設出如羅蘭巴特式的戀人「絮語」：前綴、詞根（語音、字源、風格、語法、位格、呼格、予格、屬格、具格、受格）、後綴。以詞條或構詞為結構的書寫，也讓我想到大陸小說家韓少功的名作《馬橋辭典》，當然在內裡上白樵展開的是身體與智識的詞彙，和韓少功以小村的農民生活為肌理自是完全迥異，但有意思的是即使如此的迴異，卻讓我想到封閉性的相似，韓少功的馬橋村是空間的封閉，白樵的身體是情色的封閉。

白樵的書寫也可說是另類的自我劇場，是從內部核爆出的精雕細描，如無內部向外的核爆力量，將難以顯化時空的無盡流動，難以撐托他的一地又一地，一站又一站。

將身體掏空成敘事容器。

白樵用了兩個名詞重新觀照挖掘私我的小說書寫：個人式社會檔案學（自我的社會學式傳記）、自我虛構。

彷似我們熟悉的「私小說」。

這讓我想起年輕時閱讀的日本小說家山田詠美一系列書寫性愛異色的直白小說。在私與淫之間，在思與詩之中，性愛發聲是雙面刃，寫不好絕對是九流之作，但寫得好也經常被一語帶過的輕蔑化。誰能理解以自我為身的解剖之難，畢竟大歷史敘事容易獲得掌（獎）聲，然誠如白樵所寫：

彈跳在群眾與大寫的歷史之間，而裡面的情感，慾望全然炙烈，是那底層灰上噴濺的星火燎原。

燃燒的是自己，照亮的很可能也只能是自己（當被偏見看待時），白樵以安妮．艾諾為鏡，說來也是為這種書寫尋找新的位置，畢竟安妮．艾諾寫了一輩子卻從無視他者眼光，最終還拿下了二〇二二年諾貝爾文學獎的殊榮。安妮之鏡，照出了白樵可優游航行的天地。

文學的自我性需索強大的意志力。

文學寫作不能因礙於他人目光或欲得掌（獎）聲而停滯在安全認可的領域裡，必須跨界，越界：破枷鎖，扯封印。

在我這麼多年的寫作生涯，我也常以筆墨挺進魔鬼的盛宴，當然也得提醒自己在勇氣前行時必須以智慧作前導，因為別忘了魔鬼可不是省油的燈。

我想白樵是非常意識到自己的身體的開發，從無邊界到有邊界，他在盛宴之後，以文字筆墨解醉，重新回看翻身即逝的慾望狼藉。

白樵擁有一顆自由又奔放的逆行靈魂，面目燦麗又蘊含智識，讓我想起維吉尼亞．吳爾芙曾寫：「真正的創作力量不是來自於憤怒或者悲傷，而是來自於自由的思想。」

自由且開放的思想，才能跳出制式窠臼，全然投入神祕異世界的陌生召喚，將自己的生命一次又一次的啟程與歸零，在身體空白的畫布，潑灑彩墨或工筆勾勒。

體驗的本身就是嚮往，體驗的本身蘊藏意外，體驗的本身需索勇氣，體驗的本身最後形塑了故事。

故事千百種，唯有迷人的文字風格可以承載翻轉出延展性，將故事化為精神性的手姿。

白樵的書寫，讓我不禁時而回望年輕時的自我遊蕩幽魂。遊蕩在邊界與邊界的世界板塊，在陌生的房間醒來，在溽熱與酷寒的異境感知身心的變化，在陌生化的自我中遭逢另一個也準備把自己陌生化的他者。

我知悉寫作者永遠都在提供一面鏡子，白樵映出了過去的我之幽魂，也將折射出每一個年輕（或將老去）的身體與拒絕被世故化與教條化的心，還有一代又一代嚮往走出圍城，沾黏各種溫度與呼吸各種空氣的遊子，逆者將返，通過每一趟的逆旅，讓逆風不斷翻轉出自己的層層內裡。

用白樵的話，以自身雙負式書寫那反派裡的「悖德」者。雙負，負負不得正，負負得出的是變化，無盡的變化。他細數深淺不一所碰觸的異體，讓我想起離開巴黎的高更，獨自一人在大溪地度過他此生最奢華的痛苦與歡愉，最後換得高更獨有的藝術能量。

身體是過渡之舟，將前往的遠方也許是煉獄後的彼岸。

由此，全書之竟，來到了雙向救贖之不可能，單向救贖容易，雙向救贖牽涉另一個客體，難以代詮。早早自私遠去他鄉的父親終於走到了要踩進老境之齡，於是想要和兒子和解，然子不願，因時間走過，愛難以贖回。

白樵繼續典當記憶，拍賣身體，換得故事碎片，回溯生命時光，將〈別父歌〉置於書末，使全書的思想性與肉慾性來到了親（輕）情性，將身體拉回父子情牽情離的光陰軸線，以此，別父是別賦，賦別曲早已奏鳴送行歌。

子恨父，此恨綿綿無絕期卻也終無能斷去血脈。此又是白樵的真，救贖需要時間，且時間未必給予。

莫斯科（當今多麼讓人刺眼的地名），是我旅程的一個螢光記號。腦海波潮洶湧，滾滾狼煙飛抵白雪飄飄的冷酷異境，月餘之久一個人在俄羅斯的艱難旅程，語言之難，雪國移動之艱。

我經常想起暗褐色血漬咬進織布的詩人普希金的那件亡後的背心外套，經常憶起杜斯妥也夫斯基伏案桌前所對望的燭臺與東正教聖者畫像，舌尖回味伏特加的烈性，吐出俄國詩人阿赫瑪托娃寫的詩句：

我，有過翅膀

自從童年起。

這詩句如白樵飛翔的想像力。

他就像島嶼美男體遊走北國異地白茫茫的雪色大地密室，密室不逃脫，在密室裡美男子將自我異化且多義（方）交媾，異境試身，離去拭身，終將逝身。密室解封，化灰成燼。以身體和另一具身體失速碰撞燃燒墜毀，最後融化記憶，僅餘書寫。

巴黎，亦是我年輕旅行的巨大螢光記號。白樵寫安妮・艾諾，猶如我寫瑪格莉特・莒哈絲，我追逐莒哈絲其人生與文本竟越二十年，最終以《最後的情人》告別青春的巴別塔，一個嚮往座標。我曾寫過巴黎小婊子、巴黎邂逅芳名錄……回到東方，更明白過去歷驗種種，無非都是心性的場場重生，但世人只看見鳳凰，豈見烈焰之疼痛沸騰，暗夜之掙扎難熬。

在我的青春之塚，我看見後行者白樵更勝我，不論見識或坦真，且以其語言優勢，更能深入身體內外意涵與探索文化的層層肌理。

逆光的青春，逆風的身體，白樵寫：帶傷的幽隱渠道。以哀傷填滿空缺。

我思起林黛玉哀傷之餘寫的詩句：質本潔來還潔去。

我們，歷情劫，終還潔。

色身成灰成空，塵埃落地。

白樵寫：與共關係終將消褪成形單影隻的孤獨體。

孤獨體，唯一承接的，僅有書寫與死亡。

猶如我曾說過的：文學是無後者之後，我們的生胚，我們的孩子。

白樵的文字是絕美的，是天才型的，雖約略聞悉一股襲來的荒人之味與木心之氣，但其文體仍是新一代的異國之姿與個體之眼，語言多向的巧妙熔爐之最。白樵以其青春身軀為餌獻祭人生，以其敏銳感知的自心流露書寫，其烈焰之旅只在中途，一切仍屬未竟之竟，而我已看見鳳凰掠過文學天空的初影之美。

自序

反派的可能性內裡

臺北老舊公寓，我的房裡，在堆滿大學至今囤積讀本的褪皮書桌上，近檯燈沿，始終擺著一尊微型東正教聖像畫。

長七公分寬六公分實木磚，正面繪著聖弗拉基米爾。拜占庭風密刻金箔底，聖者棕捲髮，髯鬚濃鬍掛懸，眼神堅毅，穿滿布金縷刺繡圖騰的紅袍紅帽，手執東正教十字架。這是我身旁，除了原文書外，唯一與俄國有直接關聯的物件（以及深藏抽屜，兩本黃皮黑字，政大產，記錄俄國常日流水的筆記）。

早已忘卻何時何地購得與此與我同名之物。十多年來，聖弗拉基米爾靜默在筆電後方，賜我栟㠎與嗣業（即使我為佛教徒）。

曾赴俄兩回，第一次是大二升大三暑假到聖彼得堡遊學，緊接大四至莫斯科大學語言系正式做一年的交換生。所待時數，較留俄讀碩博士之人而言，不長。但一年兩個月，許因性格所然（不安於室，叛逆脫韁），我碰上許多神奇，記憶不渝之事（黃皮黑字，政大產筆記空頁，我畫下九座正字符號，共四十五名深層接觸對象，十三名淺層接觸對象，兩者無重疊計算）。

莫斯科與聖彼得堡市區各處民宅公寓。我以青春為祭，作餌，引領己身開箱漫遊觀光客不曾留意駐足之地。一年兩個月，我總有種，把自己一部分魂魄，遺留在金環內的雪地結界之感；而莫斯科同時亦進入，刺穿了我，將城市爽靈注入我身。

莫斯科是決絕的，俄國文化是決絕的，一如我們攝心撼人的交換儀式（純粹的黑是悒鬱，蒼茫大雪是白，激情是章丹色的，灰色屬於過度及掙扎）。

俄國更是我校準意識形態的參照座標點。

國小至高中，我獨尊九〇與千禧年英美流行文化，直到進入斯拉夫語系，我開始站上另一對角位置觀看，質疑長期被灌食的美國夢與倫敦神話。如今，所有串流平臺英美影劇仍能撞見輪迴不滅的蘇聯諜報員角色。造反，竊資，煽動。他們冷酷，殘忍。其終局卻是無差別式地被一再征服，泯滅，最終成為流動影像裡，某種因對立的必須而存在的異質次文化肌理。

我好奇，為何一民族能長久地被妖魔化。我試圖接觸，理解，儘管無有明確答案。

俄軍出兵克里米亞。鳴金擊鼓，開啟了烏俄戰爭。臺灣同溫層群起，以鍵盤為器，抨擊俄國代表的一切：俄國等同中國，是極權代表，藐視小國如烏克蘭如臺灣的人權。即使身為反戰，譴責俄國的一方，我仍深感恐懼，主因世人輕率地，將角色橫向換喻，而忽略其糾纏的文化內裡。

我好奇所有被逼迫走向極端與激進的背後成因（儘管無有明確答案）。

臺灣對俄國了解仍貧。全球化移動的今天，純文學中，僅僅只有二十年前出版，由熊宗慧描述蘇聯解體後留學經驗的《當酸黃瓜遇上伏特加》與鍾文音老師所著《大文豪與冰淇淋》。眾人埋首翻譯契訶夫與普希金，卻對九〇後的當代俄國文學視若無睹（遑論音樂，電影，藝術等面向）。

俄國立法反同。當代酷兒處境成謎，我且以自身（雙負式書寫那反派裡的「悖德」者）撬開這被國家機器冰封，束之高閣的「被冷凍慾望」。

本書以「構詞學」為骨。「前綴」與「後綴」分別描繪生根期與重返後的個人臺灣經驗，可交錯對比俄國語境底的異國主體性。「詞根一」為此次最大挑戰，首次嘗試智識型散文，我從語言學出發，解構俄國與個人文化混種認同，再佐以文學概論相輔（兩篇以安妮·艾諾為題的評論，可當作法國俄國的文化上不可切割關係，更是寫此書時，我參照其「個人式社會檔案學」模式，將自身延展成一則田野調查訪問題的原型）。「詞根二」記錄在俄國影響我至深的人們。全書承接前作，持續撥弄散文類別的曖昧肌理。從字數，篇章屬性乃至詞彙風格皆有其碰撞，拼接。

感謝時報出版地表最強副總編輯珊珊，責任編輯佩錦，總編金倫哥，行銷昱豪與設計師廖韡。書中諸多篇章發表承蒙《自由副刊》的梓評主編，《聯副》瑜雯主編、盛弘學長與靖寶，《人間副刊》美杏主編，以及《字花》主編天林哥，《端傳媒》疏影，與《虛詞》及《聯合文學》小風等諸編輯之青睞。

能獲得佳嫻老師與文音老師作序，是寫作者最幸福的事。一路上有散文美少女們以及小說美少年們陪伴，是我的莫大福氣。感謝阿盛老師，與我的終生支柱，母親陳淑娟女士。感謝閱讀此書的你。

相逢是緣。

願聖徒，愛及慈惘伴你左右。現在和永遠，世世代代。

I

前綴／之內

波麗路蟲舞

自有記憶起，那些微小至極，有時憑藉肉眼難以視察之蟲虫，似乎總與疾病，死亡或情慾相關。

在那矗立都心，獨棟如歐洲中世紀城堡，附帶私屬庭院，後設泳池與大型原木攀爬遊樂器材的私立幼稚園裡，時光，總是恬靜，窗邊透進漫散的慵懶垂陽。真空似地進食，午憩，遊戲。

一日，園長與班導青肅臉龐，緊急招聚全院幼童於廳。

她們拉線排椅，圈地布陣，嚴整穿起如雨掛的護衣，套上塑料手套。我們無聲排隊，依序上前，坐溫那融化焦糖色小木椅。她們拿長柄尖尾梳，將密雜尺排插入後，旁攏，再轉以蜂針細密之端壓妥固定。她們湊上臉，另手持著放大鏡，如是反覆幾回仔細檢驗。

頭蝨。

院內感染。幸福無菌之地，如落散芝麻屑粒大小之蟲虫，自是天理難容。院長與班導師群，為杜後患，隔幾日，更將滅蟲劑輕搗撒入一頭頭軟鬱密林，再使勁以亮褐色長巾纏繞，包裹。我們活像一群早期荷里活電影裡，翹腳讀報於午後理髮沙龍院裡的閒散女士，分坐矮櫃前的矮椅上，漫長等待。

小學時，醫療體系以更龐大而精準的姿態介入。

每學期總安排體檢，項目隨年齡遞增漸趨繁瑣。我們個別被圈圍在單薄的淡綠帷幕裡，脫下衣褲，讓陌生（仍是穿著雨掛護衣，套上塑料護套）的手，如演奏鋼琴，在我們最私密的部位蹓躂，彈音（有人被要求在走廊雙手抱頭交互蹲跳，傳聞是為了讓藏匿腹腔深處之睪，墜落）。

有一兩回導師於放學前，每人分發單只，如老生常備百花膏或面速力達母一類的深紅色澤圓釦盒。先細掏一匙如小拇指甲大的塊狀洩物，再將圓釦盒緊鎖，放入透明袋後隔日繳回，他們說。

還有黏性測紙。牛皮紙質，短版小卡長寬，中端鏤空嵌附透明玻璃紙。班導們要求我們返家翌日晨起之際，入盥洗室褪褲，抽出測紙，將玻璃紙部緊摁臀穴處。為何為何，我們羞赧躁動而問。

蟯蟲。他們低聲回覆。

傳聞此生物乳白，於腹腔底熟成後，總於夜晚鑽出，於臀口周圍產卵。繳回測紙，好檢驗玻璃紙面是否沾黏卵群。他們說。

當我們熟成，長成了他們的年紀，慣性使然，儼然對此類檢測不再見怪，甚至依賴。隨醫藥與公共衛生學發展，平日更難見得宛若遠古化石般的傳染蝨虫。食用錠，噴劑，擦膏，我們更有效與迅速地治癒，控管，戮殺。

然而然而。直至某回，一名不願具名，私生活相對節制的友人同我們坦訴，不知是跟情人在偏遠溫泉旅館的老舊黑色人工皮墊上相擁，還是健身中心幽暗蒸氣間久待，抑或社區泳池嬉水後，下腹部紅腫難耐，結痂生皰。

他順沿下午烏雜的人流湧入病院，並得知自己感染陰蝨的消息。

處方室旁側緊臨檢驗醫學部，他聽聞櫃臺人員用極大嗓音，叮囑前方一名長相精緻，打扮入時的女子如何處置盛裝塊狀洩物的圓釦盒。女子神色倉皇無措。他才驚覺，原來我們自始至終，未曾逃離他們與牠們的領地。

但恍神片刻後的他，定睛細探四周，只覺病體如他，如今與成千細菌蟲虫飼主大舉入侵，寄居，無聲囓殆這充盈消毒水與化學科技機械的大型體制與（他們的）城邦，亦可謂某種形上學式的完美復仇。

聽完友人的告解後，我們頷首微笑，並迫不及待地想把自己，弄得更髒一些。

——原載於《鹽分地帶文學》二〇二二年七月號

Divina Commedia

這裡直通悲慘之城，由我這裡通無盡之苦，這裡直通墮落眾生……我永存不朽，我之前，萬象未形，只有永恆的事物存在，來者啊！快將一切希望揚棄！

——但丁《神曲・地獄篇・III 1-9）》

（Dante, *Divina Commedia*, Inferno III 1-9）

Centro della Terra.

青春期前後，夜眠之際，一夢常駐。

黑溶溶的暗裡，五指不見，我如稚鼠蜷身而臥。偶眨眼，好擺脫緊黏雙目上的附著屑。朱沉色稀微光源，偶現遠方。暖乎的潮浪，隨間或震盪，溜過肌膚，每道細水夾雜碎塊經過，都摻混了灼熱，與小小的，小小的痛。

不斷有膠狀物，自肚臍延展出的長管注射入我的內裡。想吶喊，一張口，卻是黏滑若果凍，帶有泄物釀藏後的腥羶液，滿盈入嘴。

撲通，撲通。

整座空間迴盪著我的，與不是我的心跳。

在這密閉透明囊袋裡，我非唯一。我「覺察」到另一個他者。他寄生，伏貼於我的胸腹間，虛弱而微小。他偶爾低頭，細細囓囓地吸嚼我。在我使勁踢，踹，企圖掙脫之際，他頹喪地搖頭，嘆氣。強壯，必須讓自己更加茁壯，才能脫離這黝黑潮窟。我對自己說。

我使力，忍受劇痛，將「他」擠碎後，再一塊塊自我腹部上沿撕下。混濁的血，肉屑，眼淚，與無聲的尖叫，最終夾雜泄物飄逸四散。

我張口，唼喇。吞嚥。

Inferno 1.

作為單親家庭獨生子，孤寂應屬必然。

漫長的小學初年級時光，我玩著一個人的遊戲。將四層樓居家公寓樓梯間，充作須闖關攻頂得勝之塔。花一下午，拿玩具當軍隊布陣，跳閃於階梯與牆面的各式轉折處。幻想從天而降的大水，烽燹。虛擬的傷痕與榮耀。

家裡，母親添購許多精裝故事本與兒童科普讀物，我最愛不釋手的，是一本B4大小，硬殼，近同字典厚重的歐洲萬聖節立體繪本。細翻每頁，所有縝密挖鑿，鏤雕的機關直矗眼前。纏繞不盡的密室古堡背景，有自棺材底，迎面撲來的吸血鬼，從高處而撒的蛛網，數不盡的殭屍，女巫，南瓜頭。更有許多須以指尖輕觸，挪移家私後，方現形的骷髏與木乃伊。

睡前，獨坐臥室地毯上，喜悅品讀。

也是彼時，覺知自己受某種幽暗，難以言喻的力量牽引。

升中年級，在母親自營的服飾店後進，那同販售場切割，獨立的私人休息室沙發前，擺著一架悄悄外接小耳朵的老電視。有時下課，看飽漫畫，玩膩掌中型電動，我就耗在方盒前，耐心調轉百來臺頻道。企圖在干擾的花雜畫面裡，搜尋未引進的日本動畫。

美好九〇年代初。在凶猛湧至，未受控管的資訊潮浪中，總能撈拾令人回味的片羽吉光。

有兩截切頭去尾，沒看完的電影片段，深烙腦海。

偌大水泥室內空景，光線昏昧，僅平放只象牙色橢圓浴缸。滿水容器裡，一全裸東方女子，將頭輕擱缸沿，閉眼憩。鬱鬱蒸蒸，熱氣裊彎旋上。特寫鏡頭，但見晃亮池水漸紅。女子弓起的腳上，噗噗噗吹鼓起密麻疔皰。它們忽而脹大，縮小。當表皮被撐至半透明狀時，啵一聲，炸裂。從潰爛處，鑽出一隻蛆。從無數的，逐漸遍布雙手，乳房，頸項，臉的潰爛傷口，鑽爬出龐大，粉白沾血的蛆。她眼梢抖搐，喃喃自語。蠕動的成千白虫無聲包裹著，有些墜下，死亡，浮在熱燙的水面上。

另一齣洋片。兩名著制服，在深夜速食店打工的金髮女孩，似因感情有所齟齬。她們在收銀臺後方拉扯，扭打。較高的，將另名女子的頭往油炸槽裡摁塞。受制的矮女孩尖叫，掙脫。從油槽裡抬起的頭顱，卻腫成金黃巨型花枝丸模樣。她喪屍般遊走貨架間想報仇。高女孩卻從角落抄起棒球棍，使勁一揮，狠狠將矮女孩的「頭」轟至爛碎。

聽聞母親開門聲，慌張關上電視。擁著狂跳不已的心，佯裝在桌前做功課。我腦中卻不時重播那些華麗，弔詭畫面。每回想一遍，都像滋養一回體內暗暗孳生的怪物。嗜血性格如在體內蔓延。我為己惴惴難安。

遂藉電視告解。

家裡未有第四臺，平日堪看節目甚少。迷上西洋音樂後，便每週緊守余光主持的《閃亮的節奏》。百無聊賴時，我提早半小旋開電視，任其空轉。因此碰上了《七百俱樂部》。

年邁的白人銀髮男子西服筆挺，正襟危坐新聞主播臺。節目穿插訪問，皆是聲稱遭撒旦附體，犯下諸多罪愆之人，或不幸者。偽紀錄式回拍法，演繹人生片段：受搖滾樂或異教卡通引誘。悖離傳統家庭價值者。重刑犯。殘障與重症病患。他們虔誠而禱，並言之鑿鑿，上帝如何改變了，並矯正所有的過失與不完滿。

以耶穌之名，無論你身處何方，上帝保佑你，阿們。節目最後景，是那著西服的銀髮主持人，高站布道大會講臺上，緊握該集來賓之手，同底下信眾虔誠祈福。

那時，我會乖順地跪在電視機前，求主洗去我的汙惡。

Inferno 2.

自家公寓巷弄中段，兩路垂直交錯的轉角處，坐落一間錄影帶出租店。

老闆是名皮膚慘白，戴銀邊鏡，唇沿生顯目拖毛黑痣，形似黃秋生的中年男子。早年我懼怕他，最多只敢揣著母親給的零用金，同他換整硬幣，再跑至店門口擺放的巨型電動遊樂機臺打遊戲。玩整下午的街頭霸王，餓狼傳說，或轟炸戰機。

直至小學中高年級，才敢逗留於錄影帶店內。踮腳，彎腰，我左覽右探繞室三匝，由各式影帶細砌而成的牆。五、六坪大的空間陳舊，潮溼。老闆默不做聲坐守櫃臺後方，飲茶看報。我租些喜劇或排行榜片。老闆在一本泛黃，油膩的簿子上，分欄填筆出租日期，借帶者與影片名，再依影帶新舊，熱門與否備註上不同歸還期限。

租借或歸還時，老闆甚少開盒，比對影帶條目與包裝。

膽子大些後，趁他讀報或如廁之際，我躡腳至十八禁區，抽出早先留意的錄像帶，偷天換日，將之與冷門，內壓封面已黃蝕粉爛的普級保護級電影調包。

趁母親熟睡的深夜或假日清晨，我偷偷下床，跑至客廳看帶。

展覽於博物館內，夜半甦醒，執矛殺人的，來自巴布亞新幾內亞，由苔蘚羽毛植物纖維製成之巫毒娃娃。因情傷綁架前女友，於自家，無施打麻藥下拔光她整口貝齒的失心瘋牙醫。外星人附身，全村慘白瞳孔的幼童們集體獵殺成年人。

不再藉《七百俱樂部》懺悔了。

我恣意玩味各式獵奇景色。若碰上不夠血腥，驚悚的，甚至會對自己生悶氣。娘娘腔。烏窩頭。變態。腦中閃現小學同學們的譏諷詞語。那些將我妖魔化之人。恐怖片讓我強大，畸零的元素擁抱我，讓我不再孤寂。

一兩年內極頻繁的租借率，已將錄影帶店所有精采內容覽遍。遂偷借些西洋情色片，或特殊題材紀錄片。

小學畢業前，遇上解多年夢魘之謎底。

不斷晃動的手持式鏡頭，粗糙剪接低成本紀錄片。但見主持人探訪諸名連體雙胞胎。男女老少皆有。雙頭二臂，雙頭四臂四腳，有人胸腹相連，有人背部緊貼。他們怨嘆生活諸多不便與飽受的歧視。他們希冀在醫學進步的未來，某天，能行分體手術。

Ischiopagus。紀錄片裡學者吐出的古醫詞，直射腦海。

學者且悠悠提及，有時連體嬰滯母體內，能生強勢，弱勢之別。強者會「吸收」弱者的養分，導致妊娠後期，弱者發育不全，最終消弭，萎縮成大小不一的死胎，黏於強者身上。

可能是腫塊。可能是極小，幾釐米的肉疙瘩。

我肚臍上方五公分處，恰長一顆無人知曉的，黑色，微凸物。

Purgatorio 1.

入國中，可算正式社會化開端。

都心公立學校常態S型分班。暑假考過入學測驗，註冊。踏入課室，面對將共處三年的同窗，我心格外緊張。數月半年下來，相較同質性過高且令人沮喪的小學生活，國中同學性情，質地差異甚大。彼此相交，碰撞，產生的效應耐人尋味。

開始學會在群體中放鬆。話癆了，個性變開朗些。從小備受恥笑的矮身，白皮膚與細弱嗓音成了自嘲素材。有時我還能扯幾則黃色笑話，活絡班上氣氛。

人緣不劣的我，在國中三年接連被推舉為學藝股長。

總與我輪任正副職位的女孩，像另一個分裂的自己。我們同星座，生日僅隔一個禮拜。皆是第三代外省獨子，單親。父親以不同理由缺席。同身高。同擅繪畫，講話直爽，都鍾情西洋音樂。我不那麼男孩，她不那般女孩。

她剪齊耳短髮。鳳眼。瓷白肌。其薄透度，恍若能視其膚下淡青血管。總穿西門町訂製的冬季寬垮制服褲，滑板鞋。她單名恬。我喚她「癲」。只因每次致電話，她四川籍老奶奶總高扯嗓子，用濃混鄉音如此叫喊。

我們每學期要職是教室布置。每半年得絞盡腦汁，在課室後方老舊長型布告欄上，黏縫彩繪出各式花樣好參加校內競賽。我構思用色大膽，急性子。癲手巧善工筆，行事猶豫。我倆配合得天衣無縫。

在日光偏斜的課後教室，合併幾張桌子，攤開層層從書局預先買齊的各色全開壁報紙。沿著以鉛筆打描過的線條裁裁剪剪。或用粉蠟筆，水彩，各色奇異筆等混合媒材著色補色。泡綿，寬版雙面膠縫縫貼貼。我們一邊工作，一邊埋怨班上，或學校裡許多當被埋怨之事。

我們並不喜愛當時的班導。

那名將屆退休年齡，頂著花媽髮型的臃腫女子。耷墜肥頹雙頰，眼神陰鷙。班導每日穿整訂製同色合身短袖上衣，及踝長裙。她嗓音尖銳，奇凶。舉止間自帶慈禧式的威凜與不可一世。

看吶，這是冰種翡翠。瞧，此乃頂級緬甸紅寶。課堂上，班導常迤迤然舉起手上玩飾，同眾人炫耀。

若聞課室裡上有人竊聲談，她會命聊天者起立，讓兩人互甩巴掌。成績考差了，落在未及格區，她會放根軟塑膠管於講臺邊，讓同學逐一上前，自行抽打手心。不見瘀紅不方休。

喜歡攀交情的她，將班級外掃區域分配至校長室。我與癲是基本成員。清整校長室馬虎不得。除了掃拖地，用報紙乾溼抹布多步淨刷每道窗橫溝縫外，還得每週勤換新手帕，將室內每盆闊葉植栽正反面潔灰去塵，拭得綠可鑑人。

國二上學期教室布置，在我提案，癲附議下，我們比照藍心湄《愛我到今生》專輯封面，將卡通化的班導剝得一絲不掛。她敞腿反坐黑皮靠背椅，頭頸光溜，雙手難遮肥乳，彎展兩條粗腿，僅以弧形曲線椅背遮掩正面全裸重點部位。

完工前，眾生譁然。許多學生群聚走廊，隔窗望站在椅子上忙做最後修飾的我們。他們議論紛紛。許多年輕老師經過時低頭訕笑。唯班導默不做聲，鐵著臉上課。

三十多班裡，那次我們奪得了第二名。

Purgatorio 2.

自殺過。癲主動同我坦誠。

國二期間，在放學後與我補習班上課前的夾縫時間，幾回，癲曾陪我沿東門街弄穿穿晃晃。我們隨機入食肆添購打牙祭物，再拎餐盒塑膠袋，翹腳，頹坐在濃蔭公園下的木桌椅聊天。

癲的父親在兩岸剛開放那幾年，將房子抵押貸款，攜高額資本回四川老家設廠。久了，在彼岸另組新家。癲的母親，舊委託行老闆航歐日進貨頻繁。於是，僅奶奶與癲相依簷下。癲恨父親的背叛與絕情。某個獨自在家的週末下午，她走進雙親主臥室。拉開那只曾屬於父親的空衣櫃。她從旁側抽屜裡，翻出一條舊西裝領帶。她將領帶拋掛吊衣竿上，再於喉頸處打上緊緊死結。

放鬆身體，將重量不斷前傾，下壓。眼睛閉著了，意識昏沉。

最後呢？我問。

睡著後哐噹一聲吊衣竿整組被扯下來，跌個狗吃屎。癲止不住笑地說。

癲同我說這檔事時，眼裡跳爍某種優越感。我與她的友誼微妙。學校恍若結界，磚牆生活裡我倆相處融洽，但凡離開校門後，我倆似乎展開某種奇異的較勁心理。

都喜歡繪畫，癲平日下課在社區畫室加報素描課。都聽西洋音樂，癲專攻節奏藍調與饒舌音樂，但凡唱片行推出該領域的專輯，單曲，她皆不放過。有聽聲名狼籍先生被槍殺後的《Born Again》嗎？還沒？遜。她嘴叼類似嗆語。連童年殘暴都堪比。同她吐露困惑我甚久的啖弟夢。騙人的吧？癲聽罷，挑起修剃彎細的眉梢說。我解開制服襯衫下排釦，撩衣坦腹。癲湊近，斜乜幾眼。只是顆較大黑痣吧？她道，隨後岔題論起自殘過往。

我對此有所芥蒂，卻試圖表現得無所謂。國中班上最要好的是她，但同時在補習班裡，我豢養另一群更龐大，緊密的交友圈。

每週末，我同補習班夥伴殺去最洋派的華納威秀看恐怖片。《厄夜叢林》，《Scream》，《七夜怪談》，抑或傑美·李·寇蒂斯主演，老片新續的萬聖節經典《月光光心慌慌》。轉回補習班裡，我們恥笑，捉弄那些課業奇差，性格懦弱的女孩。調戲那些特俊男孩。排擠幾位課業太好，過度自我感覺良好的女孩。我們蓄意傳話，讓老師們彼此敵對。

惡，原來可以被分享，慶祝。

一個人的邪念是罪，一群人的邪念卻是盛典。

當然補習班朋友也陪我從事普級活動。知曉我鍾情西洋樂，幾名女孩陪我追星。從英國團體西城男孩，Five，到年輕俊俏的卡瓦納。從基本款單場簽唱會開始。參加活動多了，識得資深追星老鳥，方知媒體未公開行程，抵達與離臺班機，甚至下榻飯店房號。

追德國長髮吉他男偶像吉兒。於東區現場錄音節目時，被他隔著落地窗點名進錄音室做粉絲短訪，實屬高光時刻。回國中班上，拿著與吉兒合照的拍立得與癲分享。她卻露出鄙夷眼神。這種靡靡軟爛，沒中心思想的藝人，不愛。說畢，她戴上耳機，繼續搖頭晃腦地聽著吐派克。

當然，癲也積極在校外拓圈。她花許多時間泡在西門町電影街後端，幾間專賣饒舌，靈魂樂黑膠唱盤，常有刺青滿繡，穿環偽鑽燿閃員工刷盤打碟的嘻哈服飾店內。她用特殊膠具擴大耳洞，在襪子能巧妙遮掩的腳踝低部刺了雙飛黑蝶。她跟著在性病防治所前的凹槽廣場玩滑板。

但癲自言她並不開心。煙霧，啤酒氣嘔吐物蹭擠的空間裡，受眾人覬覦與關注的，無關個性品味，而是那具未被開發的身軀。

Paradiso 1.

國三因某些機緣，我與癲的緊張關係，得以紓緩。

復學前的暑假，那名我倆厭憎的導師無預警退休。高中聯考升學率掛單保證名師，緊要關頭金盆洗手，此舉，讓班上以家長會會長為運作核心的幾名叔叔阿姨心急如焚。

他們一方面干涉學務處，嚴正要求新任班導師抉擇，不得有任何差池。另一方面，行班級檢討會，分批同學生單獨晤面。

我與癲自然是被針對對象。

你們來自單親家庭的孩子們，心路艱苦，個性好強，但希望在未來一年，能將氣焰收斂些，這樣，整班的運作也會更順利。那些所謂來自「健全」家庭的長輩們如是提點。

新導師是從臨校調任來的中年女子。挺得我與癲的緣。

卻是家長會會長瞧她不順眼，慫恿班上同學與之造反。新導師，家長代表，全班同學在大型會議室同校長開了幾次會。新導師被指控得聲淚俱下。我沒有錯。我沒有做錯什麼。她忿憤不平地辯護。

國三上學期末她被迫卸下班導，並從國文老師調轉成家政專任。

更換導師前夕，卻有一場耶誕舞會。

時空遠景。數月前夏季環島畢業旅行。墾丁某遊樂場俱樂部，派對時間。巨型低音喇叭，隆隆傳震品味粗俗的舞曲大帝國翻唱混音。我被同校補習班好友們推至舞臺中央。豔綠瑩燦雷射激光聚集，擴散。乾冰悶煙如靄。我在一波波鼓譟聲中，扭捏彎繞，蛇移起腰肢，軀幹。尖叫，掌聲堆疊再堆疊，樂曲鼓點催快再催快。最後回過神來，竟以我為圓心點，環環圍繞數百名同級生。

訓導主任，是名高挺清瘦，皮膚黑黧的五十代光頭男子。全校皆知他未近女色，只為練就一身童子功。

招式掌風何威之有？無人曉。能攀岩走壁卻屬實情。

我們國三時教室位二樓。上課發怔，瞌睡，或低頭在課本裡夾漫畫偷看時，常聽見極大阻嚇聲。轉頭，是訓導主任輕踩沿牆彎繞排水管線，手搭欄檻，單從窗口露一顆光頭，以炯炯鷹眼來回偵查。

他且喜歡攝影。

也是那回，他以單眼相機捕捉數幀我與同學共舞照。畢旅結束幾週後，某下課時間，他廣播，要我至訓導室領照片。

學校打算別開生面，辦一場耶誕夜舞會。

國三生涯緊繃，辦個活動讓大家鬆緩心緒。

組團，你負責舞會開場表演，成員任挑，平日若需練習時間，可請公假。訓導主任遞予相片後，熱情地將手搭在我肩膀上，說。

在班級革除導師鬧得腥風血雨時，此乃擺脫是非的絕佳藉口。腦中篩選合適成員。我欲邀同校補習班好友共演。這堪比有加長迎賓禮車接送，輕氣泡調酒，絲綢洋裝晚禮服，雙人慢舞票選國王皇后的畢業舞會啊。我想。這是夢寐以求，在美式校園喜劇才能出現的繁華盛景。

怎料，她們紛紛以課業等緣由推託。

舞會當天千萬得出席啊。我著急交代。

好的。好的。一定。一定。她們說。

苦尋不著人選，最後是癲號召班上幾名出落標致，運動神經亦好的女孩入陣。我與癲為表演曲爭論甚久。我欲擇主流，她堅持饒舌。最後兩人交集，是挑自美國團體街頭頑童 New kids on the block 主唱喬登．奈特個人單飛專輯主打〈Give it to you〉。

旋轉木馬輕盈開場旋律。強勁節拍。輕染節奏藍調唱腔。混音 Dance break。僅近完美。唯一美中不足的，是原音樂錄影帶舞步陽剛，繁複。為簡化動作，我在家重播無數次布蘭妮．史琵爾斯與韓國女團 S.E.S 的 V C D 排舞段落，試圖從中汲取靈感。

那是國三最愜意的時光。我，癲同其他女孩們，將公假單往班導桌上一丟，可翹國文，體育等課，甚至連吃飯午休也無須悶坐課室。訓導主任替我們安排了體育館一樓走廊邊間韻律教室。新鋪枕的淺褐長條木質地板，透亮金屬扶把，單牆全身玻璃鏡。午後燦陽，從頭上半開的氣窗縷縷斜射而入。每道光影，橫切在我們疾速旋轉，跳閃之近維間。倦了，大夥席地坐，一邊喝飲料吃零食，一邊閒扯聊天，同時手繪些打算送印，張貼在校內的舞會宣傳單。

耶誕夜舞會逢週五，放學後晚間七時進場。當天下課，我衝至盥洗室，換上從家裡帶來的拉夫・羅倫，帶壓印細紋的深靛色長袖混紡馬球衫，與寬版藍黑色牛仔褲。我，癲與女孩們共擠洗手臺前，對鏡擠梳髮露，抹唇膏，搽質地細膩的金粉亮片眼影。

再一窩蜂直衝體育館。

平日聽演講時能擠近千人的球場，空蕩蕩。唯遠方舞臺上的訓導主任，正同工人交頭接耳。四周架起了重型喇叭與派對旋轉燈。舞臺上，稀疏垂掛幾綹長條盤繞的紅綠金蔥耶誕裝飾。兩旁紅帷幕穿縫零星的松果串，空心玻璃球與透明雪花貼片。

人呢？

時間還早吧。才六點。

大家應該用完晚餐才會過來。癲同其他女孩們，在我身後私語。

同主任打了招呼。將CD交給音控，我們懷著忐忑心情，上臺隨音樂燈光走過一遍預演流程。六點五分。十分。一刻。時間滑溜至差五分七點。入口處，晃進幾名魅影。皆是痘臉瘦削，輕易能被歸類為學校邊緣者之人。

我的補習班好友們皆未前來。

卻是在表演登臺時，瞧見母親。她盛裝出席，藍黑色連身洋裝，紫棕唇，右肩輕掛金色貝殼形迷你晚宴包。她胸前掛著相機，同其餘幾名學生，站在觀眾席大後斜側方。她遠遠地，對我微笑。

曾叮囑她莫來的。讓母親正視自己同女孩們在臺上抖胸擺臀，挺彆扭。況且上國中後，轉圜不同交際圈，我習慣回家直奔房裡啃電話，與她相處冷淡。而最令我揪心的，是我想她此次，定是抱持著極大期待而來吧。滿是欣慰，這自幼反社會傾向的男孩，居然要同夥伴登臺演出了。

只是沒有人。

七點整，全場燈光大暗。雲豆紅，翠羽，寶藍色的旋轉燈花流轉。訓導主任身兼主持人先簡短致詞，尷尬開場。稀稀落落的掌聲。聚光燈打在身上，我們站定位，停格，待表演音樂乍響。面對臺下賁張如闃黑深穴之口，旋轉，跳躍，移形換位。重蹈數月練習以來的舉手投足。

為了一場沒有觀眾的表演。

Paradiso 2.

或許所有關係，都同特定空間有關。

像我與癲的情誼不跨校門。補習班朋友的羈絆僅限校外。無法讓渡。

也或許與國三特有氛圍有關。高壓升學體制下，自顧不暇，所有人都活成了孤單運轉的星球。每月全校排名模擬考，令人疲憊。年底的推甄，更顯殘酷。

空氣中彌漫肅殺氣氛。午後濃雲低垂，欲雨未雨。蒼樹隨風挲葉沙沙響。每人依四學期平均成績領校排名編號。我們聳直背脊靜坐課室內。待廣播唱號，現在排名一至五十名的同學，請前往撕號室報到。

撕號室裡，加長黑板掛滿各公私立高中職學校名。各校名下，垂懸一疊如日曆之物，紙張數對應該校推甄名額，印編序號。每人依號上前，撕下想推甄的學校。名次越後選擇越少。就連要棄權的，也得先至撕號室報到註記。

看吶，那是校排名八九百名之人。

看吶，那些註定失敗者。

行經窗外走廊的每人都被每人評論。

癲的排名可撕中山。我排名三百多，約公立中前段學校。我們都打算拚最後一屆暑期聯考。

同校補習班朋友們成績差強人意。也是同時，她們著手計畫前往國外就讀高中，分別在課後加上英語會話寫作等課。見面機會少了，眾星體循往各自軌道挪移，飄離。

有時留校晚自習前，食畢晚膳，我同癲繞著操場散步。夕陽墜亡與月升間隙，萬物墨暗。路燈未亮，唯旁岸，幾盞先點開的教室日光燈如星自燃。我們在虛空中走，來回繞圈一語不發。我們偶昂首望空，想瞥見幽浮或流星奇景。

一切皆未發生。

傳說中千禧年前的世界末日會來嗎？我問。

萬籟喋語。癲亦未回應。

或是知悉我的失落與徬徨，癲向我伸出援手，提議我找時間參加她所屬教會的平日團契。她坦言早不混西門町了，教會裡緊密的兄弟姐妹情誼，讓她有了真正歸屬感。全心全意墜入主的懷抱，懺悔，心底將自形生愛。她煦笑道。

將惡殲滅，淨滌，掩埋後的我還會是我嗎？

罪之華終究被善之光逼退，遮掩，像那些古舊的寓言？

思緒亂如纏線。但我深知一切的一切，都將屈膝臣服，在大寫的寂寞前。

行過美國在臺協會，高工，復穿馬路。癲的所屬教會外觀樸儉。坐落街角，老式洗石外牆四層公寓式一樓，轉角圍牆以密赭磚，白馬賽克排整紅底嵌十字架的單幅尖拱窗。老舊，浮有鏽蝕痕跡的雕花圍欄與門檔切隔街囂。

癲熱情引我而入。室內空晃無家私，極暗。頭頂懸著的厚重投影機，正對入口牆面垂落的螢幕上，映著不歇的中英福音卡拉伴唱帶。或因抵達時間早，場內人稀落，幾名年輕男女四散角落。我環伺而視，只見信眾們皆闔眼，雙手高舉隨樂引吭。

福音歌時輕快如流行樂，時深沉莊嚴。蒙昧之室，我依稀瞧見幾名教友唱至忘情，淚泚而泣。更有人激動跌跪於地，嚎啕不已。我悄悄轉頭看癲。癲站在我身旁，閉眼，隨音樂輕盈搖擺。

場燈乍亮，樂停，臆測該是整點時刻。癲以指尖戳戳我肩，示意隨眾從旁側樓梯，靜步移位至地下室。

遠方高聳木講臺後，朱幕暗掩。前邊高掛一巨型霽紅十字。齊排鐵椅竟已坐滿信眾，癲與我挑了朝臺右後剩餘位。白袍中年牧師伴掌聲登場，領眾簡單禱告。正式講經前，卻從前排傳來一只摸彩盒大小的捐獻箱。我慌張轉頭看癲，癲低聲說，隨意奉獻便好。我趕緊從皮夾裡，隨抽幾張紙鈔，丟下。

牧師以沉穩音律闡述《聖經》故事。關於五餅二魚。字詞稠糊似，堵在我昏昏欲睡的耳蝸裡。只聞牧師高昂道，耶穌講一句話，被鬼附身的人，就得到醫治。語畢，牧師被點穴似凝滯動作。詭異長冗的停頓。

親愛的兄弟姐妹啊，方才聖靈充滿，我感召到主的降臨，祂攜訊而來，要我們即刻，即刻以方言禱告。牧師激動地緊握麥克風說。

只見整室人劃步齊一迅捷起身，各自將鐵椅折疊靠攏，置兩側。我啞口愣坐。癲以眼神催我按班而行。

將鐵椅疊整，我登回原位，只見滿室信徒緊閉雙眼，雙手高舉，口中喃喃有詞。說吧，將那神祕之語，從喉頭勇敢震響。牧師站在臺上鼓喧著。別害怕那陌生的，你不理解的語彙，那或是亞馬遜流域裡的部落之語，或創世紀後，中古世紀時業已失傳的古話。說吧。勇敢大聲地說吧。

牧師聲調霎時近似咆吼。

我愣睜環視，只見四方男女老少，呲牙裂嘴，不斷從喉頭扯出啅噪奇音。從胸部肩頸處，輕微抽搐，抖擻，至全身劇烈前後擺盪，他們腿一軟，接連墜地而躺。有臥倒者張口叫，蜷身，狂顫如將亡蟲螻。

近百人閉眼於地飆唸方言。

場中僅剩我，癲與少數信眾突兀站立。

只見原先伏伺於樓梯間的幾名長者，邁步而來，他們跨過一具具醚醉軀體，殺至場中央。攻堅行動。四五名長者分別包圍直立者，他們手執《聖經》與十字，復述據稱哈巴谷書裡的經文。祛除你體內的邪靈。走吧，撒旦，走吧，迦勒底人的餘孽。他們高喊。直立者紛紛癱軟虛脫。

他們朝我逼進，銅牆般圈圍我。他們啟唇朗誦，我卻打直雙腿，如如不動。長者們急了，有人以掌蒙住我的視線，伸手推搡我肩，輕踢我膝蓋後關節。我仍頑強地站著，企圖抵抗。

他的腹部生來便有路西法的印記。癲的嗓音從後方竄出。

長老們聞訊，彎腰環繞挾持我的前後腹。他們吶喊，以十字架戳搗我的肉體。走吧，路西法。離開他的身軀。他們怒咆著。

我欲笑，心想這場面太滑稽了。卻也在那分神之際，有人將掌緊蓋我額。他使勁一壓，將我推倒。

滿室狂狷滿溢如暴風劇雨的方言漸弱，轉成嗡嗡似地夜蟲輕鳴。

我悄悄睜眼，只見慘白日光燈下，歪扭躺眾近百人，中年牧師癱垂在遠處的木講臺上。一切發生在這間地下室。

在這都心裡的墳。

Lucifero.

因罪迷狂，與因神迷狂何異之有？

激情本質同根。我捫心扣問。幾經思索，推想罪之諦，應是放大本我，而神聖的前提則需屏棄私己。藏在以神為主體的嚴謹結構下，是與學校，社會生活無異的壓迫與控制。

想當名自私而快活者。

隔日返校，癲向我致歉。稱她搞錯課表了，應攜我旁聽靈恩派初階慕道課，或主日初信造就。每週有專為未受洗者排定的團契迎新。她如是補充。

誠摯邀約幾回，我皆以不同事由推託。

此後，她甚少搭理我。有時我喚她，她會撇頭，凝視遠方。點頭，聳肩，轉身離去，就是不願開口回話。她開始同其他班上女孩們要好。我無有所謂，卻是時隔不久，覺察到她似乎有意拉攏眾人，疏遠我。

某堂體育課，我佯裝身體不適欲往保健室休息。途中折返班上，我摸黑翻查癲的各式筆記，好證疑慮。癲的課本，最多只是寫滿拉線註記，日記本裡，也僅條列與教會成員相處點滴。悻然欲棄時，卻發現了她的素描本。

翻開。

一頁，癲畫了卡通版極醜陋的我。捲髮蓬鬆高沖如工廠廢煙。手舞足蹈。我身半裸，胸腹間端斜抽長一巨大耆老。他身形枯槁，面容陰沉，無衣飾遮掩。他挺直腰脊，將下方那粗長物事，直挺挺地塞進我那口涎漫溢的唇嘴間。

索多瑪的子民與路西法。旁側癲以英文備註。

構圖遠景，卻是聖母裝束的癲。她垂眼，目睹這一切，卻嘴洩甜笑。她身後，是名赤裸，肌腱分明的長鬘濃髯男子。男子身留五道傷，涓紅細血微滲，其鼓脹下身，僅以垂葉遮掩。男子以臂膀，勞實地圈擁著癲。

同性戀將被驅逐。異教徒則須殲滅。兩人嘴旁卡通對話框裡如是撰寫。

憤怒。我感到巨大，炙灼的恨。

我尖叫。

一股足以焚燬地獄，煉獄，天堂等多維空間之焰，像自體內，衝破我上腹部黑點，滾熱烈燙，泉湧噴洩。

當羊角，蛇蠍，毒蚖，狼獠，蝙蝠等物鼓脹，欲自布滿餘燼的微溫黑點傾巢而出時，瞬間靜止。憤恨，傷痛，慾念大規模靜止。我咯咯而笑，倍感鬆懈。只因須臾頓悟，與偽善的法利賽人相比，決絕的惡與罪，原是如此聖潔，純粹。

II

詞根一

寒帶語言學

語音學：彈舌

不會游泳。不會自行車。不會三步上籃。更不知如何當名政治正確的陽剛男孩。

青春期行至尾，總習慣由否定法驗明自身。十八歲的內心卻也矛盾，脫去制服，大一開學將髮染猖獗紫金，穿上垮褲 oversize 馬球衫，遂盼能如蛇與蟬，可將積累否定的自己蛻於過往。

我輕盈上山，俄文系首堂課，挫折感卻再度襲來。Р是基里爾字母裡的彈舌音，此音犟執，不似其他子音偶呈弱化相。逢之，必發宏亮聲，舌頂上顎速抖，腔若群蜂振翅作響。

我舌，始終像尾缺水魚，求生似鈍濁拍尾。

學姐說不礙事，系上多少人發不出彈舌音。我卻心有不甘，何況此音茲事體大。рис。лис。彈與不彈間，便是稻米與公狐之別。

學姐傳獨門訣。得來。得來。得來。日日試將得與來間的 /l/ 音拉長。彈舌也需緣分，她說。會彈舌的剎那，都是無心與放鬆的。

坐車得來。下課得來。飯後得來。該來的卻果陀般遲遲不至。意冷心灰兩個月，舌頭卻在一日盥洗時倏忽輕盈起來，徹響雲霄地彈。

證得新生之法，原來得從決心否定消極的自己開始。

——原載於《聯合報・聯合副刊》二〇二〇年十一月十三日

字源學：蜃影

太虛渺渺，遠岸染霧。臺北基輔，雙城間隔五小時或冬季日光節約時間六小時之距。總是在我的清晨，出門赴校前打開昨夜他睡前寄出的電郵：一些零散的，甜糯語句表情符號，一些模糊的，低畫素視訊照，或幾首歌曲。

滌顏漱齒。輕食更衣。將下載音樂轉檔至隨身碟，好在捷運的輕晃間戴上耳機，靠窗傾聽。配上一絲雨，幾滴抑鬱與疲倦，調混成想逃離這島嶼的情緒，如此，即為大三縮影。

隔岸未實際謀面的他，是整年份的百憂解與血清素調節劑。

車廂晃簸著，聽到陌生而美麗讀音的字，在他寄來的精選音樂裡。極簡式合成器低音與重沓節奏，是新世紀烏克蘭一金髮一烏絲雙人團體 Виа Гра 首張專輯《第五號嘗試》主打曲〈抱我〉。

請相信，我也曾這麼想，這一切都是——

而我所夢見的，絕非愛。但我想告訴你，長久以來，我誰都無須，
除了他。

送出一則以拉丁字母，更替基里爾符號的國際簡訊，同他詢問生詞含義。「幻覺。或那些無法觸及之物。」在我城悶鬱午後，傳來一則他方曙光下發出的晨起訊息。

卻是隱喻。

翌年，打理好留學所需。我們終於在莫斯科會面，卻也在莫斯科分離。那賴以為生的愛，皆屬蜃影。

數月後，行於冬季冰寒的羅曼諾索夫大學裡，我同法國好友聊起俄語裡鍾愛的字。「多有趣的提問，我未曾這樣思考過。」她說。

「我喜歡蜃影。」我回。

法國好友竟笑道：「蜃影這字，是從法文偷來的呢。俄語裡所有以——аж結尾的詞都是。」

蜃影。骨董。破壞。投機。

我在雪裡嘆了氣。奈何來連所戀之詞，都是折射後的幻術。

——原載於《幼獅文藝》二〇二〇年十一月號

風格學：私美感蒂落

支使身體與文字，實質近似。

新世紀頭十年眾人街舞養成如下：高中與大學前兩年，除社課時的簡易教學外，每學期同老師購舞，耗半年調蓄精銳，再於迎新或成果展上耀顯身手。

當年所學，廣博論。習舞單純。口令接引動作，透過觀察與模仿，細調角度，後與眾人合。

直至大二擔任熱舞社教學，才體悟編舞不易。

挑音樂順耳即可。但論動作，一籌莫展。總想在最細瑣的節拍與最綿密的歌詞，排上最詰聱花哨的。思索如何於前兩拍踮腳滯空，後兩拍迅速伏地半臥。急於明顯鼓聲節點上，擊出最猛力道。

待安排妥當，才感嘆招式接連得磕磕碰碰。有了力道缺情感。忙顧技巧卻悖離音樂性。態度模仿不來，臨帖半描他者的陽剛硬蕊或陰柔況味，倒成了東施多足蛇。

苦苦膠著尋覓私風格數年，未果。

卻是莫斯科遊學一遭，整年全未練舞回國，返校演出，編排時方覺自己大有進展。賞臨小劇場，深感當代舞進退場時的多層次處裡，演出時的多面向空間感。又觀看他國音樂錄像，為那不羈，卻熨合旋律魂魄的歌者之隨性搖擺連聲讚嘆。飽經文化差異，情傷，與異地生活俯首即是之微小艱苦。

認真生活後的點滴，積沉後，沁入每寸肌膚關節。

於是會硬蕊，懂性感了，才知曉一切無法外求。創作者須完熟構築出價值體系人生觀，有所感，方能詮釋，編排其獨到之剛颯與媚嫵。

自詡為極具特色的編舞者，十多年後提筆寫第一本書。此前，我樂於當名任性讀者，尋其所愛，鑽研，反普世喜好迷信。如此，創作時自覺不拘泥於風格，題材，美學呈現（寫一本幾近翻譯體的華文小說能被市場接受嗎？深究人性最陰暗不可見光處，道盡世間殘忍，讀者敢閱嗎？我無顧慮，堅持寫心懸悸動最深之物）。

凡作家必效仿村上每日勤筆字四千？得遍讀波赫士，卡夫卡，吉本芭娜娜與海明威？非也。班雅明與《自己的房間》搬弄得再多次，終究只是陳腔俗套。

待「我」熟成，臻善，習得私屬密法並善養他人莫有之脾性。創作時，凡不愧己心生歡喜，終將行雲流水順滑圓滿。

我如此信仰。

——原載於《幼獅文藝》二〇二一年四月號

語法學：格位

年事邃深，越洞悉諸物皆具洩隙。太飽滿，完美之物事罕得，若巧遇，只消嗟嘆那虛幻短暫。如夏吹雪，如夜半庭裡孤賞曇。

善卜之人言，洩隙白話作破口。紫微藏煞，西洋占星有二，四分位凶相，諸星逆走，厄災俯首能見。善卜之人更道，隨過多與巨量福分，相偕而至的，往往是龐大亡害。

完美不存，太飽滿之物非善，隙洩之要，在平衡。

將撐至欲裂的表皮，以黹針輕戳，開孔，將那過度膨脹，積堵之氣，緩挾而排。普羅眾生洩隙不一，有人少財，有人僕役寥寡，更有人病體久纏常染事端。

語言如命，論結構，洩隙不盡相同。

學俄文，苦也，難也。我島眾生怨。

以格位變化為例，襲印歐典範，斯拉夫語系較其他歐洲語種，凍脂琥珀似般，自八格變位完善保存六至七種（拉丁語與古希臘語五格，當代希臘語四格，亞洲有梵文妥守八格，而藏語同多數斯拉夫語具七相）。

名詞有陰，陽，中性之分。單複數有別。與其相對應形容詞，人稱代詞，數字變法。字句牽髮動身，斜擲石，冷湖打水漂似，晃出迴旋與漣漪。往昔，俄語系學生人手抱一部俗稱紅磚頭的厚重字典，翻至末部，表格切分細密交錯格位的結尾變化，如手轉花筒棱鏡，任其琉璃珠碎繚亂入眼。

但不似格位演化至極簡的英語，句法上須按主詞，動詞，受詞，地點，時間嚴謹戒律排列，俄語恣情任性，遊走主賓動，主動賓語序。俄語能對調，延宕，闊深綿延至兩百字僅以逗號切分之單句，全憑多樣格位變化保全清晰語意。

當然，此道須待自己深諳文法，廣效他舌後，才能如一當年不識命格星盤優沃洩隙的傲少年，至中年方悟，原來初始苦，亦是來日甘。

——原載於《幼獅文藝》二〇二二年三月號

位格

樂音軟柔時若月下抽刀水。激盪時，繾綣繁複似葡藤綠蔓，迅蹄急驟萬馬同奔。俄國音樂家巴拉基列夫譜寫的《伊斯拉美：東方幻想》，其難度之於鋼琴演奏者，一如俄語格位變化之於非以斯拉夫語系為母語的外籍學生。

翻開厚實若磚的大一文法教材，從最初的字母、數字、星期季節職業與基礎動詞變化，至寒假期末前，學生們自第六課起，正式進入漫長的，與格位搏鬥的一年餘時間。

俄語第六格，位格，主表所處位置與地點，此外亦常用於談及「關於」何者何物，或所搭乘的交通工具。

東南西北。車站，療養院，病棟，河邊。汽車，地鐵，飛行器，有軌電車無軌電車。學生們記著一個又一個座標與定位。而表示位格的前置詞總略為二：諧音猶如漢字裡的浮（в）與納（на）。前置詞意指的，浮可作「在……裡面」；納則為「在……的表面之上」。某人在學校，學校的字尾呈名詞位格變化。俄語之繁複，在邏輯規範外的再規範：如國家、公寓，電影院等詞必連於浮後；而納總存於祖國、工廠、車站等詞之前。

浮納使用有別，在裡面與何者之上，此思辨延伸的最高境界，關乎主權。

位格範疇中，所有島嶼前置詞皆用納。導師們如是說：因此，表示某人某物在臺灣時，必須使用納。

學生們頷首。導師們續言：但必須講浮泰國，浮韓國，浮印度。學生們問：是島嶼跟半島的差異嗎？導師們搖頭道：不盡然，因為我們說浮日本，浮馬來西亞，浮印度尼西亞，浮澳洲。

是有國際共識主權獨立的島嶼都用浮嗎？

不，因為我們說浮香港；不講浮斯里蘭卡，而說納斯里蘭卡。

學生們眼茫眩暈如墜五里霧，但此時定有善推斷的黠靈者舉手問：所有內陸國家前置詞，總該都用浮了吧？

想安撫臺下躁動者的導師們此時定會露出一抹歉然神情，再道：還是有例外的，像烏克蘭，我們得說納烏克蘭。

往後與俄語越趨熟絡，能發現烏克蘭此國名耐人尋味。雖首都基輔貴為俄國文化發源地，但烏克蘭（Украина）一詞無論字形或發音，都同「邊陲、郊區」（окраина）如此接近，甚至在字根中，早已夾藏著「邊緣」（край）含義。用浮抑或納，誰是誰的邊緣與文化主體，彷彿在久遠俄語文法結構凝視裡，業已被形塑，鎖定。

但活的語言注定被顛覆，挑戰，或者取代。

當年與基輔戀人通信，戀人總一再糾正我的用語。是浮烏克蘭，而不是納烏克蘭，他說。我才驚覺原來某些文法並非放諸四海皆準的鐵律，對與錯，是與非的決定，並非落於制定俄語語法基礎的羅曼諾索夫之手，而是對話者與該使用語言文化的抵抗或合作關係。

為保溝通順暢，年少時的我僅懂觀察與順從。但凡論及「在烏克蘭」時，於烏克蘭人面前用浮，在俄國人面前用納。介系詞的切換容易。千禧年後，數位風暴前，非以斯拉夫語系為母語，非舊蘇聯體制成員，亦不隸屬歐洲，在如此旁系又旁系的依存關係底，學外語的遠東島嶼青年，面對烏俄意識形態間的劍拔弩張，漠然，是更容易的，首當其衝的本能反應。

當年留學生活中，關乎主權存有的區域於我，僅是那湫隘的莫斯科大學宿舍房間。

大學主樓為史達林時期慶祝莫斯科建立八百周年所砌，猶如生日蛋糕造型的七姐妹建物之一。俯瞰時，主樓形狀宛若象形螯爪蟹，或基里爾字母Ж。中豎為制高點，從左右向外各分兩級，次第矮落。

我曾住左側第二層級Ｂ棟（非前置字，僅作字母編號用），號室１６１６。

宿舍規模不全然相同，空間有別，十六樓十六號房應屬當中的微型款。開門後是窄小共用地，左為盥洗間，右為廁室。行過共用地則是兩間長形單人房。室內採光極好，兩層禦寒用的木框玻璃窗推開，入眼即是校內水池造景與麻雀山底蓊鬱翠林，遠能望至莫斯科河對岸的盧日尼基體育場。

窗底置暖氣管。其餘空間內，狹長邊僅擺一套老舊木桌椅與過硬挺的單人床。床頭有架五層櫃，可擺鍋碗瓢盆胡椒粗鹽罐等烹飪器具。剩餘的，僅存門邊一只瘦削乾癟的白漆木質衣櫥。腳踩深色正方形木片交疊而成的老地板。一切恍若仍未脫離蘇聯時代，撚開光，全室便籠罩在煤油燈似的湮遠暗黃色底。

前置詞用浮。

在俄國裡。在莫斯科大學裡。在我的單獨的房間裡。

俄國，莫斯科大學，房間以位格名詞變位更改字尾。我的，依照位格的人稱代名詞所有格變化。單獨的，依照單數形容詞陰性作字尾變化（房間在俄文裡為陰性）。

脫離與家人共居二十載的臺北公寓，首回遠行。當時室友是小我一屆的同校臺灣學弟。我們有著可遇不可求的共居關係：互不打擾，見面與談話次數縮限至最低。對共用盥洗間與廁桶無潔癖，無輪值清掃。我們錯開彼此上學出門時間。有時他在房內忘情地，大聲聽著重金屬搖滾樂；有時我帶不同異國友人返室，歡快地相擁，聊天。我們誰也不過問誰，誰也不責備誰。

在這樣的一間房裡經常有獨居的錯覺。卻也是那時，我體悟到自主權與所居領土間存在一抹幽微，難以明繪的霧濛情愫。

不似其他學弟妹們喜樂流轉家飾賣場，勤添個性小物增加生活機能。那些愛乾淨的，嫌木地板隙縫積汙難潔，在房內拼起顏色豔亮的塑料巧拼板。那些想展示自我個性的，將電影海報，偶像歌手照片黏於發黃泛舊的白底立體浮紋壁紙。少數人桌旁擺著鋼琴譜，二手小提琴或大提琴。

十六樓十六號的左側房間裡，我將一切物品保持它們的原初狀態。桌上疊著小說雜誌文獻，一臺筆記型電腦。不添購新寢具，一律使用公發床單枕套棉被冬毯。因疲怠，甚少使用個人廚具僅外食。五層櫃前，床側，木窗前堆著幾只開腸剖腹，從臺北家裡寄來的包裹紙箱。

不投入不依戀，不重塑家的意象。帶著能隨時永別而不懷念的決絕，在我的單獨的房間裡。彷彿這得來不易的主權有時效。凡多買一項家用品就多份壓力，彷彿預支了僅有的微薄的什麼。我甚至想讓這斯多葛主義氛圍的房間更髒點，灰塵更厚些，空氣濁濃些，好讓自己能心安理得地獨享異國的一切。

主體性與所處位置的互涉於我當時是困惑的，是仍待抽絲釐清的散亂毛線。我嫉羨那些能清楚，直接展示主權的人們。

來自阿姆斯特丹，長我幾歲的托瑪斯，是當年語言課高段班下學期初來乍到的新生。按分級測驗，他應上低一階的語言課程。彼時語言系交換學生中除他，僅一名荷蘭生，而這名男子是我們班的老班底。托瑪斯與他有著哥們情誼，他遂百般懇求導師，讓托瑪斯能越級上課。

光頭，魁梧，聲音低沉，頰端滿生青荏短髭。有陽光大男孩氣息的托瑪斯很討導師歡心。答題錯誤了，語法絮亂，詞彙忘闕，他只消咧嘴笑，聳聳肩，原先嚴謹無比的導師僅好聲叮囑：多用功些。

上學期，我曾是班裡那名落後同儕許多的成員。相較導師先前漠然，不以為意的神情，與對其他系上亞洲學生那近乎鄙夷的態度（我是班上唯一的黃面孔），甚至揚言將我降級。我看著教室裡的托瑪斯，心底總有強烈情緒。

他不應該在這班的，他不屬於這裡。

他應該滾出去。當年我在心中如是嘶吼。

暑假前某日，托瑪斯蹣跚而至。眼窩嘴角堆著大小不一的瘀青，左手打了石膏，捆起三角巾。導師與其他歐洲學生們憂心忡忡。托瑪斯瞪直雙眼緊咬雙唇，許久，才忿忿講述，假日時在校園晃蕩，一群素未謀面的俄國學生們見他不順眼，群起而攻。事發地在我十六樓十六號的房間窗戶眺望所及，那麻雀山的密林小徑裡。

此後，我會百無聊賴地推開房裡的雙層窗，單手托頦，凝視底下高聳茫生的叢叢綠綠。

想起剛抵莫斯科後，校園內有俄籍女學生深夜獨踽，在側門晚林間被多名男子搶劫殺害。冬夜，另名韓國交換生，亦於回宿舍途中被俄國年輕男子們圍毆，她血淋氣吁，緩步翼翼將身子撐回宿舍後，在房裡斷了氣。

還有登上社會版角落的韓國年輕女子，在等地鐵時被人從背後一推，跌落至軌道，遭車體輾斃。

記得在臺灣大一下學期發生的地鐵慘案。一男一女在搭駛向汽車廠站方向的車廂裡點燃引信。四十二人死亡，兩百多人受傷。臺灣報紙刊登許多未敷上馬賽克的外電攝像，端坐緊依的人體焦黑成炭，僅留下素描般的痛苦輪廓。車體變形，走道，門窗旁散著斷肢裂骸。

更早的劇院挾持事件有一百多名人質亡佚。

在莫斯科。

卻是唯有身處逼近死亡與危險之地，才能感覺活著與存在的殷切，是我抵俄後的心得。在這充滿悲劇，苦難，哀悽與掙扎的國度裡，我竟感到前所未有的自由與歡愉。而他者的苦難令我愧疚，我遂催眠自己不能迷戀這種疏離與殘忍。自由是癮。年幼時，逃離是唯一辦法。卻得在歷經更多次出走與歸返後方能證悟，異鄉的歸屬感若游雲飄渺；而故鄉的陌生感，總能於疆域內某邊境交界處化解。

入中年，回臺定居多年，某日我點開臉書，赫然見到托瑪斯的貼文。

他拍了張灰藍天空底的高速公路照片，並留言：我開車前往烏克蘭與波蘭邊界，我能在任何地點載民眾前往任何方向，在我荷蘭的住處安排住宿空間亦不成問題，意者請私訊或來電。

浮烏克蘭抑或納烏克蘭，意識牴觸的最高境界，是戰爭與鮮血。

托瑪斯將頭貼換成個人肖像畫，背景襯著亮黃鮮藍的烏克蘭國旗。其餘貼文照片顯示，他幾年前開始學習塞爾維亞語，曾住美國一段時間。我方才驚覺，原來對文化主權的凝視與抵抗，在所屬與非我族類間的歸屬與掙扎，發生在當年莫斯科大學語言課堂裡的每位學生身上。

我也才聯想到，位格陽性單數形容詞變化字尾 ом，不論重音節單看而唸若「唵」。按古印度哲學，為中脈音，是佛的身密，是嬰兒在母體裡的胎音。

亦是宇宙初始的聲音。拉丁語 hic et nunc，此時此刻。

我身所在即為一切。

——原載於《自由時報．自由副刊》二〇二三年三月二十三日

呼格

如何確切以符號指涉自身，是隱微而艱難的技藝。

中文語境裡，思此，你腦海中浮現的，是那名自你年輕時闖蕩城中各影展之際，常遇見的奇異長者。

長者羸瘦，不高，鼻尖垂掛圓厚粗框鏡，總著寬鬆黯色短袖衫，短褲配勃肯鞋。讓人印象至深的，莫過那頭蓬鬆如雪霜嶺巔，猛竄奇花異草般的銀纏長髮。觀影畢，總有年輕小妖慕名而來，邀長者於看板前合影。他們打卡聊天，獨自前來的你站得遠遠地，好奇地欣賞一切。長者在鏡頭前總是嬌羞，赧然比出原宿街拍高校少女的可愛手勢。

扣除原姓氏餘名，長者以八只插縫禽羽豐翼編串的綺美漢字指涉自身。是原華人世界中你見過最逍遙，也最挑釁的姿態。

怎料大疫期間，東瀛跨國壽司促銷活動引燃的改名熱，更迭，刷新了你的認知。鮭魚，歸於，規餘。為求期間限定無料飲食，年輕人將正字，諧音等水行旁生卵生者置於其身分證欄內。

也因此出現䠙䠙軇五十連字驚天地的破紀錄漫衍長名。

改名容易改姓難。今法允更名三回，無限字數（你想著某些人如影展奇異長者，索性讓自己成為無限蔓延的註解）；姓氏卻僅一次，且只能從生父母養父母監護人之屬（必然的財產，資源依附關係，生產即資本）。此種種，皆是封城百無聊賴時，你上網遍尋的細瑣資訊。

卻也是這看似惡趣味的熱潮令你反芻復想，為何法定稱，那亙古以降，由五行相生剋筆畫吉凶等嚴謹思維綑綁再綑綁，得以定奪一生盈缺的命名學，不能依後現代或後設方法，被解構與除魅（如性別與殖民地）？稱謂必得合乎本體般確切？你思忖，那些越偏移越具嘲諷意味的符號增生加法，許是可能的逃脫途徑。

從前你替自己，以不同外語穿上不同的名，試圖解脫既有的符號桎梏。所費不貲的私立幼稚園設有英語課，五、六歲的你辨別生疏的拉丁字母。要等至國小五六年級，在臨巷新立的全英語幼兒補習班，你才有了第一個正式的外國名字。

Charles。查爾斯。

挑選之必要參數依然是你的中文原型。家人設想外國名總該跟原有漢名發音親近，ㄑ與ㄔ，語音學同屬送氣音，嘴唇拉長或噘起，在這輕輕肌肉拉扯間的空隙，產出你的嶄新身分。這名字好，自帶倫敦皇室氣息，家人說。你同意。

臨巷的英語補習班，強調小班教學，聘請的外籍教師一律講道地英國口音。你已忘闕那對同班姐妹花與粗魯男孩的名，卻對人生第一位外籍教師記憶極深。一米八身形，金髮碧眼，好聞的古龍水淡香與運動身軀。那是小小的你，迷戀的第一個異國成年男性。時而圍圈席地而坐的對話練習，你總雀躍舉手，試圖霸占他的注意。

他有著奇特的稱呼。Nigel，奈吉爾（多年後鍾情字源學的你才意會，該名源自拉丁語nigellus。黑色的，深暗的。是你知曉的慾望原初模樣）。

你總跟班上同學起鬨嘲笑他。奶雞，奶機。你們揮舞小手，尖扯嗓音興奮怪叫。奶雞，奶急，唻機。唇齒摩擦以訛傳訛成不同變體。大你一屆的同班姐姐老氣橫秋地說，唻機是荔枝的粵語發音。

荔枝意離枝，相逢苦別離。奈吉爾教導數月，某日課後不捨地對你們說，隔週將移居漢城。去那邊做什麼呢？企圖掩飾眼淚的你以英語詢問。

教英文啊。奈吉爾露出一抹半悲半喜的笑容道。那日放學後天色墨沉，深深的被拋棄感徘徊不去，你返家後鎮夜低頭緘默，如此結束你頭一回的單戀失戀異國戀曲。

像刻意屏棄一段記憶，升國中後在英文課的所有試卷上，你寫上另個英文名字布萊恩。查爾斯聽起來老氣，且白與布音近。迷戀上美國流行音樂的你對家人如此解釋。

大學俄語課你有了第二個外語名。

新生入學本系首堂課，是臺籍導師執鞭的大一俄語。存在先於本質，沙特語。事物卻因本質被命名與指涉。臺籍導師按學號依次為學生取名。看似簡單，卻帶股神祕主義氛圍。薇拉、娜嘉、琉杷，代表信望愛之名，得取在那些具備該特質的女孩身上。有些簡稱男女同用：如潔尼亞、莎夏，適合中性或具眾生相常人脾性者。所有新生一一被指認後，你雙腳頻打擺子不安期待著。

有想要的名字嗎？導師問你。

想取跟中文名字音近的。你如昔回覆。

導師望你，沉吟些許，後道：就叫瓦洛佳，瓦洛佳是弗拉基米爾的暱稱，是中世紀封建大公，亦是當今總統名。

ㄐ，不送氣清齦顎塞擦音，與你原先要求名字裡的ㄑ相差甚異。導師見你疑惑神情，續言：Владимир 弗拉基米爾之意，掌握世界的人（владеть 弗拉傑，俄語動詞中的掌握與精通。мир 米爾，是世界，亦能指和平）。

大一親師座談會，導師熱切地同你家人說：一看即知瓦洛佳有絕不服輸的意志與好勝心。如是經年，系上同學教授稱你瓦洛佳；隨後基輔的戀人稱你為窩瓦，弗拉基米爾另一暱稱。

俄語如多數斯拉夫語，單一名詞名字形容詞副詞，都可蜿蜒曲折出各式顯示親暱的「指小詞」。桌子，桌兒，小桌子，小桌桌。如此如此。某些俄語人名未縮寫時，照字直唸，唇齒舌腔穿梭抖動如策馬入林緊竹慢影。凡人總有惰性，斯拉夫民族亦然，因此若關係親近，便將談話夥伴的名字對摺復對摺成薄裘輕衣。

不似保加利亞語、捷克語、波蘭語、塞爾維亞語、烏克蘭語，俄語是唯一不具備呼格的斯拉夫語。弔詭處在於，其變格形式於庶民生活中行之有年，但在正式語法教學或語言分類學上，早已不見蹤影。

呼格，通其稱，呼喚他者之名時的變格格位。

平日若稱他者，先將名字按指小詞變體再變體：亞歷山德洛夫娜、亞歷山德變成了莎夏。弗拉基米爾可幻化為瓦洛佳，窩瓦，窩瓦弛卡。用呼格時，則將指小詞化後的名，再裁短剁塊，直至掏出俄羅斯套娃最內層如小指甲，花生仁大的超濃縮內核體。

訊息裡，基輔戀人稱你為小兔子，кролик（你反稱戀人為小熊，мишка）有時他亦直喚你窩瓦。唯獨在你的深夜他的早晨那僅存的跨時區視訊通話期，他會親暱地望著你的數位呈現，叫聲窩夫。Вов，窩夫如狼嚎犬鳴。俄語呼格，所有字尾母音一率閹割剃去。你的名字從長長的弗拉基米爾依次遞減為Вова後再除掉母音 a。一切繁瑣的層層護持罩衫逐一褪去，細慢削下洋蔥迴圈後，遺留下最輕簡的單音節，像戀人緊握著你內裡赤裸的心。

在外國人面前，你不再稱自己為查爾斯或布萊恩，你說你叫瓦洛佳。此種信念根深蒂固後未有動搖，直至你抵莫斯科後的正式留學生活。

莫斯科大學語言學系，第一堂課，免不了的自我介紹。

待所有人依序發言，簡述其國籍，在校專業與旅俄目標後，導師盧辛斯基微笑問你：叫什麼名？

他們叫我瓦洛佳，我從臺灣來。你說（俄語中「我的名字是……」，其原句型直譯為「他們稱呼我為……」）。

怎知語畢，全班哄堂大笑。嚴謹的盧辛斯基被你逗得喘不過氣。全班十幾雙灰藍灰綠深褐色的眼睛望你。你害臊不已，怯聲詢問為何眾人如此反應。盧辛斯基不解而詢：你沒有「自己的」「中文」名字嗎？為什麼要「挪用」俄國人的名字呢？

頃刻間，你雙頰緋紅，支吾難語。該如何解釋自幼以來所有外語課，臺灣學生慣取外國名。該如何解釋中文拼音直譯俄語基里爾字母配對時，ㄑ竟轉為風馬牛不相及的漢語ㄘ音。樵槽相異，那是你在俄語裡無所尋覓的自身倒影。

德國人看你，荷蘭人望你，烏克蘭人緊瞅著，班上的芬蘭人瑞士人美國人俄裔澳洲人俄裔日本人看你。你失語，無能指涉自己。導師盧辛斯基再擲出致命問句：你沒有自己的名字嗎？

槽，我的名字叫槽，只是翻譯後的音與中文差異甚大。你低頭慎言時，仍能感受盧辛斯基冰霜般的眼神戳刺著你。就叫你瓦洛佳吧，挺有趣的。幾名同學替你化解尷尬場面。於是整學年，你成了班上那名奇特，恣意挪用俄國名字的臺灣留學生。

你思索取外國名隱蔽自身的學習傳統。日本人，韓國人保持本名。泰國人亦有近西式發音的單音簡稱。至少在系上，取外國名，是聲調繁複，擁有過多同音字近似發音的中文名，總令俄籍教授頭疼不已後，遂想出的折衷記。但說穿了，其動機，許是大寫的西方他者不願「紓尊降貴」，疲於辨臉辨音；以及普遍深植華人體內的討好心態作祟的雙重交織效應。

文化的本體自主性，在你體內逐趨成長。出社會後重新拾起法語時，你決定叫自己Chiao，樵。如此光明正大頂天立地。如此簡易。

居住巴黎期間，但凡拉丁語系民族聽聞你名後，無不莞爾竊笑。Chiao？Comme Ciao？樵，與義大利語Ciao的發音相同嗎？他們紛紛詢問著。你驕傲地點頭稱是。

這時你總篤定回覆：你深曉樵在義大利發音中是普及如嗨一般的打招呼語。亦知曉有時對話或聚會末梢，人們亦用此音互道珍重。你說自己著迷於如此歧異的本質，這存於極簡的，如俄羅斯套娃最內層小指甲，花生仁大的超濃縮內核的單音節體。

相逢與道別是你，起點終點標記。你成為生活化的，極口語而非書面語的獨立線性事件。加法能是命定與立法的逃脫途徑，減法亦然。

你眷戀砍柴之人挪移到拉丁語境後成為嗨與掰掰的惡趣味。

你眷戀西方的大寫他者入耳難忘的中毒性單音。而最初最初的原委，是Ciao與樵，在發聲構造上，如此契合貼近。

你就是你。是自身的多義註解，能流竄，飄移。

你就是你，如此簡易。

——原載於《自由時報・自由副刊》二〇二三年八月十七日

予格

愛與喜歡的不同，有時是語法式的。至少在俄語中如此。尋常語言底，主體動詞客體。主體呈第一形式主格不變似是天經地義。但喜歡不同，我喜歡你，中文如此，但若翻譯成俄語，你卻化身為主格，是你觸動了我心歡喜狂亂情迷。

予格與間接相關。其功用常表示間接受詞。我愛你，遂將心，將我的神識清明通通交付予戀人情人你。心與所有是直接受詞，你是間接受詞。這間接含義深邃冥頑無比，在印歐語系底進化（演化退化型變）中，在所有格位次第消滅之際，仍如活化石般歷經世紀沖刷語種滅絕後，予格仍存留在多數語言肌理（如英語德語多數拉丁語系中）。

因為喜歡，所以我寫信給你，複數的你，正在閱讀的你。

以俄語邏輯，寫信給你時你成為予格。而我喜歡你時我成為予格。

交替是喜歡的換位思考，是以世紀為名起誓的間接型情人證據。

1 我們曾並肩走過

給伊格爾：

我們並肩走過許多數位廢墟。雅虎即時通，MSN。加密，暗置合影的無名小站已漠荒。初識使用的交友網站蓋薼，也於前些年，因宣傳非傳統性少數思想而遭俄國新聞局封鎖。跋涉，遷徙。我們在臉書與instagram裡，互為好友。

上拉前滑，回溯十多年訊息，寥寥可數。難得幾次，我的睡前凌晨，你的晚餐後居家時間，你捎訊問暖。我客套疏冷回應。

當我從莫斯科返臺後，倆人曾試過遠距交際，徒然地。結局，是勤儉的你以莫斯科市話狂撥我手機（湮遠的前智慧型年代）。我接起，未搭腔，任塵埃與金錢累計。聽你遙遠，沙沙的，參雜訊聲音。喂喂喂，你急喊：是樵嗎？

我不是。我以英語易容後，切斷通話。

好些年，當往事被生活裡更大的苦痛砥礪抹滑後，才接受了你的好友邀請。有些話題我迴避。維持距離，卻總憶及往日點滴。

你是少數直呼我樵，而非瓦洛佳的俄國人。

樵何意？初次見面時你問。林間伐木者，我說：漢文化裡有隱士之涵。

你的姓氏卡納瓦羅夫呢？我問。闇獸者。你咧嘴笑道。

那次約會是冬季，一月，我倆生日的過渡期，一切恍若命定。

記得你喜食雞里脊配青豆。愛攜我漫步夏季午後，傍池，橙粉淺薄荷綠建築錯落（有一外牆敷百獸白石浮雕如爬牆虎遍布之宅邸）的奇斯托普魯尼大道。總前往索菲亞與雅典旅行。

卻是在這後疫情時代，倏忽掛心嗜遠行如命的你（按例你該飛往開羅以避嚴冬），總在旅行社或飯店業工作的你。然後，再想起，這十幾年，我似乎未曾主動問候你，表達我的關心。

2 一封虛擬給樞機主教的信

親愛的E. S. C.：

久未聯繫，近日安好？寫此信時，我正位於島嶼北方，一棟被規劃即將都市更新的，搖搖欲墜的老公寓裡。冬日已臨，即使這島嶼無雪無冰，卻依然讓人倦懶，身慮。

自幼同窗，你知我極厭手寫信。寫下的字，筆劃的行進繞迴間，總透漏太多私密情緒與個人事蹟，那是我們的身分所應避諱的一切。為找尋符合通訊嚴規的莎草紙 papyrus，我翻盡所有抽屜，才尋及那業已溼潮，變色的綑卷。那是我從聖地被分派至島嶼時所攜帶的，極少家私之一。

將一封莎草紙手寫信，裝入偽造編碼的國際商業信函裡，這年幼時看來極可笑的條令，在這後科技社會，竟顯得浪漫。

留心所有媒介。草創大數據的我邦耆老面命所教（自今婪用智型器械的人們啊，早已忘闕互聯網源於冷戰）。亦是於聖地豢養的信念。

捎信予你，主因前些時日，哨者們在公寓底鏽蝕舊鐵箱裡，除了投遞必要的民生物資外（你知曉我衰老的膝關節，不易久行樓梯），還轉交了一封手寫的，給神的信。薄紙兩張，蛋殼青底，鋼筆字，寄者不明，僅以凡人自居。內文，是對神與末日之思索哲辯。

閱畢，我闔信沉思數日，狂喜。

若行諸於詞，該是我邦舊經所引之字，béatitude，非關日常幸福，僅屬榮光的至上極樂。是的，捎信予你，僅為轉告，我在這島嶼多年，漫長迴盪昏暗公寓密室，地下廣場，荒山野地所行的布道，埋藏偽末日說並非徒勞。被晃動信念的人們開始議論了，甚至起而行，動身尋找，質疑，並探求出路。

末日實為弒神日，凡人信中說。

我邦幾世紀以降謹守之奧祕，終以反義被揭示。

自凡人將神擬像，並賦予以訛傳訛的可笑事蹟好深化其可信度時，一切都已濁汙。如我邦訓誡：真正的偉大，源自虛空。無相無述無我無他。塵世宗教裡，或許佛教與之親近，卻也只得半分真傳。畢竟，菩提仍須憑藉無數神話與教導，方達完滿。

人形像了神，便已𡾟了神，更違論蠡測編纂其事蹟。自那刻起，世界便走向無盡的滅毀。耆老們說。

解放之計，唯憑淨化。

清空，重置 signifié，讓 signifiant 保持絕對潔淨。（你看，經多年塵世俗務，我竟如當年的老學究搬弄起所指與能指）如何讓憑藉塵世宗教建構而出的政商經濟藝術哲學體制，那所有的汙穢，回放，倒溯於靈聖無瑕之態，終得仰賴那究極時刻。

Le jour clair。

有光澄澈之日。我邦語，較塵世慣用的末日一詞，顯得無比優美。

至我擎筆時，邁向澄澈之日的計畫亦漸入佳境。全球蔓延的澄菌已演化至第五代，高達十處的棘蛋白受體結合區域變異。塵世之人，仍以古典傳染疾病學待之。然他們難意料，澄菌將如世人們形塑，汙衊神的歧義般，無止盡地自我新塑，汰盡，再多預防也無以能計。

我的神，請你不要離去。凡人在信中祈求。

塵世者未曉，在人指涉神的那一剎那，祂已離席。（蒼衰道深如我，作信寫祂字時，仍觳觫顫驚。敘神，這難以原諒的褻瀆，是啊，我邦慣以黑洞，空缺，那已被離棄之席等詞指涉，秉虔敬心）。

無人，才能有神。

讓神歸返，在盛大的，有光澄澈之日，那必得如夏之花火慶祭，在最燦爛的時節狂綻。在塵世最需神，最多羔羊低頭臣服於假冒的塑漆形象祈禱之際，當信仰的誤解積累於最沉最深時，如約，淨空一切。

多美。

唯信末順稟一慮，我已於兩年前自服澄菌，這期間，夜寐高燒，盜汗，無食慾，咽喉腫脹，啖米無味嗅草無芳，卻仍苟活。據哨者們捎來的短書通報，布點四方的傳教士長（令人玩味的職稱啊，我們散布偽論，惶恐與疾病，而非洩漏真理）如我，在約定日服菌，於各城冶蕩不久後，皆已暖眠於澄澈之土。唯我睜目獨孤。

為防澄澈日有所餘株，請你建言教宗，到時仍須透過哨者與所剩的教士們，集結各區眼線，囤器而戰。

在殘破，無人看守的駐兵處，將那些寂寞的銅鐵，無聲駛入城鎮。運用數世紀積累成的知識，各司其職，實體操演。

切開那些咽喉，以名諱玷辱過神的。挖空那些心，自以為有所慈悲的。截去那些四肢，謬想以跪拜闔掌畫十字等簡易動作便能贖罪滅業的。他們的，我們的。焚燒文明。讓一切終歸腐土。clairière，林間空地，這是我近年常想起的字，與有光澄澈同根。腐土，泥炭，餘燼中，成為一顆空轉而烏黑的星。無從描繪的真理，方能緩緩甦醒。

塵世悖離原道太遠太久了。吾自助而起。

畢竟祈求他者的救贖，是最邪惡而汙穢的想念。

祝　有光澄澈之日闔眼

傳教士長P

——原載於《幼獅文藝》二〇二一年三月號，《字花》第九十五期

屬格

你深曉俄語中的屬格難以捉摸，極其曖昧。

隸屬是與不是間的曖昧，個體與複數至群體的曖昧。是綴連如攀藤爬牆虎的長長修飾形容詞，是早於啟蒙時代先知者口傳予心靈迷航者的汪洋指南，是對更高層次的追求與呼喚。

屬格更意味梭羅於瓦爾登湖畔，歷經兩年兩個月又兩天的最終反證：獨立單一主體，無法決然離群索居。人必與他者相連。所以沉思之人勢得折返，當他擎筆撰寫《湖濱散記》，那白紙鵝毛筆墨水字句凝鍊的，是被閱讀，被理解的渴望，與所指涉的空缺席位。

難以獨存的人們啊。你輕嘆。

出生時即受血緣社會階級等網絡鎖定（無雙親者稱孤，獨身者亦然，如斯完滿無瑕的對照法）。

一如你大學初習語音學時所受的震撼：原來所有聲母韻母子音母音（你聽，連語言亦按血緣運作的荒謬旋律）之所以獨立存在，能被抽離與標示，實因該音跟其他近似發聲者，具備語義功能上的差異（你，因非你存在）。

環繞「存在」的曖昧介質，那如薄紗圍攏的半透明感，是沙特揭示的 mauvaise foi，錯信。是那名於《存在與虛無》中，巴黎咖啡館裡扮演他人眼中服務生形象的年輕男子（這半透明介質或因上世紀末，朱迪斯．巴特勒於《性／別惑亂》提及表演性，而被劃線，著墨，增添染劑顏料至成色鮮明，進而逆反時空化作蘇珊．桑塔格《坎普札記》裡的 artifice 技巧，那鋥閃珠翠亮片猖狂的演化完成體後，終能被解放與重生）。

大學新生階段，面對俄語你心中許多油生的沉沉無力感，常因屬格而起。你僅能簡言單一個體或複數群體：一名學生，學生們，一位老師，老師們。無法以明確數量指稱單位與全部名詞（包括相關的程度副詞如：許多，部分，少許），甚至無法表達虛空與缺席（不在，沒有，皆須使用屬格）。直至大二上學期，你才知曉原來一切主因數字與屬格的交互作用。

俄語裡，屬格代表從屬與依存關係。其字根，更意謂雙親。

中文語境的屬格極簡，無錯綜文法，能通以「的」取而代知。一本我大學時代閱讀過的老舊課本，若按俄語詞序，得成為首尾逆位，不斷延展的：一本課本，我的，大學時代的，被閱讀過的，老舊的（主語課本之後，人稱所有格代詞，形容詞與被動式動詞形容詞等皆呈屬格變化）。

每種語言皆與數字萌生不同形式的親密課題：阿拉伯語中專為倆人雙數而生的動詞變

化，法語命名數字時的加法邏輯與瑣碎的連接詞存有與否（七十唸作六十加十、八十唸作四個二十、九十則為四個二十加十）。但沒有任何一種語言同俄語與數字有著更深刻的繁文縟節。

大二的你沉思屬格良久。

原來所有物與人，數量為一時字尾不變化（一名學生，學生字尾不變化）。但當數量增至二、三、四時字尾得依該字性別作屬格單數變化（未考量該合成數詞處於句中的格位）。若數量為五以上，字尾依該字性別作屬格複數變化；但弔詭處在於當數量二十以上，若尾數為一，則保持單數原狀（如四十一名學生，學生為單數原型而非複數）。如此繁複再繁複。

此未談涉更細瑣的，數字的其他演繹如序數詞，集合數詞等變體等。

數量，數字與主體的神祕牽連，對於二十幾歲的你難解如希臘神話學諸神相互交錯亂倫的親屬關係（得再加乘羅馬神話的對照系譜）。你只能填鴨式地將規則拚命往腦裡塞擠（更別提六種格位變化裡，屬格是字尾變法例外最多的族群）。得經歷一年多學習，嫻熟屬格所有細節，你才能真正以數量代替抽象群體，說出：你並無兄弟姊妹，你的心底不存在孤寂，你的愛裡僅有少許少許的空虛等基本詞句。

二十幾歲的你，也以為數字，數量與主體性指涉的最高神祕性，至多如同華人文化裡四同死發音相近故得聞之掩門走避，數字十三於基督教傳統象徵最後的晚餐的用膳人數代表不幸，天使數字（你常於手機螢幕相遇的三聯位數字四，代表著穩定），抑或古埃及數字七代表太陽神 Re 的七種形式與冥界之神 Osiris 與七的倍數呈現之轉世信念等諸多直覺性聯想。

屬格折射的深層數字神祕學，得等到你三十多歲開始寫作時，方能體悟。數量能逆向決定主體，是你寫作時習悟的首件事。

一千字以內為小品，三千字至四千字被歸類為散文，一萬字左右則為小說。該分類於你極其曖昧，主因擅將記憶抽絲剝繭截彎取道，或以蒙太奇式有機拼接相似經驗為作品的你（單純想敘事想傾訴的你），被數字殘暴地定論了自身類別屬性。作品的曖昧處境，誠實反映了主體被他者定義時的隔閡介質存在：審閱文學獎評語，有評審認為你的散文太像小說（因此被推論有虛構的嫌疑），而你的小說則普遍地散文化。你微笑不語。小品散文小說之分野，最終成為你抵抗文學體制類型學的 gender-bending 表演性。

創作初期，你曾參與兩名資深作家開設的寫作課。他們品味與專精相異，性別相異，學生屬性不同，少數在寫作外的交集，是神祕學（資深男作家精通面相，資深女作家能解星盤並擅長塔羅占卜）。某些時刻，他們曾如靈附體，同你傾洩天機。

但凡寫作超過三十萬字，你將能掌握任何類型與題材。只有在出版三本書以上的人才能稱為作家（第一本書有時乃電光石火擦撞後的創作，關乎本體經驗；第二本書代表轉折，唯有透過第三本書，才能觀察一名寫作者是否具備合格的廣度與深度）。資深女作家如是說。

第一本書的裝幀開數不可太小，取名不可太負面，字數須超過六萬至七萬。第一本書問世後，三年內最好出兩本書，尤有甚者，若能五年內出版三本書更佳。資深男作家諄諄教誨道。

寫作班識得的學長姐，或成為作家後你所結交的同儕，亦對數字各有不同解讀：有人說單一文學獎的有效期限為兩年餘（視不同獎項影響力大小而有不同彈性），得獎後最好在此期限投創作企劃與補助；亦有人言一本書的有效期限為五年，五年過後，文壇便將未出新書者歸整為非有效作家。

單就寫作，數字數量所牽引的神祕學眾說紛紜。你接受指示，謹慎執行，同時抱持好奇的實證主義心態，觀察那些反其道而行或知其理卻執意不為的同行者。

你成為數字與數量的迷信者，或可歸咎於對其運作的無助與惶恐。

猶記國小一年級某次段考，導師氣急敗壞以藤條抽打黑板，另隻手指數學考卷，當全班的面同你怒吼為何這般愚蠢時，你感受到的觳觫恐懼，被壓迫感與自責心緒（然而那次段考你得了九十多分，導師僅因簡單運算錯誤非難你）。

國小五年級至國三漫長的平日週末數學補習。你記得許多欲雨未雨的週六早晨，與睡眼惺忪的同學們搭乘漆黑電梯，升至補習班大廈中的神祕頂樓，那平時未開放的老舊教室內，你們勤算永無止盡的測驗卷，批改後，訂正，再測驗，再回學校段考模擬考聯考的無限輪迴。

是高中三年六學期數學被當五學期的慘痛體驗與羞恥感（三十多歲的你，午夜夢迴，仍常在景深之中目睹自己低頭揮汗，在偌大視聽教室中，與所有同年級不及格者共同補考的狼狽畫面）。

數字與數量成為夢魘。成年的你決定將其納入括弧置之不理，存而不論，遂於大學選填俄語系（你且將所有跨系選修課集中於文學院外語學院傳播學院，好躲避微積分統計會計整體經濟學等任何與數學有所糾結之物）。

如此左閃右閃，謹小慎微，成年後你仍難逃各異國語境的數字與數量。

你常搞錯阿拉伯語中代表兩人行為的雙數動詞變化。無法在法國人朗誦八位數電話號碼，迅速將切分為四個十進單位發音時數字的同步還原的慢拍反應。你至今仍易忘卻俄語裡表示分數與小數的正確格位變化。

數字，數量，數學彷彿某種恐懼原型，抑或前世今生式的命定論，造成你運作時的永恆缺陷，漏洞，與程式錯誤。你只能謙卑地，在剩餘的可操控數字處頂禮，膜拜。

知曉你精通數國語言與此心結的友人們問：總說左腦支配語言、數學、邏輯、推理，背誦並應用後天習得的外語規則該像記憶與演算一道數學公式，為何你能有此矛盾？

你擺首聳肩，不語。

過度解釋是無效的。只因你想，或許外語中的部分性數字失能，早已見微知著地，讓你擺脫人能徹底掌握單一語言的妄想與執念（如同中文母語者無法識別所有漢字，英文母語者無法通慧古英語與所有外語交會影響與所有字彙源頭般）。無限與全能唯有神；人因各式極限的存有，而在界線中進化變異。

這種失能亦揭穿語言作為溝通符號的無效與詞不達意的究極前提。你因不能溝通而企圖瞭解他者。

無人能僭越全知者的最高神聖。你扮演紅塵底的缺陷者，超越沙特式的錯信。你眷戀從屬關係裡的突兀與不完滿，並將任何負面形容詞轉品，加劇為蘇珊．桑塔格坎普概念（camp）代表的「因過度陳腐、平庸、鋪張而產生的反差而形成的複雜戲劇化吸引力」。俗世企圖以非你之物定義你，以符號囊括你，獵捕你。而你反向成為不是自己的自己，輕盈逃逸。

在茫茫迷霧籠罩的未知裡，你與瑕疵共存，與曖昧同舞，與萬物同在。

具格

於我，俄語是決然的神祕主義。

神祕在於其儀軌的冗長繁雜。每週八小時語法，四小時會話，外加兩小時視聽訓練與無數選修，如此兩年所學，僅積累能應付日常生活的基礎能力。此時，更得熟悉六種格位變化，以位格為首，具格作結，具格是儀軌的收尾，亦是抵達另道謎底的途徑。

物祕，在其特質隱而不宣。俄語是隱。

習歐語者，必曉基礎動詞變化最為乖張，例外復例外，只得硬記別無他法。擁有、做、走、跑、回抵、去、攀登，行車如是。其中擁有最詭辯外觀的，非「是」莫屬。俄語的神祕選擇則將「是」隱去，抹避（男孩正在走路，可改寫為是個在走路中的男孩，誰說所有動詞，唯一至上者唯「是」，可替換所有？）。

現在式表述句，僅需名詞名詞相依，便能表達關聯性。我，學生。我，他的情人。這分戀情，恐懼。莫里斯．布朗肖在《文學空間》提及：「我是」意味著我，是，把自我解脫，分離於存在，否定非我相關的其他所有。單純的相依排列，彷彿帶點遊戲意味，儘管依句法學主語賓語性質詫異，但乍看，俄語彷彿帶點東正教掠境前，萬物平等的多神信仰意味。

具，工具器皿物事也。

在系上得花一年多時間，直至滲透具格，才能表達另種形式與存在。原來現在式中被隱沒的是，在過去式與未來式裡，將如密印浸水緩緩浮現，挾帶自身繁雜的變化規則。我，曾是將是，學生。我，曾是將是他的情人。這份戀情曾是將是恐懼。原不變賓語：學生，情人，恐懼，在不同時態將呈具格詞尾變化。

如此想來，俄語或許是聖奧古斯丁的信徒，是現在式的絕對臣服者與狂熱分子（過去的現在是記憶，現在的現在是視覺，未來的現在是期待。聖奧古斯丁語。）當我們脫離神聖時態，萬物和諧關係受阻，所屬物一率傾斜為非平等無機體，成為工具，以具格表之。

我，寫信給你，羽毛筆，紅水印。筆與印詞尾作具格變化，跟受格的信有所區別。

若將主體存有焦慮放入括弧，我說，具格標誌使用所用被用（廣義至過去世未來世的挪用）。

莫斯科留學時期，是我對具格感受最深之年。

開學前搬進莫斯科大學主樓宿舍。萬物虛廢待興。房內沒網路，為收發信件，在通訊軟體與臺灣朋友聊天，得花十五分鐘步行至校園側門的附屬網咖。

筆電於入境時水土不服。我在網咖搜尋臺產電腦公司的俄國據點，卻總無精確資料。我抄下幾筆地址，乘地鐵奔波（所幸範圍離大學站不遠，位於同屬紅線的文化公園站周邊）。

夏末，拎著奄奄電器，來回克里米亞大橋街。左過莫斯科河至基輔站的維修處無果，返原點，轉身右行再涉拐了彎的莫斯科河，穿越高爾基公園至十月站附近的辦公室。陽光炙烈，同條街上擺盪無度如魂，時而迷航，我抬頭望，只見遠方工廠對空噴吐瘴灰塵靄。腳乏汗沁，心頹矣。

待修好筆電，宿舍仍無配接網路。學長姐說得耐心等待俄國學生主動聯繫。臨近開學，一名樸實打扮，理工氣息的俄國男孩來到我房。原猜僅須從內裡牽扯管線，怎料，他躍至窗臺，將上半身遙遙探出，懸在十六樓的高空，隨風擺盪，並以衣架勾拉遠方長纜。接妥線路安裝機盒，還得熟門路地找尋中國學生，以每月儲值方式開通服務。

我從已返臺的學長姐那兒繼承許多餐廚具。隨後，憑華人留學生在網路上的私人論壇，購得一架二手灰殼映像管電視。

脫離物域，具格是時間與節慶。

黎明午晏夜晚凌晨四季，皆以具格表之（但月分與星期不然）。非日常軌跡的特殊間隙，所有該給被祝福與庇佑的剎那，皆屬具格管轄的神聖時刻。

耶誕，新年，辭冬時的謝肉節，婦女節復活節抗戰紀念日。幸福平安，情愛順利，財源滿盈，所有祝福與願望（微小奇特如前往桑拿盥洗時的互頌密語：с лёгким паром，祝蒸汽輕盈），亦皆用具格加前綴詞表述。

我在莫斯科度過許多難忘節日。

雙十節前，獲知被選為學生代表，參與前日在特維爾大道萬豪酒店舉辦的國宴。學長姐更予我大任，身兼進場接待。

穿上從臺灣帶來的，嶄新的保羅史密斯天空藍滾粗深褐線純棉襯衫，緊身黑褲，薄料黑西裝外套，淺咖啡色偽麂皮尖頭鞋。戴上暗灰漸墨粗框亞曼尼眼鏡。我興高采烈趕至萬豪酒店宴會廳。

珠光鬢影，巧笑倩兮。酒杯互擊的輕音低鳴。

我向代表處報到，詢問當日接待事宜。怎料主辦者從頭至腳打量我後憤慨指責：穿著隨便，怎能擔此要職。他朝身旁另名學長招手，打量半晌，最後將眼光緊鎖在對方腳上，並抱怨道：這球鞋不合適。學長赧然縮首。最後主辦者指著我們的鼻子命令：你們互換鞋子。

故鄉的榮光時刻，我穿著陳舊，厚重，裹覆前主人悶悶汗浴的鞋。我舉杯，艱困微笑，不敢穿梭在自助餐檯領拾糕點。整場聚會窘迫地試圖將腳，隱藏在沿廳擺放的活動式小圓桌底（具格可表位置，接續介系詞後如：之中、之前、之後、旁側、其上、其下；是夜的我，自覺存活於權力結構的最底層，最邊陲地帶，無人垂憫）。

具格能表與共關係，以介系詞 c 連接字尾變化後的人名與人稱代詞（c кем）。入秋，透過交友網站我認識了瓦夏。我們相約在市區連鎖俄式餐廳見面。當天，瓦夏帶著男友珈沙赴約。

瓦夏幼我兩歲，是所有遇過的俄國人裡，性格最為開朗的。鉑金髮，妹妹頭，身形不高卻頗為結實。瓦夏熱情，音量宏大，約莫患有妥瑞症，他說話時會猛然眨眼，斜頸，喉頭唱盤跳針似地梗轉在同個音。珈沙二十五歲，卻因男性賀爾蒙過盛導致髮量薄稀，他體態清癯，面瘦，嗓音極低，與瓦夏一靜一動，是最佳的互補型情侶。

瓦夏與珈沙總想盡東道之誼，每逢節慶，總捎訊邀約。

連帶地我認識了與這對情侶相關的一票夥伴，有瓦夏的技術學院同學，珈沙的工作同事，男男女女同志異性戀十餘人。陽曆跨年，我與這幫人首次會晤，十二月最後一天，我們至超商採購數日所需的食材後，同乘地鐵至末站，其中一人的老公寓。

褪至珍珠色的團花壁紙，深色木質櫥櫃，正對餐廳，是整牆突兀的悠林抵雪的大圖輸出貼面。瓦夏與珈沙在長桌鋪上我熟悉的九重葛花色亮眼桌布，我們依序擺放紙盤，餐具與杯器。女孩們從廚房裡端出一道道目不暇給的半自製晚餐：黑橄欖佐番茄麵包，以長條黃紅椒裝飾的蛋沙拉，起司盤佐烏魚子醬，燻肉切片，蛋糕形狀頂端擺放芫荽葉的紫豔甜菜根沙拉。以及我最鍾愛的，名為銀荊花，那由三文魚或鯖魚肉末、水煮蛋、乳酪、洋蔥與蛋黃醬層疊製成的節慶沙拉。

飲香檳，客廳開電視隨倒數的紅場煙火轉播一同慶賀。我們互道新年快樂，擁抱並親吻彼此臉頰。

懶散閒賦於地鐵底站的老社區公寓，飲酒，玩紙牌遊戲，如斯睡睡醒醒度過四天假期。

瓦夏與卯沙更慶祝了我的二十二歲生日。

相約紫線底的滑翔機站，瓦夏領我步行至他宿舍。一推門，卯沙與大夥早已備好豐盛的慶生餐，並送予我賀禮。瓦夏從櫃子抽出兩張唱碟。你會跳舞，會愛上裡頭的音樂。瓦夏興奮得忘了口吃，拉著我的袖子說道。我起身將唱碟放入播放器，切換不同曲目，一張令人驚豔的 deep house 精選。

親吻親吻，親吻親吻，你知道如何親吻親吻親吻？

就像如此如此，如此如此。

呢喃是英語是淩晨夜的黑色失眠與纏綿玄音（聖奧古斯丁式的期待裡，返臺完成大學文憑服完兵役，我將在臺上，穿及膝灰裙與黏貼人工水晶的長袖黑衫，環抱方枕，以此曲編舞，獲得人生首座表演獎盃）。

近午夜，瓦夏同我說生日的另個驚喜，是要帶我至莫斯科最大的同志夜店狂歡。

乘地鐵至同線的波力札耶夫站。零下二十度的夜路凜凜。卯沙不時從懷裡掏出派對餘剩的伏特加，將酒瓶輪流傳遞予眾人飲。沿途景色蕭蕭，路的另側是一望無盡的蓊鬱黑闃，卯沙說，是占地極廣的公園樺樹林。

夜店取名「機運」（多年後，精熟法語方能推敲 шанс 字源該襲自 chance，多了幸運的深層義，非單指機會）。排隊入場，珈沙殷勤地替我解釋此店始於九〇年代，起初成立於七彩林蔭路站，隨後遷居，如今夜店建築物屬於全俄羅斯盲人協會的復健文化運動中心，瑪丹娜、喬治男孩、蜜拉．喬娃維琪跟范倫鐵諾都曾光顧。

偌大水泥地，極簡三層長形建物，門口是單層水泥環飾，與被垂幔遮蔽的大片落地窗。深廣的衣帽間，領取置物碼與酒券後我們直搗舞池。雙廳設計，分放浩室與俄國流行曲。午夜前，我們在最大的浩室廳欣賞變裝皇后的對嘴歌曲表演與情色單口喜劇。隨後泳裝男子站定，舞，正式揭開派對序幕。

С днём рождения。大家舉杯予我生日祝福。

兩點，瓦夏與珈沙挽著我，吆喝大家朝下間店移動。我們哆嗦地站在路旁攔車時，瓦夏親暱解下我隨意披掛於肩的奶油色朱古力色對織厚圍巾。他將部分繞過我的耳垂與頭頂。這麼冷……保暖……要緊，小心凍得耳朵掉到……地上。瓦夏紅著臉頰道。

我們分乘私家車趕至亞烏扎河畔的導師巷。「三隻猴子」裡人聲鼎沸，擁擠，體汗氤氳。與「機運」不同或在部分裝潢的明亮色系，與樓上多了可供上網的休閒區。

具格表示的與共關係終將消褪成形單影隻的孤獨體。同行者離去。我辭別瓦夏情侶檔，獨自於「三隻猴子」待至五時魚肚白。撫摸牆上高懸的曾於此地遊歷的高提耶與亞歷山大．麥昆簽名。我感到狂歡後關於成長的細瑣惆悵。

走出夜店，天濛濛亮。晃到街口等候載客的私家車隊，我隨意躍上一架中古車的老舊副駕駛座。請到地鐵大學站。我說。司機沉默啟動引擎，朝城市西南方駛去（具格可表交通工具，與位格的前置詞「納」交錯使用，少數情形如騎馬，自行車與摩托車時禁用）。

車暫泊地鐵出口，下車掏錢時，身材短碩的中年司機突然回頭問我：想碰碰這裡嗎？他指著褪色牛仔褲的拉鍊處尖端，續言：只需五百盧布。

用手跟用嘴碰的價錢有差嗎？被這情境惹得啼笑皆非的我問。

他嗯嗯啊啊扯著不同價碼，疲倦如我，睏望對街，那些破曉即於早市攤位棚底窸窣忙碌，等待上工的中亞男女。我不語，將原先談妥的車資丟往旁側，旋即關門，揚長而去。

有、成為、係是、原來是、變成、叫做。我想起諸多必與具格相連的動詞。身分性別性向職業情緒，被切片化獨立化的主體，始終是不平等的存在。我獨鍾俄語現在式的神祕主義，亦即反具格的被定位被框架的決然情緒，我取消所有神聖時刻只因禮讚日常。地點消退（機運與三隻猴子在新世紀二〇年代前皆被關閉）。我改寫莫里斯．布朗肖之語：真相藏躲在神的最深內裡，卻同時能見於神的晦暗與缺席。

神祕是隱。我們相連，拼貼無有差異，皆因本體孤寂。

受格

多語者如你，閱讀意同繪製圖形，不同語言幻化成不同線條，錯落。漢語是文字本體塑造初，天雨粟鬼夜哭的象形指事會意形聲轉注假借成品。法語底，那折騰非拉丁語系為母語民族，其精密切割的不同動詞時態：化石結晶般的純文學簡單過去式、基礎複合式過去式、未完成體、虛擬式、愈過去時、先將來時條件式未來式紛紛變為統計圖表裡的長方圖直方圖，意謂著不同動作行進的時間截斷與切片面積。

你讀俄語時，線條是不同路徑與沿途標誌。

斯拉夫語系中的受格，一如其他語種，主表直接受詞型態。其幽微處在於，斯拉夫語系受格，仍包裹上古原始印歐語系的完好全形。原始印歐語太初之際已具二分法風生水起：有生命（人獸），無生命體（植物或物件）相異。其麾下的羅曼語（拉丁語）系中，該分化如今幾近消弭；斯拉夫語的受格，卻仍無瑕地，按照有生命無生命作不同結尾變化。

除了直接受詞，俄語裡的受格與多數語種之異，同時與線條息息相關的，即屬「運動動詞」（那是你與所有島嶼同儕，歷經一年半載與所有格位變化纏鬥方畢，解鎖動詞完成／未完成體後剩餘的最大關卡，運動動詞後接連的地點處所，皆以受格表之）。

行走。跑步。搭乘。飛行。泳逸。拖曳。滾動。提至，牽引運送，駕乘而來。

匍匐。攀爬。漫遊。追趕。

所提及動作各依完成／未完成體增生為二。此舉已具線條原始圖形：單一箭頭抑或複數箭群。未完成體主表獨立事件，完成體則可略述為多趟次數，趨近生活常態的行為。

所有動詞更可置中為詞根，添上不同前綴，表現更細緻的線條路徑方向。大二時的你，循規蹈矩，如童話裡撿拾迷走森林殘餘果實標記的主人翁，從課本練習題中，你仔細收藏每一顆珍重的前綴，好讓所有文本迷宮裡，彌漫遮蔽路徑符號的謎團霧散雲去水退石清。

與運動動詞搭配的諸多前綴中，你最鍾愛，把玩於掌最久的，是中文音譯近劈裂的（пере）。

劈裂意味穿越，而穿越又與另一意指「經過」的前綴（про）不同。於你，劈裂更隱喻著抵達的含義，從一端點，穿越後，終究抵達裡一處。所有從該前綴運動動詞衍生而出，於你最為珍貴的字，當屬「翻譯」。俄語裡的翻譯與翻譯者即是前綴穿越，後加字根牽引運送相合而生。

你離臺赴莫斯科作交換學生前的最後一年，大三時，系上新聘一名來自莫斯科大學中文系的女教授。

五十餘歲，齊耳如復古時長輩青春期的學生髮型（那近墨色的暗紫紅，唯有在染髮劑久經洗滌後，才淺淺顯於根尾二處）。精通文言文的她，主要指導研究所與大四的翻譯課，其餘，才任教你們大三的必修會話。請稱我為瑪老師。初次晤面時，本名瑪琳娜的新任女教授，如是說。

瑪老師與系上大多俄籍教師相異甚遠。熱愛華人文化的她素日穿各色各式短版開襟盤扣女著唐裝。瑪老師嗜茶如命，逢假日往深山茶莊搜刮茶葉茶餅陶製茶具。中文專業，精通古文如她，你們的大三會話與別組授課內容甚異，多添了些翻譯氣息。

春節，鞭炮，紅包，月餅。清明時節書法漢字梅雨季。

瑪老師自備教材中羅列不同從中華古典文化譯成俄語時的連連驚喜。你無法忘記她告訴臺下的你，團圓一詞，翻譯成俄語時，亦須調度「圓，環圈」相同概念，那昂然振奮雙頰泛紅的奇異神情。你無法遺卻某初冬連綿陰雨早晨，暗室微光晃蕩，她驀然抬首，以逼近暗啞的高亢嗓音，朗誦蘇軾《念奴嬌》名句泫然欲泣的悲愴容貌。

與系上俄籍教師們與學生一貫保持的疏遠態度不同。逢中式俄式節慶，瑪老師必然吆喝諸學子，同至校內單人宿舍烤肉團聚（她且在酒酣時高歌梁靜茹的新曲）。

許因作風特殊，系上繪聲繪影描述其他俄籍教師對她頗不以為意（你印象至深，某回瑪老師匆匆入室，全班但見她蒼白臉容上，眼袋濁著兩團深紫瘀。學生們蜿蜒問，瑪老師且囫圇推託因山雨路滑不慎摔跌。你卻在學長姐口中，巧聞瑪老師或因與系上某俄國男師間，因情愫爭執而傷）。你不過問不在意課堂甬道蜚語，只因你滿心積極吞噬所有自瑪老師講義上叢生的單字。你事先果腹，並預習自己的離去。

從此到彼。劈裂是穿越。是漫長路徑。

你從島嶼終渡海至箭頭另端的莫斯科大學語言系。挺過艱辛，奠定你扎實語文基底的上學期，你在寒假時寫了封電子郵件給瑪老師。

你客氣詢問，是否她替莫斯科大學中文系教授同事打聲招呼，讓你能在下學期前往翻譯課旁聽。遠在島嶼的她，義不容辭地替你穩妥排好所有事情。

每週一回，你乘地鐵穿越（當前綴不再為隱喻而是物理行為）半座莫斯科城，直抵紅場中心。莫斯科大學系所廣繁，主樓所在的地鐵大學站本部含括大多數專業領域，唯獨新聞系與中文系在內的亞非學院位處亞歷山大公園，那終年有圍牆下地火炯燃的無名烈士墓的對街處。你進入那巍峨，矗立街旁的鵝黃漆白邊飾古羅馬式建物。穿堂，走進容納十數人，卻略顯寬敞的視聽室。你簡要而羞怯地同翻譯課教師說明來意後，入座。環視你的，是二十幾隻色澤不一的俄國眼睛。

由該系教師出版的《社會政治資料翻譯基礎》為整學年主要教材。你匆促翻開後半部書頁追隨練習。〈中國和以色列建立外交關係〉、〈李瑞環對特立尼達和多巴哥進行正式友好訪問〉、

〈中國外交部發言人談科索沃問題〉（你研讀那些劈裂，穿越狹窄海峽，似你亦非你的國族認同與文化歸屬）。

一定的政治目的。最高鬥爭形式。民族仇視。一系列法律後果。綏靖政策。公正的地緣分配（你忙碌啃咬從簡中翻成俄語的外交政治詞彙，咀嚼時，你被那劈裂後，未能全然抵達語言彼端，帶尖銳碎屑的無法穿越感反覆刺傷）。

老師常請你朗讀較長中文課文段落。

二十幾隻色澤不一的俄國眼睛眨巴眨巴望你。面帶驚奇。他們說，島嶼腔調如此軟異，須花時間適應。你與其中幾位女孩走得近（當時間被穿越，記憶遠景，其中一人成為王安憶《長恨歌》俄語版譯者）。但課餘你們並無特殊交際，旁聽完翻譯課，你總匆忙搭地鐵回莫斯科大學本部。你在十六樓單人宿舍，將所有碎玻璃質地的劈裂詞彙，和血而飲（當島嶼跟威權成為直接受詞，你沉思該在誰的面前，誰的時代，選擇認同抗議愛戴仇視禮尊作為動詞）。

反向穿越，你重返島嶼（你好奇為何表定運動動詞中，並無重返一詞）。

大五延畢，你忙於雙主修畢業製作，卻在校園內巧遇兩名彼年亞非學院翻譯課熟識：安娜與妲莎，一高一矮，一褐一金髮。安娜是名喜好張愛玲海派文學，卻行歐式性感打扮，有著臉型尖稜的女子。妲莎則位居另種美學極端，獨鍾老莊，總穿原宿卡哇伊風或蘿莉塔或新世紀綾波零類日系衣著。她們紛紛至島嶼作為期一年的交換生。回俄後，再相偕而至島嶼攻讀碩士。

你們偶爾相約潮溼悶熱的下午，躲在咖啡館絮語。談你的炎夏之都與她們的雪國記。分享換位日常點滴，話語間，卻總有夾雜的某些細小細小碎玻璃質地的尖銳碎屑依舊刺傷著你。安娜面有難色同你抱怨生活費拮据（但你知曉她在城裡每月領取政府補給外國學生的兩萬元津貼，她身兼英語家教與平面模特兒工作，出入最熱鬧的夜店）。妲莎倏地與工程師結婚，生下兩名混血男孩（你憶及那些當年被丟棄在莫斯科雪地裡的未完成式過去愛情）。

巫，烏，無。中文音譯近似該聲的前綴詞（y）搭配運動動詞，代表走遠與離去（與另一前綴有別，or 意味，同一物體別開一小段不遠距離。此乃俄語線條路徑與沿途標誌之幽微見證）。

你逐漸遠離安娜與妲莎，遠離俄語。

你重新撿拾對法語的愛，征服了所有繁雜時態。服完兵役，面臨研究所抉擇時，你毅然決定拋開莫斯科，轉身投入巴黎的懷抱。你在羅曼語系裡，持續遭逢那無法被劈裂，被正確穿越完全翻譯的傷。最後因病，你被迫暫緩了論文，休學，重返島嶼調息身體。飽讀酷兒理論法國女性主義的你，臥床百無聊賴之際，下載了數個手機 app 聽著俄語廣播（只因巴黎險亡經歷仍如魅影糾纏你恐懼你讓你暫時將靜音法語）。

卻是在作家推書的宣傳節目中，你被那熟悉但此前從未深思的前綴運動動詞含義震懾不已。

受格，前綴與運動動詞原來早已是你的命定隱喻。

歐泊。中文音譯近此聲的前綴 o6，單憑音譯中字，歐泊，往昔夢想的歐洲遠方終究是客是旅，你必須返回島嶼。而歐泊俄語實意，環繞而行，先前你苦思良久該如何以酷兒身分，激進的法式性別觀點抵抗德希達所揭櫫的直線式思維「陽具理知理言中心主義」，如今你豁然開朗。

當認同成為受格。你最終認同了你的認同。

前綴歐泊是唯一反線性的運動姿態。歐泊是圓，是漫遊攀爬匍匐徒步後的再抵達。歐泊滅此滅彼。你不再劈裂與被劈裂，無須翻譯，成為與自身團圓的終極混種跨文化標記。

灰色畫像

——安妮．艾諾與當代法國文學

安妮．艾諾（Annie Ernaux）在諾曼第的伊沃托（Yvetot）度過童年與青春期。通過當代語言教師會考，她曾是國立遠距離教學中心的教授。她現在生活於瓦勒德瓦茲（Val-d'Oise）省的賽爾吉城（Cergy）。

沒有出生年分，畢業學校，沒有得獎紀錄與列舉過往知名著作。現在凡是購買安妮．艾諾任何書籍時，在黑白大標書名頁與正文前，僅會看到如此簡短的，彷彿以地域移動為基準的作者簡介。

縱覽每年諾貝爾文學獎賭盤，法國代表隊內常現兩人身影，一是韋勒貝克（Michel Houellebecq），另名即為安妮．艾諾。相較華語文學圈推崇的韋勒貝克；這名皺紋深邃，留著疏鬆而散，及肩淡稻草金髮的年長女子，並未獲得相對的關注。近五十年寫作生涯，已出版二十餘本著作的她，華文圈內，臺灣僅有四本譯作（《嫉妒所未知的空白》、《記憶無非徹底看透的一切》、《沉淪》與《位置》，且早期譯作皆已絕版），而中國除了重複的《位置》，另譯有《悠悠歲月》、《一個女人》與《一個女孩的記憶》。

年屆八十二歲的她，是作家中的作家。從何言斷？只因在諸多訪談中，許多中生代，新生代寫作者（乃至社會學家），皆不吝於表達對安妮．艾諾的熱愛與崇拜。「大概在十一歲的時候，我讀到第一本非以兒童為對象的書就是安妮．艾諾所撰，當時非常激動，體悟到原來書寫，是這樣一回事。」於二〇〇九年獲得龔固爾文學獎（prix Goncourt）的第一位黑人女作家瑪莉．恩狄埃（Marie NDiaye）說道。

安妮．艾諾的書寫，究竟有何魅力？

那是灰，陰霾未雨，濃稠的灰。喜好當代歐洲藝文片，或留意法國新世紀電影的粉絲，必定對此種畫面有既視感：陰天，漫長的公路，工廠裡流水線的單調生活，有人疲累地從廠房走出，趁休息時間抽根菸。採買，通勤，工作，休眠，談了一兩段不算撕心裂肺的愛，卻也不特別。人們在重複中凋零，倦憊，煩悶是陰天。許多法國電影裡的諾曼第常被如此描繪，如此氛圍，似乎也可說是安妮．艾諾書寫傳統裡的基調，或底色。

「我的書寫，是想『改變』。年輕時甚至想改變文學。」

「以前我曾寫過一句話，我就像一個妓女一樣，讓那些人們經過我。」

這是安妮·艾諾二〇二一年底，於《記憶無非徹底看透的一切》（法文書名直譯為《事件》）改編的電影《正發生》宣傳期間，在法國文化電臺受訪時所言。

韋勒貝克喜歡以龐雜，巨觀的當代政治經濟文化結構，穿插後現代式，令人沮喪，甚至冷感的性做主旋律。而安妮·艾諾恰巧走成了相對位置，她整理自我經驗，將身體掏空成敘事容器，讓小寫的歷史反射，彈跳在群眾與大寫的歷史之間，而裡面的情感，慾望全然炙烈，是那底層灰上噴濺的星火燎原。

身為「作家的作家」，很輕易地，可以將她帶入進許多當代（有時並不侷限於法語圈）的書寫脈絡。

於一九八四年奪得荷諾多文學獎（prix Renaudot），令她身名大噪的《位置》（*la Place*）直擊的，便是階級問題。作為一個從來不去博物館，只看《巴黎——諾曼第》報，用Opinel廚刀進食，由工人轉為開雜貨咖啡館小本生意者的父親（不禁讓人聯想到美國作家卡森·麥可勒斯的《心是孤獨的獵手》裡的南方咖啡館，只是裡頭少了打著手語的聾啞人士，與太顯著的邊緣者們）。那直言「書本，音樂對妳是有益的。但我不需要那些東西過活。」的父親，對於一名往智識之途前進，藉文憑脫離命定環境的安妮·艾諾而言，那從小之間的鴻溝與距離，是最令人心痛之所在（一九九七年出版的《羞恥》亦延伸此主題。「在一個六月的週日下午開端，我的父親曾想殺了我的母親。」她如是開啟此作，探討爬升社會階級的痛苦）。

此書也不僅只著墨於父女兩人，作者更大的意圖，是描繪那些無聲的，被消弭在濃厚灰底間的勞動群像。

此路線繼承者，可列舉以《兒子的歷史》（*Histoire du fils*），於二〇二〇年獲得荷諾多文學獎，現年六十歲的瑪麗·海倫·拉馮（Marie-Hélène Lafon）。出生法國南方的她，自出道以來的關注對象，即是身影被資本主義削得越來越薄，漸趨透明的當代務農者。作物價格受全球經濟體系牽連，產業機械化，農村青年人口大量外移，那些剩餘的，年老的孤零之人，他們那些未被言說即凋落的私歷史，籠罩在晴好，空曠，陽光充滿的南方之地。同樣濃烈的，是兩人作品中形而上或實質的「肉體感」（瑪麗·海倫·拉馮曾說，每一個詞彙與句子，都像是從創作者肌膚骨骼中撕扯下來）。

葷素不忌，坦誠直率的肉體經驗（臨床的，享樂的），亦是安妮·艾諾從私人經驗提煉出的絕佳素材。

「Autofiction」是法國作家賽爾吉·杜布羅夫斯基（Serge Doubrovsky）針對七〇年代小說《兒子》（*Fils*）的自我詮釋。中文或可譯為「自我虛構」（或臺灣作家朱嘉漢形容的「自我的社會學式傳記」）。又或可同日本以自我暴露為旨的「私小說」傳統並論。安妮·艾諾正是此派之尊。

除了分別以其父母親為主要描繪對象的《位置》與《一個女人》。進入九〇年代與千禧年後，她更出版《簡單的熱情》（*Passion Simple*）、《沉淪》（*Se Perdre*），兩部以蘇聯已婚外交官員為對象的外遇紀錄。除了一般常見的內心獨白，安妮．艾諾更以當時較少被揭露的後更年期女性情慾，刺探社會對此議題的接納度。

《記憶無非徹底看透的一切》（*L'événement*）更以肉體為刃（《如刀的書寫》為安妮．艾諾與菲德利克．伊夫．惹內的對談集名稱），直擊過往的封建政策。

千禧年前，一個診所，許多等待叫號的臉。有黑人，年輕男子，年輕女性伴侶兩人等許多許多。她等著被叫，被通知。等待獲得是陰性或陽性的愛滋病檢驗結果。

此景喚醒一段記憶，那是一九六三年十月，仍於高等學校就讀的她，得知自己懷有身孕，在一場簡單的夏日戀曲之後。她並不打算要這孩子，卻因為政府當時的反墮胎法，求助無門。

她找過許多診所，那致命的疑問始終掛在唇邊。她終究無法當面提及，那能引起牢獄之災，甚至讓醫師吊銷執照的致命問題。她曾將長長的鉤針刺入陰道，希望能將胚胎除掉。她在冬季的滑雪場發狂似地刻意反覆跌倒。最後，透過迂迴的人際網絡，聯絡到另名墮過胎的女孩，那女孩給了她一個巴黎十七區的護士名字，與一筆錢，好讓她能夠張開雙腿，讓異物進入，造成小產，讓她自由。徹底的自由。

難以想像一九七五年西蒙．維爾（Simone Veil）推動核准墮胎法近五十年後的今日，《記憶無非徹底看透的一切》裡血淋淋的處境，在世界各地依然存在，如以天主教為國教的波蘭，甚至崇尚自由的美國於二〇二二年移除聯邦體制下對墮胎的保障權利。

真實與虛構互涉，萬物交融後的模糊邊界，漂浮著半透明真相。而那薄薄的，未能完全穿透之層，是保護膜，也是好讓敘述者不受過往哀傷淹沒的透氣層。隨著安妮．艾諾的腳步，更多作者敢於為小寫的自我發聲。今為龔固爾文學獎評審之一的卡蜜爾．羅倫斯（Camille Laurens）亦是「自我虛構」的佼佼者，無論是處理嬰兒出生便立刻死亡的悲愴記憶，童年受侵犯過往，或是後更年期於社群網路捏造虛擬帳號與年輕男孩大談網戀，被寫作同儕剽竊後的打擊等經驗，皆讓人過目難忘。二〇二一年入選龔固爾決審最後名單裡的克莉絲汀．安果（Christine Angot）更仰賴此文類，闡述年輕時與父親的亂倫關係。#MeToo運動五年間，許多揭露文壇，政壇要角性醜聞的小說紛紛出籠，但或許因此文類在法國扎根甚久，讀來並未讓人有倉促成事之感，閱畢反而格外敬佩創作者們，在這既有的文學形式之下，破枷鎖，扯封印，伺機開綻解放之花，姿色優異令人讚嘆。

二〇二二年甫出版新書《年輕男子》（*le Jeune Homme*），安妮．艾諾從小她三十歲的年輕情人談起。「我的身體不再具有年紀。對於我，需要餐廳裡鄰桌客人們斥責的眼光來賦予它意義。這目光並未賜予我羞恥感，反而讓我決定，不再隱瞞一個，與足以當我孩子的男人之間的關係。」透過愛與肉，經歷多種情感與時間辯證，作者令人動容所結：首要滿足的慾望，是書寫生命。

二〇〇八年的《悠悠歲月》（*les Années*）為她晚年的集大成之作，從圍繞週日午間的家庭聚餐談話，輻射出法國集體記憶，從二次大戰後，一路行經消費主義，新資本主義，極端自由主義等不同社會風景，沿途中，穿插私人絮語，好回應，鉤織那些舊日裡的平凡時光。

「透過書寫那些被文學認定為可恥的事物：如墮胎，超級市場與法蘭西島大區快鐵RER，她擾亂文學秩序一如她想要撼動社會秩序。」這是《世界報》對安妮．艾諾獲獎後的評論之一。

每個國度都有一名媚行者，她們拖著不同顏色的身影，長長的。她們走得老遠，只為了讓之後踏上同條道路的揚眉女子與烈佬們，能更舒坦，自在地行走，言語，存在。

——原載於《端傳媒》二〇二二年十月七日

在至痛摯愛各種之間，我們書寫

——論安妮．艾諾的文學風格

沒有陰道，亦無子宮。我的身體是座荒涼的空城。它未曾等待，與迎接任何事物。它唯一的作用，是排斥。

讀畢安妮．艾諾作品，我滑開螢幕，在新底稿上敲寫這行字。

電影《正發生》原著小說《事件》（*l'événement*，臺灣初版翻譯為《記憶無非徹底看透的一切》）如此強烈，恍若旱燥沙漠裡抬頭，恰逢直刺雙眼的殘忍陽光，那痛，與切身感受，能讓一個陌路的，相隔無垠大陸幽深海峽的遠岸生理男性，如此哀愁。

身為創作者，貫穿安妮．艾諾作品的最大特質，許是「共感」（l'empathie）。將自我溶解於群體，用串連起的複數經驗感同身受，在不同的生命節點，扣問當時對應的政治經濟，與法律情境。

異秀之人必然無比挑剔，有甚至近乎偏執的完美主義。安妮．艾諾此方特質，或反映在她回覆外界評價其作時所貼上的任何標籤分類。

當人們議論「自我虛構」（l'autofiction），她強調此生多數創作，近少虛構成分。文學研究者奈莉・沃芙（Nelly Wolf）以為《位置》可視作安妮・艾諾的分水嶺，先前的首三部作品《空衣櫥》（*les Armoires Vides*）、《他們所說的或空無》（*Ce qu'ils disent ou rien*）、《冰凍的女人》（*la Femme Gelée*）雖皆以第一人稱撰寫，但可視為「虛構的第一人稱」，內文裡仍有小說式的戲法，風格可與法國戰前的人民文學相提並論。

安妮・艾諾則認為寫作《位置》時，她所屏除的，並非虛構的第一人稱，而是「上演／展演」（la mise en scène）。此後，她所在意的，已屬「事件／事實」（le fait）。

當今評論慣用她當年訪談中，論及書寫時所提供的詞彙：「平面的書寫」（l'écriture plate）。一種無過度修飾的，揚棄隱喻與詩歌般雕花洋溢，如打磨至極薄而利的刀尖，能穿刺，與割裂（「我對文字的想像，是石頭與刀。」安妮・艾諾道）。她的字句化為清水模，灰泥，硬磚與尖瓦，架構出一座後工業時代諾曼第冷調廠房，窗外寒陰。承認自身承襲賽林（Louis-Ferdinand Céline）以來的「暴力書寫」（l'écriture de la violence）傳統，但近年艾諾對舊有定義搖晃浮動，遂複言：文學不可能是平面的，當時她所指，僅為一種手法，以表社會學式的客觀性。純事件，不起任何作用，不挾帶私人特質，與讀者間不存在任何複雜性。「我今天或許會稱之為『事實書寫』（l'écriture factuelle）。」她說。就安妮・艾諾而言，書寫本該走得比文件與報導更遠，其中包含對形式與說話聲音的考量。

人們議論自傳。

「我拒絕歸類於任何一個明確的種類，無論是小說或自傳。」她態度堅定地回覆。

人們議論陰性書寫。她聳起雙肩。

唯獨「自我的社會學式傳記」（l'autosociobiographie），這由她開創的新詞能獲得艾諾認可。其中傳記指涉的對象，是生活中的他者。「活在他者之中」（être au milieu de）對艾諾甚為重要，她曾言與人群的分離與所在間的拉扯，是她寫作的動員支點。

之間是游移，模糊，永遠的進行式。拒絕任何加以綑綁的符號。

之間擺盪的距離總有粗略範圍，那是艾諾政治上的左傾態度。階級、統治與被統治、被剝削的、癖性（l'habitus）。艾諾不諱言受法國社會學家布赫迪厄（Pierre Bourdieu）影響，而馬克思主義亦屬其研究範疇。從務農的文盲祖父，由工廠作業人員轉為開設雜貨咖啡店小本生意人的父親，再至受高等教育的她，所歷經的階級轉移，艾諾以家族書寫回應：父逝後所寫的《位置》，以母親為主軸的《一個女人》（*Une Femme*），直言叛逃原有階級感受的《羞恥》（*la Honte*）等皆為此系列代表作。

儘管不將自身與陰性書寫掛鉤，但主題上，擺盪於階級意識另一端的，是艾諾對女性處境的關注。

看似泛泛，《簡單的熱情》（*la Passion Simple*）與《事件》二作，可明確勾勒出艾諾對這議題的「次擺盪」。

《簡單的熱情》是一本外遇之書。

「這夏天，我第一次在電視頻道Canal+上，看了限制級電影。」艾諾如斯開場。為期兩年。孩子早已離家就學，艾諾與自蘇聯東歐國家的外交官A相遇。A總穿聖羅蘭的西裝，Cerruti領帶，喜愛名車。他說話文雅，不諳粗語。A已婚，為防妻子疑心，他僅於難得的閒暇時刻走長長的路，只為找一架可用的電話亭。

想見你。A說。

待A馳騁遠去，她不洗床單，只為保留他遺下的精液氣息。

思念嚙咬，翻騰。活在等待中（羅蘭・巴特般的戀人啊）而不能主動聯繫，艾諾神思恍惚。熱情焚殆理性。若今天能聽見A的聲音，她願捐數百法郎給慈善機構，艾諾祈禱。她接受丹麥學術座談僅為了寄明信片給A任職的大使館（他沒有收到）。她重複所有動作，穿同樣的衣服看同樣的書，預約牙醫，只因A當時或之前之後掛了通電話給她。

寫幽會時當面給予，看完即撕的信。

為他買新衣服新口紅新鞋（她認為在A面前有重複打扮是對這關係的汙辱與不敬）。

看所有關於他國家相關的書籍。

《簡單的熱情》如此深刻，帶點極簡主義，是關於激情的炭筆素描。但一如她所有著作，靈肉經驗扣問的，終究是書寫（「妳之後不要寫一本與我有關的書。」A說。）

「我認為寫作必須朝此方向：性愛場面激發的印象，這種不安，驚愕，與道德判斷的懸置。」艾諾另於書中回覆：「然而我沒有寫一本關於他的書，也不是關於我。我僅還諸於那並非為他所撰，他或許也不會看到的文字。這單獨的存在帶領著我。一種禮物的移轉。」

特定情境的瞬息心緒導發共感，召喚群體。

一次，當艾諾在家裸身，朝冰箱走，欲取啤酒之際，她想到了那些女人們，已婚的，未婚的，作母親的，那些在童年午後居住區偷偷迎接男人們的複數群體。

艾諾亦猜臆，一群複數的女性穿越過A的身體。

A離開巴黎後，她決定前往診所作愛滋檢測。在寂靜的診所等待，她憶起六〇年代自身的非法墮胎經歷。等候區繁雜種族，性傾向的人與身體，流轉成《事件》一書的起頭。

歷經千辛萬苦曲折迂迴，她終於讓一個女子將探條置入體內（她在去程想起逃往英國的科索沃難民們）。

五天。

返校區，和友人O一齊去電影俱樂部看《波坦金戰艦》，席間她下腹劇烈疼痛。她回宿舍房間休憩。她強烈地想要拉屎，快速地跑至走廊另端的廁所，宛若投擲一枚手榴彈，腳下激起的水花噴濺至身側牆壁。

低頭目睹下體垂掛一條紅紅的線，一名小小的浴者。

Mizuko，水子。日文裡的小產嬰兒。艾諾想到。

（從羊水至盥洗廁間汙濁液體再到冥河的輪迴？遠岸的我如此疑惑，未有答案。）

她將它捧於手心，沉重地走回房間。她要求O抄起剪刀裁截臍帶。

《事件》描述的肉體疼痛與心靈震盪，不依時間的反覆沖刷而淡稀輕盈。出血過多，墮胎後續入院治療所遭受的待遇，（「為什麼不告訴我妳是名大學生？」急救後，一名夜間實習醫生如此責怪艾諾。）面對墮胎，工廠女工與文科大學生的差別待遇，未婚待產婦女遭受的冷眼，階級內部隱含的微型結構。法國學運前國家機器的不平等與失衡運作，自是眾人討論焦點。

但更令我動容的，是書中許多關於遭受此等重大「事件」後，關於書寫的反思與扣問。

「我不是一個修水管的工人。」（手術房裡，面對艾諾諸多疑問的醫師大聲道）。

「妳需要處方簽。」（出院後，艾諾步入藥局欲購子宮止痛錠，藥師冰冷回覆。）

Formica塑膠貼板的牆，裝置探條的盆子右側有一把髮刷。手榴彈。

生命中，微小，看似不具任何重要性的碎片斷語，為何在三十多年洪荒滌洗後，依然頑強存在？那意料之外的堅硬事遺，成了艾諾用於拼湊「真理」（la vérité）的標記與符碼。

描繪真理，是書寫的唯一使命。

除理念上的緊密契合，《事件》於我，更似劃開一道裂口，屬於記憶，疤痕越擴越大，深埋著疼痛真理愛與迷惘。疤痕擺盪，在安妮．艾諾與我之間。

多年後為了重返現場，艾諾搭乘地鐵回到巴黎十七區（那名為她安裝探條的女士居所）。她在 Malesherbes 站下車。（那是我居住巴黎時，每日通勤至研究所就學的唯一座標。）她經過卡赫汀涅通道（那是巴黎索邦外語學院斜後側一條窄仄小巷）。

她在那裡被生死穿越（我在那裡被生死穿越）。

「之間」幻作水紋蕩漾，漣漪。記憶與共感跨越時空，種族，性別而來。

但不似安妮．艾諾與同她相連的諸多女性群體。

我的身體無能生育，它唯一承接的，僅有書寫與死亡。

——原載於《虛詞》二〇二二年十二月八日

多聲部崩解
——近代俄國文學群像

俄國文學之於我島居民，猶如受封於寒原凍土，抑或蜂蠟琥珀般的凝脂時光。聚焦，鎖定，存檔後如紅場旁列寧墓，供遺世子反覆瞻仰，頂禮。

普希金，托爾斯泰，杜斯妥也夫斯基，契訶夫如圈圍那土黃臉，手擱腹眠寢領袖的四砥柱。果戈里，阿赫瑪托娃，茨維塔耶娃，魔幻作品《大師與瑪格里特》與《齊瓦哥醫生》，則是久駐暗窖，雙眼熟悉黑闃後的信徒，能於乘載偉人的方舟上，才能辨識之密印紋路。

其餘關乎此地的文學想像，已被逃跑的鼻，白痴，卡拉馬助夫兄弟們與帶小狗的女人，趕至遠遠幽冥不見天影。

新世紀俄國行，醍醐灌頂。風塵僕僕趕至莫斯科大學，那老舊，總是日照不足的邊間語言系教室裡，在女教授們自編選的講義中，拾起一顆顆暈彩熠魅如黑水晶的陌生之名。

也是再數年後的巴黎十七區那過度寬敞的研討室裡，方能以網撈捕，浮游荒井邊沿的未明曖物。我如珍寶妥當收藏，僅待一日，方能攤開手中櫝，以我島之語，還諸世間。

後解離絮語

政治遞嬗與思想衝突是新型文藝滋長契機。上世紀，間接或直接，帝國瓦解與赫魯雪夫執政後審查制度鬆綁，皆影響其生態：白銀時代，解凍時期（此現象沿用伊里雅・艾倫布之作《解凍》〔Илья Эренбург, *Оттепель*〕）均為往昔俄國文化重要分水嶺。

無獨有偶，九〇年代蘇聯的崩盤，亦可同位換語成民眾集體意識與文化詮釋。俄國學者多將此期作品歸類為「後現代主義」。

嘲諷，抄襲，黑色幽默，語言遊戲，人格分裂，龐雜的互文性。相較囊括以上特質的歐美道統，俄羅斯青出於藍，矗融在地精髓，兀自綻放。本質面，俄國後現代主義更多了具沿襲舊哥德式小說，偵探驚悚類型文學，法國 roman noir 道統的暗黑之心。

正如有人推論歐美後現代性熟成於七〇年代，解體前的蘇聯境內已有同步標誌其特質的先鋒作：薩沙・索科洛夫一九七六年出版地下著作《愚人學校》（Саша Соколов, *Школа для дураков*），韋內迪克特・葉拉菲耶夫一九七三年先於以色列出版的《莫斯科至皮圖什基》（Венедикт Ерофеев, *Москва - Петушки*）。方至九〇年代，弗拉基米爾・沙羅金（Владимир

Сорокин）與維克多·佩列文（Виктор Пелевин）可稱此類集大成者。

一幀相片，暗藏島嶼跨世代外國史專題課本裡，如鬼魅徘徊難離。那是晦澀成像，成群身裹厚重冬衣，毛氈帽的人們烏壓成群，迴繞商鋪待購麵包之景。沙羅金早期成名小說《隊伍》（*Очередь*）以無主體多聲部全對話式情境，臨摹鐵幕日常（一九八五年於法國 Syntaxis 出版）。

共產體制解離，沙羅金九〇年代以降作品褪除舊俄社會寫實主義影響。短篇小說集《盛宴》（*Пир*），作者探討往昔文學傳統裡罕見的飲食文化。肢解女兒大宴賓客的夫婦。將人體穢物烹製成繁複程序的晚席餐點。植物，字母，工程硬體，政治標語，禱詞皆被近似日本動漫 anime 超現實文字風格再現為可食物。

後現代之於作者，更可見於聖彼得堡報章「接班」（Смена）的個人專訪裡。沙羅金如是定位自身：「我知曉，我當然，不是個作家。我操控文學的過程與既有傳統大相徑庭。每位作家擁有自我風格，那能被辨識。我卻隨時改變。我認為自己是種依附，存活於每個作家體內的寄生獸。」

同期翹楚佩列文亦難被界定，歸類。

橫跨諸文體，廣受民眾愛載，數篇作品於新世紀ＩＰ影視化（《查帕耶夫與虛空》被美國導演 Tony Pemberton 拍攝成電影《佛陀的小指》）。締造銷售奇蹟的佩列文極少受訪，私生活低調神祕。

多變如沙羅金。佩列文探討二重性與多重世界相交之邊界（《查帕耶夫與虛空》〔*Чапаев и*

Пустота」主角同時身處九〇年代與一九一八年俄國內戰時期）。形式融合神話，戲劇，擬仿與嘲諷作。文本具高知識性，常可循諸如納博科夫，布爾加喬夫，普希金乃至榮格，康德，莎士比亞等人之互文性。

尤有甚者，佩列文深受東方思潮影響。大隱於市之人旁徵博引《易經》，《道德經》，《金剛經》與《西藏生死書》。將佛學關乎真實世界的虛幻本質與平行世界等觀念推至極限。「空性」於佩列文，更是一切真相的缺席。

> 嗡嘛呢叭咪吽。
> 夜晚的力量，白日的力量，相同的雞巴玩意。

六字箴言拼貼跳接粗鄙語彙。佩列文的絕對文體暴力。

陰性顯影

島嶼群眾對俄國女作家的印象，常止步於白銀時期詩人阿赫瑪托娃與茨維塔耶娃之名。

綜觀俄國文學史女性作者不曾缺席。十九世紀初，文化活動絡繹不絕的莫斯科有出刊為期十年，鎖定女性讀者為主要市場的《仕女雜誌》（*Дамский журнал*），詩人克拉斯諾娃（Екатерина

Краснова——亦是詩人亞歷山大・布洛克親戚），克柳可娃（Ольга Крюкова）等人之作皆刊登於此。共產體制下，維拉・帕諾娃（Вера Панова）屢次斬獲最高榮譽史達林獎，解凍時期亦有以回憶錄三部曲《邁向與遠方之路》享譽盛名的布魯史坦（Александра Бруштейн, *Дорога уходит в даль...*）。離散作家群像裡，莫斯科出生成長，後於內戰期移民巴黎的 Elsa Triolet（曾與詩人馬雅可夫斯基相戀），更成為榮獲法國龔固爾文學獎的首位女作家。

但俄國境內多數女性創作者並未如此幸運，許多人，皆被阿赫瑪托娃與茨維塔耶娃的巨大身影遮蔽，較少受學界關注。此情景至蘇聯解體後大有改善。

共產主義末期，九〇年代延伸至新世紀，女性作者頭角崢嶸，無論於文壇，學界與市場上各有勝場。皮特魯雪夫斯卡婭（Людмила Петрушевская），托爾斯塔婭（Татьяна Толстая），烏利茨卡婭（Людмила Улицкая）與吉娜・盧賓娜（Дина Рубина）更是探究當代俄國文學語境必經之沿途風景。

年紀最長的皮特魯雪夫斯卡婭與托爾斯塔婭作品，除了後現代性，亦常被歸類於新潮（новая волна）的非主流文學（альтернативная литература）。非主流文學主與官方文學切割，成為與社會寫實主義對立的反英雄角色。

二戰前出生，幼時家產被充公，輾轉於各親戚居所，更曾被安置於孤兒院。家中有人成了思覺失調患者，有人慘遭活埋。歷經大饑荒，乞討於街。皮特魯雪夫斯卡婭形塑的人物走至官樣角色逆反處，他們帶邊緣的扭曲性格，炯炯直視貧窮，醜陋與社會藏汙納垢之隅。筆鋒如針黹，她帶刺拖鉤，將女性深埋入裡的幽微情緒，對彼此的怨懟與恨，一一扯拉而出，直至開腸破肚。

相較前者的暗黑絕望，有研究者以為托爾斯塔婭之作更富人道主義與同理心，其角色即使身處逆境，仍未失去生活信仰，與對未來的憧憬。玩笑，嘲諷，童話寓言皆屬拆解托爾斯塔婭著作時，能掘出的必然要素。

產量較少的她，至今唯一長篇小說《Кысь》出版於千禧年，被譽為新世紀俄國後現代主義與反烏托邦經典。

語言敏感，擅長文字遊戲的托爾斯塔婭雜融多種方言，自創全新語彙描繪「大爆炸」後兩百年的莫斯科。破敗木籬農舍，主角班尼迪克為抄寫員，負責將倖存之書一一謄下，呈報予新領袖。班尼迪克隸屬爆炸前出生的「前代人」，前代人食鼠，徒增歲月未衰且不老。爆炸後生者其形各異：半臉者，全身覆耳之人，生公雞冠者，亦有四肢裝備馬具手腳並行之半獸人。主敘述行進於班尼迪克的庶務與服職日常。

作品名《Кысь》有其準確翻譯的不可能性（美國譯為《slynx》，中國則選《野貓經》）。Кысь。托爾斯塔婭揀字之際便已顛覆俄語。受前後子母音互相軟化，硬化的嚴謹語音規則影響，кысь 一詞本應寫為「кись」。此詞從虛空生，但熟諳俄語者或可與貓嗚聲「кис кис」或貓類暱稱「киска」做聯想。文本內 Кысь 為埋伏荒野深林之獸，慣於暗處襲人，傷者落魄無魂。猛獸成為市鎮居民夢魘，Кысь本尊卻未曾現跡，僅存居民話語底，它被間接形塑，描繪，傳遞。有學者認為此作是托爾斯塔婭以架空未來之姿，暗諷過去關乎俄國知識分子與歷代蘇聯首領處境，評價兩極。

烏利茨卡婭與吉娜·盧賓娜同為當代俄國猶太裔作家。前者出生於巴什科爾托斯坦共和國，後者則生於烏茲別克，兩人風格較少指涉後現代性。

烏利茨卡婭之作不僅關注女性處境，更以諸多面向招魂，數度重返蘇聯現場。作者有融會十九世紀古典寫實主義與傳統神話的《美迪亞和她的孩子們》（*Медея и её дети*）；百年家族薩迦（saga）《雅可夫的梯子》（*Лестница Якова*）與《庫科茨基醫生的病案》（*Казус Кукоцкого*）。有直指猶太議題，天主教信仰與離散文化的《翻譯官丹尼爾·史坦》（*Даниэль Штейн, переводчик*）；亦有如《索涅奇卡》（*Сонечка*）等以工筆細描之情愛故事。

高產量，擁有以色列國籍的吉娜·盧賓娜行文風格與前述作家們迥異之處，在於經常被歸類於大眾文學的特質，與「以人為本，主題置後」的創作選擇。擅長刻畫人性，形塑巷里易尋，能與讀者產生高共鳴的市井人物，劇情本身卻易流於窠臼與套路。

塔什干，耶路薩冷，布拉格，威尼斯，莫斯科。吉娜·盧賓娜筆下高流動的異國風景，恰巧以反義，呈現homo sovieticus蘇聯人鐵幕時期西方文化被視為精神餘毒，當異國崇拜禁忌解放後的過度補償心理。

新世紀歧義

二十一世紀滂沱而來，隨疾風烈雨同落的，是往昔被視為包裹豔澤糖衣，害人匪淺的歐美思想。

冷戰造成的距離與禁忌，也同時深鑿出一般俄國民眾對美國文化的無比好奇。千禧年後的莫斯科，聖彼得堡街頭，隨處可見馳掣 Mini Cooper 與各式敞篷跑車的富家子弟。效仿 Paris Hilton，校園內穿全套粉嫩 juicy couture 運動套裝的少女結隊成群。有別民謠與搖滾道統，嘻哈文化進駐，電視節目輪帶播送提馬提（Тимати）等人的饒舌歌曲。街上多了滑板族，牆角炸染開一片片斑斕無比的高聳噴漆塗鴉。

鍾情於《慾望城市》，真人戀愛實境，音樂選秀與各種美式類型片，俄國開始巨量複製屬於自己的二創大眾文化。跨國連鎖產業進駐，快速時尚紮營，原始文化身分游移。新世紀前十年有以亞克桑娜·蘿柏斯基（Оксана Робски），米納耶夫（Сергей Минаев）為首的「奢華文學」（гламурная литература）風潮。正如英國歌手 Robbie Williams 戲謔吟唱曲《Party like a Russian》。古柯鹼，設計師華服，頂級餐廳，夜店與無盡濫交。作者們以極簡語彙，勾勒出莫斯科西部近郊盧博柳夫卡（Рублёвка）的新富豪與布爾喬亞生活樣貌。

歐美思維亦沖垮禁錮已久的道德藩籬。同志文學突破以往的地下活動與自印刊物型態（самиздат），開始於公領域舉辦群眾活動，並於文壇開嗓，拉扯出被噤聲已久之音。

多位同志作家（其書寫主題並未絕對與此認同相關）紛獲安德烈．別禮文學獎（премия Андрея Белого）的殊榮：德米特利．庫茲敏（Дмитрий Кузьмин），伊里仰寧（Александр Ильянен），寇納拿夫（Николай Кононов）。二〇〇七年，由兩位女詩人德尼索娃（Анастасия Денисова）與賈基烈娃（Надежда Дягилева）起草，於聖彼得堡舉辦的首屆女同志詩歌節，兩屆活動足夠促成以同志為主目標族群的「酷兒出版社」（Квир）刊印首部女同志詩歌選《Le Lyu Li》（*Ле Лю Ли*）。

近年更有烏漢諾夫（Сергей Уханов）重返俄國暗黑之心傳統，涉及同志議題的《黑洨》（*Чёрная молофья*）以及憑藉新型國產社交平臺 Telegram，經營同志文學議題部落格，同時亦具作家出版身分的克拉波特金（Константин Кропоткин）。

性別多元化（即使依然屬於小眾），國人政治態度亦有其翻轉，解構傾向。併吞克里米亞與烏克蘭戰事，促成不少作家公然表達對普丁政權，所謂「俄國式民主」的不滿。

擁有喬治亞血統，極富盛名的偵探小說與歷史小說家阿庫寧（Борис Акунин），深覺長年執政坐擁大權的普丁，身旁圈圍起為私欲遮蔽真相，不惜灌輸總統假訊息的官僚群體（如烏克蘭境內，是滿滿的法西斯主義者與藥物濫用者）。阿庫寧以為普丁此時出兵，就心理層面與社會成因，與尼古拉一世在位時發動的克里米亞戰爭無異。

身兼電臺電視主持人，評論者，曾以長篇小說《ЖД》榮獲大書獎的作家德米特里·畢可夫（Дмитрий Быков）亦是公開異議分子。就畢可夫之言，俄國境內，除了如低壓籠罩民間的政治宣傳，內部更充斥狂熱的彌賽亞意識形態。俄羅斯為神選民族，隨時能為崇高的心靈道德犧牲自我，進而拔刀殺戮。一切，出於愛。遣兵入境烏克蘭，亦是源自解救同胞於水深火熱的偉大動機。

反普丁遊行群眾身影，更能尋覓曾參與第二次車臣戰爭，出版相關著作，隨後擔任戰地記者的作家巴布錢科（Аркадий Бабченко）。

反方特殊身分有時僅淪為階段性表徵。

引起法國作家 Emmanuel Carrère 關注，將其生平入作，獲得荷諾多文學獎（prix Renaudot）同名傳記小說《Limonov》的里摩諾夫（Эдуард Лимонов）為資深異議分子。久居紐約，巴黎，待蘇聯解體方歸國的他積極參與政治活動，組織民族布爾什維克黨（該黨於新世紀初被判定為恐怖激進分子遭解散）。於二〇〇六至〇八年間投入「不同意者遊行」，甚至曾欲參選總統（後遭阻攔）的里摩諾夫，倏地，自二〇一二年起公開表示對普丁政府的支持與愛戴。反烏克蘭親歐盟運動，支持併吞克里米亞與頓巴斯之戰。眼見當時哈薩克總統納扎爾巴耶夫頹頹老矣，里摩諾夫更呼籲俄國一舉拿下哈薩克北部地區。

被抨擊為法西斯主義者。自詡激進分子與「復活的預言者」的里摩諾夫認為，普丁僅是繁複權力結構中，擔任對外的「門面」角色，俄羅斯政治經濟實則掌握包含企業家費里德曼，列別捷夫，阿布拉莫維奇等三十位氏族手中。所有政策實由三十氏族反覆密室商權，再由普丁統一對外公布。「普丁之後，或由梅德維傑夫，抑或瓦倫金娜・馬特維延科（Валентина Матвиенко）接班。」復活預言者如是說。

相似轉變，亦能見於作家裴里列賓（Захар Прилепин）的生涯軌跡。

裴里列賓成名作《桑奇亞》（*Санькя*）描寫鄉村出生的二十二歲同名主人翁，參加極左派青年政治運動，從街頭抗議轉型至持械抗爭的反叛道路。曾公開表示：「普丁即系統，改革始於系統，俄國需要公開的政治空間，言論自由，獨立媒體與自由議會」的裴里列賓，近十年卻於普丁麾下展開政治生涯。

入文化部，近年更參加修憲委員會。

疑似反猶太主義者。裴里列賓更公開譴責同志婚姻傷天害理，遂以明文入憲禁止之。被問及近年立場轉變，他則稱二〇一四起俄國境內愛國分子與激進自由派的拉扯，造成嚴重對立，而他茲茲念念的，僅是捍衛傳統價值。

遠方砲聲響起。

父母親暫褪子女衣，提筆，於幼小背脊上，抄寫下電話號碼，並以拉丁字拼湊出稚嫩的名。

沙羅金拾起畫筆。皮特魯雪夫斯卡婭拾起畫筆（她畫了張普丁的政治插圖）。

有人想起幾年前，曾有名光頭男子全身赤條於初冬凜凜，他孤削而坐，彎腰，將鐵釘穿入陰囊並固置於紅場石地。抗議國家警察，抗議，他喊（不遠處，列寧墓裡諸神垂泣）。

北方民眾憶及十二年前某夏夜，當鑄造廠橋緩緩升起，聯邦調查局正對面，矗立起龐然六十五乘二十五公尺，以白漆潑灑為框的巨型陽具（在橋升的短短二十三秒啊，他們竊竊私語，稱是名為戰爭的藝術團體所為）。

公然表達對執政者不滿的烏利茨卡婭移居柏林。

蒼霜短髮，身穿灰色高領毛衣，她以低沉嗓音喃唸近作：「這是世界末日，但關於這點無人知曉。只因，早已無人倖存。」

更遠的亞熱帶島嶼，我解手中櫝，望一道道光束直射雲霄。那些寒帶名字靠近太陽後灼烈燃燒。散落如灰燼的故事與記憶，以雪姿，緩緩飄降。只盼在這島或另一座島，有人能張開掌心，承接，並於不久的將來指認，翻譯。

——原載於《端傳媒》二〇二二年六月十一日

III

詞根二／情人巡迴展覽畫派

雪時肉啟

（關於覺醒，人們著墨於精神太多，探討身軀甚少。步入中年今能斷言，欲求般若大證悟者，必得通體舒脈於先，肉啟後方能靈啟。雙道勤練能保菩提不退。）

我的身體在踏進莫斯科前，是座閉鎖而多霧的莊園，一潭不動無波的濃稠暗水。一個贅字，一只寂寞的間隔號。

十七歲某個官方假期，打開繁雜迷亂的聊天室，我在晚餐後乘車，前往另名高三男孩的家。在牆上貼滿星形夜光壁貼的房間內躺平，張開雙腿，任男孩親吻，撫摸（他齒縫擁擠發酵後的食物餘味）。他以指尖試探許久，兩刻後，我的下身劇烈疼痛。

無安全措施，無任何潤滑。他刺穿我，用短小卻鋒銳的利器。

長達半月行住坐臥皆難，凡動，便猶使徒萬刀千剮我那帶傷的幽隱渠道。放課返家，每日頹喪獨坐洩桶，將褻褲褪至小腿，只見暗血凝塊。惡膿與新血匯流而下。每回代謝意味著再撕裂。綿延的疼痛與染病的恐懼讓我封閉軀體。

將強烈的慾望轉品，昇華。大學頭兩年忙著雙主修課業與社團，遲至大三上學期在俄國交友網站認識帕維爾。基輔與臺北，我們談網戀，未曾見面卻已私訂終生。

前往莫斯科與帕維爾會面前一個月，他傳訊坦言與某人發生了關係。返家開視訊，我憤慨斥責他的不忠。帕維爾圓張暗栗色雙眼，無辜道：絕對忠貞的遠距戀愛不切實際，伴侶有解決肉體需求的權利與自由。賭氣似地我打開久未經營的拓網，在一片茫茫簽心區與留言板，打撈出一名偶爾問候的同齡男孩。

將疼痛轉品，昇華成復仇的想念（這名性愛後慣常偏頭痛的男孩，在十年後我們將重逢，成為無憂的排慾之交）。

初抵莫斯科，與帕維爾相會，憑藉他持的記者證，我們入住坐落阿爾巴特街的烏克蘭文化中心（淡薔薇色如精緻拉花蛋糕的三層建物恍若象徵初綻戀曲）。我們接吻，愛撫。我的手指勾勒他胸前一綹綹細絲毛線。過往的性如此慘烈，必是貧愛之故，我想。

卻仍是千刀萬剮的痛。

帕維爾看著我緊閉的眼，扭曲抖顫的四肢，他並未勉強我。慢慢來，我們慢慢來。他說。

懲戒與規訓，性愛後他禁止我用熱水梳洗。精液碰熱水易結塊，不能讓文化中心清潔員發現，他正色道。冰冷如針的水淩遲著，唇色漸紫，我乖順承受一切。

歷經幾次失敗，不完整的性愛，帕維爾提出交換角色的要求。為愛首次顛覆角色認同，我心暗禱但求兩造歡喜。我低頭，青澀地為自己套上安全套。帕維爾用手緊握，引導著我。

空落無垠。

像輕輕被棉花糖包裹著，或以指甲尖輕滑微溫溼潤的口腔壁。我保持節奏擺動下身，調快配速，佯裝凶猛不羈神情，像名滑稽的默片演員。帕維爾若有似無地呻吟著，我預感這將是最後一場性愛。

帕維爾返回基輔不久後，我們分手。

陷入認同錯亂。自小擁有慾望，對他者肉體抱持極大好奇，總自詡未來的我將嗜性如命。怎料肉身無有歡愉僅誕苦難，性變成了刑罰。

天氣漸寒，日光漸短，恨意與不甘在體內孢生滋長。人處異地，我大膽地在交友網站改放露臉照。偶逢惡意與歧視，нет/без/кроме азиатов（no/without/except Asians 他們說），自我介紹欄位上，他們企圖以細密的表語跟介系詞剔除我，我卻化為一枚獨特的多屬性種族瑰寶：捲曲蓬鬆富拉丁美洲感的髮，細嫩肌膚，通俄語，既非惹當地人嫌惡的越南裔或中國裔，也不是粗鄙的中亞人。Niche market，我憶及先前雙修廣告習得的利基市場：較小眾，但針對特定口味目標對象而成的細分市場，易凝聚高度品牌忠誠與穩定利潤。

我在宿舍房裡接待不同男子。對性仍有疑懼，他們並未穿刺，我亦不曾掠城他方。

某日交友檔案獲得陌生訊息。點開，只見對方大頭貼是掃描後的遠景成像，一名光頭男子赤裸上身，閉眼合掌，金雞獨立於洶湧瀑布底，白寬褲被洌水滲成半透明。中年貌，古銅膚色，肌群虬柯渴人。我們相約在他離宿舍不遠，位地鐵紅線大學站與麻雀山站間的單人公寓。

鍾愛亞洲文化，多年勤習武術通太極。光頭家裡客廳掛多幅行草，暗木矮櫃擺粗陶花器。他替我斟茶後，一層層剝卸我衣。

長緩慢吻，悠深擁抱。全身太繃了，他說：你是敏感的孩子，光頭愛憐地捧著我的臉頰道。他將我翻至背面，騎乘於上，用厚暖的掌按摩我四肢穴道。我的身體像塊死疲乾冷的硬土，在他細心搓揉壓捏下逐漸溼潤，鬆軟。他進入我，塑形我。下腹傳來的不再是痛，而是一股次第膨脹的飽和感。溫熱，甜糯，夏季火山與熱帶勞動的汗。前所未有的紛雜意象進入我，在他將一部分遺留我的驅體內，我知曉，他同時置入了一段壓縮過的回憶與祝福。

我們反覆做愛。五次。天色自隅中轉為人定。

是日我體會徘徊兩種角色間的歡愉，慶幸自己並非是名性恐懼患者。走出大學地鐵站，過街，入側門，沿彎彎曲曲的森林小徑走回宿舍。橙色路燈打在清冷無人的道路，萬籟寂寥。有細碎物緩落，我抬頭，就燈光定睛凝望，才發現有雪方落。是莫斯科那年的第一場雪，也是我人生盼望甚久之景。

攤開手掌，接捧屑鹽柳絮，待冰晶觸體融為虛無。那靜謐時刻，我彷彿證悟了什麼：或許，帕維爾僅為藥引，或一顆渡河時必將踩踏或犧牲的棋。必須藉由他催化我離開島嶼，歷經幻滅苦愛別離，方能與光頭相遇。唯光頭能解我肉身枷鎖。一具極度渴求西化的遠東軀體，必須由另一具視遠東為極致幻夢的高加索身體開啟。我們是彼此的錯位隱喻，如硬谷與軟水共生成太極裡的營衛之氣。

打開後，填滿，擴張。

我身成為象徵空性的符徵。正與負，盛載與供給，我族與異地等多層次相異角色將我裂成擴充的括弧。每具置放的軀幹都將化為一粒字母，複數肉身疊加綿延成一行永無止盡的白銀時代詩句。

唯我持有鑰匙，能解其中謎，那由基里爾字母，拉丁字母，漢語片假名平假名。喬治亞，亞美尼亞等圓殼帶枝的特殊符號共組的奧義篇章。我將體內渠道擴為蟲洞，合併不同時空屬靈的路徑結鏈。從利基演變至無差異行銷的市場整體。

成為絕無僅有的肉身轉譯者。成為幻影物質。

諦聽諦聽。

那是莫斯科十月初雪捎來的絕對啟示。

——原載於《幼獅文藝》二〇二三年一月號

盧辛斯基

新世紀初期八月底，我正式搬進宿舍。莫斯科的盛夏已燃燒殆盡，整座城彷彿墜入一團灰漬棉絮。夜間氣溫攝氏十一度。

九月首個星期一，我與來自臺灣的同屆女孩與系上學弟妹，共同擠在語言系附屬教室裡。分班測驗。監考者是指導許多華人的安娜女士。共同試題，難度均等，按歐洲語言教育聽說讀寫與基礎文法勾選。我們輪流聽呲呲響的沙啞錄音帶，執筆簡短作文，入邊間窄房與安娜女士個別談話。

隔週公布結果，莫斯科大學語言系慣例：同國籍同屆者同班（人數過多則拆散），搭配近似族裔（臺灣人與日本、韓國、中國、泰國等亞洲籍互為同學）。我湊在臺灣留學生中，就公布欄名單張望，遲遲未尋得自己的名（兩位與我同屆的女孩順理成章地被排在一塊）。最後是安娜女士緩緩走近，輕拍我肩，告知我在最角落的班級名冊裡。

導師姓名，盧辛斯基，該年負責外國學生老師群中唯一男性（亦是系上屈指可數的陽剛存在）。

芬蘭人、德國人、美國人、荷蘭瑞士義大利。俄裔日本移民，俄裔澳洲移民。同學首聚狹長方形課室，我才發現，自己是白人裡的少數，某種刺眼存在。

告訴我各七種，回答時表達肯定與否定的方式。第一堂課，盧辛斯基問道。

絞盡腦汁頂多擠出是與否，我愣望黑板，再將視線飄至身旁。最後由導師提點，我才醒覺，原來在「是」能細分成：的確，準確地，果然，可成為極口語以婉轉聲調表達的嗯哼，也能幻化為書面語的不言而喻固不待言理所當然。一個簡單的破冰開場，卻已讓我在臺灣多年積累對俄語的自信瞬息潰堤。

任教語言班最高級，盧辛斯基平素未備課本與固定教材。每日，他發下暖烘烘自選講義。別被教材綁死。他說。並解釋如此，便於針對同學感興趣的議題或文法盲點進行分析。

我回宿舍，每日吃力翻查厚重字典，反覆背誦。盧辛斯基說，該班程度無須「愚蠢地」勤寫文法練習，每週每人交一篇作文，題目不限，虛構非虛構皆可，可上繳撰寫中的論文截段（班上不乏碩博士生），亦能是旅居日常流水。待擎筆，我甫驚覺既有的語言程度，至多能於網路聊天時通行無阻。我無能以優雅的十九世紀末或白銀時代筆調再現任何事，所有敘述顯得直觀，粗糙。

時序入秋，校園彌漫卡夫卡式的結核病悒鬱色澤，萬物委靡。某天盧辛斯基告知，因應新增人數，我們將改道前往語言系辦公室旁的大研究室。

宛如電影《阿達一族》的哥德暗黑軍團。三女一男，皆是柏林同校研究生。蒼白肌膚，從頭到腳包裹嚴緊的黑色衣著，皆屬俄文母語的舊蘇聯猶太移民。二次世界大戰，有人從以色列第三大城海法出發，有人從烏克蘭，各自游離，遷徙，最終於戰後落腳柏林。

班上組成因子驟變，俄文母語者近半數，盧辛斯基教學亦行調整。

某回，他將老舊影帶推入播映器，電視閃現斑駁雪花雜訊新聞畫面。一身裹皮草的女記者，奔波於國家杜馬，趁議會空檔，訪不同年齡層跨黨派政要議員許多字詞拼法。冬日印象，口音濃厚的對話，在轉拷復轉拷年久湮遠的摩擦音軌播放中，成為難解密咒。我全神貫注，卻也只能破譯三分。

有誰能覆述，或簡介內容？影畢，盧辛斯基問。

我將頭垂至極低，刻意閃避他的注視。新來者啟唇欲語，盧辛斯基舉手示意，要眾人靜。由瓦洛佳替大家解說。盧辛斯基最後喊了我的俄文名。

主要……是關乎……字……的拼音。我支吾而言。

五分鐘專題僅此而已？盧辛斯基望著倉皇的我，窮追迫語：他們爭議著何種議題？窘迫的我無有反應。

你真懂影片內容嗎?他以半戲謔半羞辱的語調復詢。我彆扭點頭。

ОРФОГРАФИЯ，訪談圍繞ОРФОГРАФИЯ，記者重複這字五次，你不懂，絲毫不理解影片在講什麼。盧辛斯基以感嘆的口氣責難道。

恥辱像腐蛆蛇蚖瞬息爬竄我臉。強忍險些奪眶的淚，我試圖將視線緊鎖同一水平面，企圖忽視圍坐周遭，為此場面坐立難安之人，直至課堂結束。

我厭惡不懂裝懂。盧辛斯基冷冷朝離開教室時的我的背影說。

正字法，орфография。

我在單人房宿舍裡尋得這讓人痛苦不已的詞。其字尾字根能對照英語 graphy，能溯源至古希臘語，即書寫。字首 ortho 於印歐語中表示正典。俄語單字，部分非位處重音節的母音會弱化；弱化強化效應亦發生於相連子音，許多字詞拼法常有誤謬，是以正字法，或可涵蓋標點符號使用等枝微末節的正寫法，為俄國中學語言教育之本。

此後數週教學內容繞此沉悶課題打轉。

盧辛斯基發下複印的俄國高中課本練習題，我如復墜臺灣指考國文科細挑錯字的無間輪迴。他細心解釋語音學，發聲構造，或原始字根等不同規則；但正字法規則捉摸難定，且例外與例外的例外之繁複，遠勝於令外籍學生折騰的格位變化。

來自柏林的哥德軍團答地津津有味；但包含我，所有非俄裔留學生愁眉不展，思及未來將與此搏鬥良久，我等心灰意冷。

敏銳的盧辛斯基察覺班上氣氛低迷，復調方針，對不同文化議題作深度剖析：墮胎與死刑，莫斯科猖獗的黑幫文化（盧辛斯基語：打開，並洗淨你們的日常之眼。你們不曾疑惑，為何舊阿爾巴特街諸多門可羅雀，販鑲金嵌貝的歐洲骨董家飾店能存活？為何地鐵站裡行乞的吉普賽婦人懷裡的嬰兒總沉睡不已？），他為我們講解赫魯雪夫時期的建物特性，共產黨解體後的政黨光譜，與巴斯特納克的詩。

一米八瘦高身形，淡金摻灰繾綣髮。緊緻的合身牛仔褲配翻領粗針毛衣。嘶啞的菸酒嗓。談話時，嘶嘶子音作響如白蛇吐信（俄國人戲稱波蘭語為蛇語，斯基結尾的姓氏或已洩漏他的血緣基因）。累月相處，我逐漸得知盧辛斯基底細：擅滑雪。冬日常攜妻帶子遠赴埃及紅海潛水。他是杜斯妥也夫斯基的忠誠信徒，正與他人編撰杜氏字典。精通英語。鍾情後蘇聯時期的搖滾樂。

多數時，他是一位非典型教師。

總在課後急奔至底層喫菸室解饞。為分享私藏的喬治亞紅酒，囑同學攜自家國產酒於課內評比（我們輪番見識芬蘭的黑醋栗伏特加，能搭蘋果汁啜飲有漂浮食用金箔的波蘭索比斯基伏特加，與德國波昂啤酒）。他帶我們前往中央記者之家聽搖滾樂團「野獸的冬眠地」。與我們在老牌知名樂隊「野餐」的演唱會現場齊聲嘶吼。

初冬，盧辛斯基帶領全班乘火車，共赴莫斯科近郊的阿勃拉姆采夫莊園。一行人離開車站，隨熟門熟路的他，漫步積雪厚深的林間小徑。冬季清寂，唯聞窸窣腳步，與團雪自禿潔枝椏墜落的悶悶跌音。那是我遇過最盛大，最接近古典想像的雪。茫走穿雲。我們在招待過畫家列賓的，十九世紀藝術贊助者馬蒙托夫的莊園裡遊蕩，穿梭，打雪仗。

平日他待我甚嚴。他曾語重心長地說：若程度未有進展，將與負責分班的安娜女士再協商，考慮將我轉入稍低階的班級裡。

體內不服輸的性格轉為動能，我挑燈夜戰，貪婪將所有陌生的詞彙俗語俚語全吞進腦海裡。房間窗臺上的二手電視，徹夜播送俄語配音的歐洲電影。課餘，我與大量的，不同的在地人士相處。夢中的我說著俄語。

我啃噬選修課教授推薦的後現代小說與當時竄紅的大眾文學作品。課堂上，我向盧辛斯基拋出許多未能在字典，網路上尋解的特殊詞彙（那些自文本，或從友人情人嘴裡採集，關於十九世紀貴族術語，毒梟專用暗號、監獄行話、鄉里土話、甚至神祕的縮寫組織），盧辛斯基訝異我所探查到的關於俄國文化的暗面語言生態。我的身體成為一座巨型語言資料庫，行走的生活成為資訊流通廠，我的俄語程度進展神速，終於度過他宣稱的「試用期」。

裝載足夠原料後得以產出。多數時，我情願當一位非典型學生。

每週上繳的書寫練習，許是身處異地，我竟於行文中，第一次打開自己（與國高中為應付導師編篡的美好生活週記迥異）。我寫下自大三飽受侵蝕的憂鬱，身處莫斯科的孤寂，與那些擁抱許多胴體後仍殘留體內的傷之餘燼。我寫下эякуляция。

瓦洛佳的文章誠懇而哀傷。某回，盧辛斯基同眾人說起。經過我的許可，他以低啞嗓音朗誦我的作品。

何謂эякуляция？有人問。

當男性因漲潮而最終滿溢。我以異族之語蜿蜒解釋。

盧辛斯基同我的態度曖昧依然。某回談及跨文化符號意象，他命同學以不同母語說出月亮一詞。Lune，法國人與瑞士法語區人說。Mond，德國人說。Maan，荷蘭人說。Kuu，芬蘭人道。Tsuki。我的好友俄裔日本移民說。Yuè liang。我說。Yuè liang。盧辛斯基如斯重複。他深思幾許，蹙眉，隨後對我冷笑道：相當刺耳的語言啊。

陽曆新年前，柏林來的哥德軍團悉數返境。剩餘大半年，盧辛斯基決定針對班上多數非俄語為母語的外籍生，以學年結束前初夏舉辦的國家語言檢定為目標，按聽說讀寫分門別類密集訓練。

俄國參照歐盟慣用的六級語言程度分級，稍作更改，不似從基礎至深度編制的A1 A2、B1 B2、C1 C2；俄國改稱初學者級、基礎級至一到四級。一至四級分層難度猶越嶺涉圳。臺灣母校畢業者應具備一級測驗能力，曾於大三時當過交換生的學長姐，少數人順利通過二級。盧辛斯基對班上同學的統一標準為三級，獲此證照足以教授基礎俄語。我對自身能力未有信心，遂同盧辛斯基商議，是否參與共同練習，但最後保守考二級測驗。盧辛斯基怪我妄自菲薄。他說：你是我的首位臺灣學生，是我極少數教過的亞洲人，我對你有信心。

學年結束前最後的導生聚，盧辛斯基挑選城中一間舊酒窖改造的餐酒館。眾人為歡慶整年的緣分，與所有報考三級檢定者的完勝成績，無不隆重打扮。我穿上從家裡空運寄至的KENZO長衫，右半晏紫，左肩至臂分切為褚橘與墨褐的拼接色塊。盧辛斯基則穿高領純白羊毛衣。

席間我藉酒壯膽，講述葷腥玩笑並毫不保留地分享與俄國情人間的私密絮語。同學們讚嘆我的膽大無畏（他們大多保守地在語言系留學生圈裡，玩著大風吹的換愛遊戲）。盧辛斯基抿嘴笑道：瓦洛佳實屬奇人。

倏地，我直視他的眼，嚷嚷挑釁：老師覺得我說俄語時，有刺耳腔調嗎？有腔，但那不是臺灣學生慣有，也非華人常見，而是相當個人風格質地。盧辛斯基沉吟些許鬆口而言。

最終進化為非關族裔之個體，能完美融入他者，卻亦能保有鑑別性。這是既短且長的一年裡，他給予我的，最高禮讚。

——原載於《聯合報・聯合副刊》二〇二四年三月一日

後列寧格勒潛行者

1

二十二歲前夕，打算送自己別出心裁的禮，一趟異國境內的首次單人旅行。

陽曆新年剛過，莫斯科大學語言系教室裡，重新簇集甫與家族團圓，洋溢幸福神采的歐洲同學們。專收外籍學生的語言系排程與一般大學相異，並無明定寒暑假期（除重要的東正教與國立節慶）。下課後，我同導師盧辛斯基說，想於月底請一週假期權充寒假。他點點頭，說：偶爾散散心挺好的，別老待在同個城市裡。

同期的臺灣留學生們，有學弟妹相約埃及避冬，或拿著老早申請好的歐洲簽證（那是免申根簽前的遠久時期）直奔英法義西。孤僻如我，刻意將寒假調慢延期，在眾人歸巢之際，遠離。

拿著學生證，居留證與護照，登至校園附屬旅行社開了一張莫斯科到聖彼得堡的來回火車票。

夜班，kyne走廊車廂臥鋪分位。深夜十一時餘自列寧格勒車站出發，經九小時，將抵聖彼得堡的莫斯科車站（抵達地與出發點換位的隱喻命名）。

旅程將至，精神卻始終委靡，彷彿整場冬季的雪早無聲捻熄體內所有關於移動的想望。我始終沒下訂任何旅店，沒策劃任何行程。獨獨所為，僅是在宿舍房間裡點開電腦交友網頁，更新欄位居處地，與聖彼得堡的陌生男子們有一搭沒一搭地聊天。

與始終未傳來清晰臉照的西琉沙在通訊軟體上交談。西琉沙自稱獨居聖彼得堡市中心，當日能來火車站迎接我，更可陪伴為期一週的居旅約會。我從筆記本撕下紙，抄下他的電話號碼。

出發是日，推著單人行李箱，肩躺側背包，提前拜訪了另名男子的住所（孤寂如我）。簡易用過晚膳，相擁。在男子房裡，仍未拆卸的，纏繞無數暖橘細燈的人工白銀聖誕樹旁（東正教舊曆聖誕節與新年較陽曆延慢），我陷入短暫卻深沉的眠。

手機鬧鐘乍響，我慌忙起身，跟屋主匆匆道別後，提托行李，走入墨黑雪夜，直奔街口外的列寧格勒車站。

寬廣的無頂月臺，架柱支線如蛛網於頂零散牽連。陳舊炭黑的車廂於暗光裡無限蔓延。將毛皮冬衣裹得厚實的旅人們搓手，呵氣，喫菸。毫不相關的線條與色澤，令人想起布爾嘉科夫小說改編的蘇聯電影《狗心》（或由於那彌散空中的抑鬱，古舊，與微弱的非現實感）。

尋位，下層鋪，將長板椅墊掀起塞妥行李。環視同廂乘客一巡，我緊抱側背包，試圖於顛簸的金屬音律中，接續先前殘夢。

2

我並非首次前往聖彼得堡。

大二升大三那年暑假，我與薇學姐、莉學姐與她的男友共赴聖彼得堡大學的夏季課程進修。莉學姐與我熟識，同為熱舞社，剛入校便已於臺下目睹其翩妍舞姿。一米七五高，網球員般小麥色健康膚色，長髮。總穿超短棉質熱褲與converse帆布鞋的莉學姐，據言是不折不扣的千金，家道天母經營銀樓生意。

莉學姐的男友讀同校哲學系。滿頰鬍茬，粗獷，初見時我覺得他像極了許志安。善妒的他不放心與莉學姐整暑假相隔兩地，堅持同行。

薇學姐白淨，淡雀斑，一頭及腰如賽蓮女妖的鬆軟捲髮。她有好看，極富性格的彎月鉤頦。她少話，但僅透過些許互動，便能覺察其性格貞烈。

四人組從臺北轉機法蘭克福，後抵聖彼得堡。

托運行李遺失，於招領處掛了單，我們乘接駁車趕至位於瓦西里島，造船者路上的聖彼得堡大學宿舍分部。

出入口的值班警衛是名輪廓深邃的車臣男子（此乃莉學姐男友藉著許多私密香菸時間所套出

的情報），我們用有限詞彙解釋困境，最後下榻至所分配的兩個房間。

男女分層居，入住三人房。

學長喜歡熱絡氣氛，總尋各式線索找我搭話。我漫不經心地回應，同時將眼光緊鎖於空缺床位，心底暗禱新來室友，會是名優雅少話的異國男子。

遲來的行李，始終缺席的室友，瓦西里島熱水管線全域維修。人生首次歐洲行，或因坎坷而深邃。

為抵擋無垠之冬，北國城市炎夏各處，大張旗鼓整治保養。每日我們乘車至島側的河邊系辦。藻綠色描白框三層樓建物裡，諸多牆面被層層疊疊的膠罩隔起。油漆工爬著老木梯灰頭土臉。沿岸許多建物，更撐起鷹架與防水布，挽面修葺。

能力測驗後，我與薇學姐同班。莉學姐讀低我們一個層級的，而毫無語文背景的學長得從認字母發音的新手課上起。

與薇學姐的班上，其餘皆是來自蘇黎世的瑞士人。興許是同校同學，十多人，出入浩浩湯湯，喧鬧非凡。多數來自德語區，少部分人從義大利語區跨域就學。每日，我們贏蚌孕珠般，艱難孵裹每個字詞，將其安串於正確排序的組句中，練習對話。

內心最大的衝擊是，原來我自認精實優異的兩年俄語能力，竟等值蘇黎世青年們半年至九個月的學習時數。

薇學姐亦受震撼，每日午休時間，我們長嘆短吁，擠在學生食堂，無精打采嚼著上頭鋪滿燻鮭魚佐酸豆（或綜合臘腸佐起司片）的切片棍子麵包，喝著廉價熱咖啡。若不甘心想奢侈些，我們吆喝莉學姐與學長轉戰附近的簡易咖啡館，點義大利麵，國產波羅的海啤酒，或肉餅佐馬鈴薯泥。

每日總須保留一至兩小時填寫回家作業的時間，但兩個月的大把光陰，足以讓我們好好探索這座城市。

3

所有不完美，都足以在盛夏的聖彼得堡獲得原諒。

這座十八世紀初由彼得大帝以翡冷翠為參照，於涅瓦河畔建築的文藝新都，不純粹為濃縮版的歐洲象徵共同體，更是一席超譯的西方文化地景。新古典主義建物混搭巴洛克主義。儘管夏季部分建物拉皮髹漆，但一入教堂，旋即被那撲鼻的儀式乳香，與高聳的鎏金聖像彩繪及縈迴燭光形塑的東正教神祕主義而震懾不已。

每天我們抖落系辦的粉塵木屑，按圖索驥，車過河至海軍部區，徒步涅瓦大道數回。分日別類，從近處的喀山大教堂、滴血救世主教堂，逛至莫斯科博物館與大書店（我總於此廢時流連），隨後深入內裡的托爾斯泰之家與阿赫瑪托娃博物館等，次第解鎖。

冬宮是一日逛不完的。

我們迷走於大理石描金邊、無數水晶吊燈、翠色孔雀石柱，與神像、貴族肖像畫、紅幔布絨與提香高更梵谷雷諾瓦與無數骨董器皿中。

有時逛得倦了，乏了，就隨性挑間順眼的飯店附屬餐廳啜午茶（年輕的我們不執著於《寂寞星球》或米其林餐飲指南）。晚風徐徐，若不欲早寢卻又疲於上夜店；學長會帶我們在飯後散步河邊，買一打啤酒，隨周圍年輕人放的流行歌曲輕舞（兩位學姐被那古怪，驫混俗氣與野豔質地的中東取樣音樂逗得開懷不已），如斯，等候凌晨一點的開橋盛況。

然華美之物，必含衰恐。

某日，莉學姐與學長吵了架，兩人賭氣各自行動。我與薇學姐對密集的城市探勘亦感疏懶，我倆遂決定放學後留守瓦西里島，僅沿系辦周圍的景點走走繞繞。

那是直譯為「藝術的房間」的彼得大帝人類學與民族學博物館（亦是這城，甚是俄國境內第一座博物館）。

許多拉美歐亞非少數民族的服飾與起居屋，許多動物標本。我們越往裡探，光線越趨濁暗，只見展間儲放各式怪異軀體：單頭雙體貓、雙首牛、雙顱三臂的深柴色幼童骨架。身旁注滿福馬林的玻璃罐內漂浮難以計數的變形嬰兒（他們的肌膚被泡製成薄紙般的灰），或多首同身，或截肢部位被塞進精美套飾中：有許多腫脹至足球大的，五官被時間浸泡至虛無的頭。他們或屈膝蹲坐，或站，或單體沉落在那冷黃寂靜的液體中嘆息，眠寢。

體冷不適，頭痛欲裂，我們倉皇逃出博物館，奔向盛夏陽光燦爛的街。

一行人中我與薇學姐較親。

總是我們倆急吼吼衝向宿舍旁綜合超商，在近出口的通訊店購買單張一百五或兩百多盧布的公用電話卡（那是社群網路提供免費通話前的時代）。我一週挑三日同家裡報平安，薇學姐卻時不時徘徊宿舍附屬公用電話亭。她將聲音壓得輕細，頭彎得低，那海妖般媚嬈的長捲髮，隨身體輕搖幅度款款盪盪。

某日下課，薇學姐抄出數位相機，點了幾張照片給我看。

是我的女友。她說。

原來薇學姐每日越洋絮語對象，就是這名女子。粗染紅褐色澤，燙捲捲頭的中年女性。她是薇學姐在連鎖速食店打工時的分店經理，也是先前身為異性戀的薇學姐，初次結交的女伴。她們有時隔著電話哭訴，爭吵，悍罵彼此。

善妒又充滿不安全感的人啊。薇學姐總如是喟嘆。

我們交換情愛生活的點滴。有時在宿舍百無聊賴時，薇學姐會敲敲我的門。我們外出拐彎，走一段路下坡看海。那是如七星潭的岩灘，被沖刷的大小鵝卵石坑坑洼洼，我們左搖右擺行走其上。

陽光晴亮，身材姣好的俄國女孩們寬解泳衣，平趴於岩上行日光浴。有賣中亞烤肉串與汽水的攤販，遠方停車場有人敞開車門放著悶悶響的流行樂。不善泳的我撩起短褲涉水漫步。薇學姐有時游泳，有時不。

你能看到很遠很遠的對岸森林嗎？薇學姐問。

我瞇起眼，點點頭。

據說，那邊就是芬蘭。她說。

4

我在通透的冬季晨光中重返這座城市。

九個鐘頭，顛簸夜車擾人清夢，時不時，同廂俄國乘客見我醒轉，便大聲吆喝共飲濃度逼近七、八十度的自釀伏特加。他們時而談笑，擊掌高歌；我則一路試圖憑藉灼熱醉意入眠。

我在公共電話亭投入硬幣，撥了西琉沙的號碼。您撥的電話暫時無人接聽。我不慌張，原先設想即是若對方人間蒸發，可沿莫斯科車站附近，或涅瓦大道各式旅館就地安排住宿。

為求保險起見，多撥了幾次電話，最後聽到西琉沙的聲音。原來他先前開車時不便接聽，他告訴我離暫泊車位最近的出口與是日打扮。我提起行李，朝指示方向走去。

一輛鮮紅色敞篷跑車。

流體造型，雙人座，義大利品牌 Alfa Romeo。

西琉沙熱情擁我，在我雙頰來回親吻三下。他是名肉壯，不甚美觀的中年男子。他殷勤將我的行李放至後車廂內，轉身催緊油門上路。無須多久，沿涅瓦大道開一小段，即可到我的住處。西琉沙轉頭對我燦笑而言。

行陸鬧區，跑車在過喀山大教堂不遠處轉彎，我們鑽入聖以撒主教堂不遠，沿渠道而建的私宅庭院內。盛雪的光禿枝椏交錯，影綽綽。下車後，西琉沙驕傲地介紹此區名為豐坦卡，以涅瓦河支流豐坦卡河為名。

住所位一樓，占地四十餘坪。許多乳白大理石家具混搭金屬配件，令人訝異的，是離客廳不遠的半開放空間，竟擺放一池高聳的，金漆描邊純白按摩浴缸（一如國小畢業前同班同學家裡，對方相邀共浴的慾望原型）。

並不喜歡與西琉沙做愛。

他動作粗魯，通體鬍渣如仙人掌或荊棘，摩挲刺傷我的肌膚。他排斥安全性行為，做愛時，會從抽屜摸出一罐類潤滑液的物品。他說，這是 before and after，只要在性事後於私密處塗抹此物，方可消毒殺菌。我只當此話為哄騙小孩的白色謊言。

他喜歡炫耀一切，他的財富，豪宅，他的紅色敞篷跑車，以及鄰座的我。

共處的幾天時間內，我總赧於西琉沙的所為。彷彿刻意索求注意，就算前往市場添購日常用品，他也堅持開那臺Alfa Romeo（他亦有另兩輛代步工具）。他將電臺音量轉至最大，在俗豔舞曲中，西琉沙享受能擄獲的一切目光。

寄人籬下，每晚，我在他的按摩浴缸或那張白淨的織花國王尺寸雙人床上獻祭出肉體。遠古的以物易物儀式。

我欲別離卻苦於開口，卻是某個早晨，西琉沙還在盥洗時，一名年輕俄國男子打開公寓大門，衝進臥房惡狠狠瞪我。

他衝入浴室朝西琉沙破口大罵，憑藉被流水與推擠音切斷的破碎詞句，我方明瞭，來者是西琉沙的情人。

西琉沙僅圍一條浴巾，憤慨地步入臥房。男子亦步亦趨跟在身後，他指著蹲坐床沿的我，朝西琉沙大叫：你就趁我們冷戰的時候，帶這種雜種回家。

我愣瞪雙眼。西琉沙不發一語。

早上十點，我默不作聲提起收整好的行李，離開豐坦卡的高級公寓。

5

獨自拖行李沿涅瓦大道走。但凡掛出旅社招牌的建物，我便逕入於內，同櫃臺詢問空房。冬天雖屬旅遊淡季，但鬧區仍是旅客入住首選。一房難求，若有空位，多是五星飯店單晚索價昂貴的選項。

我從大道頭徒步至大道尾的莫斯科車站，再折返。腳痠心乏，總覺此趟慶生旅不帶絲毫歡喜。猶豫是否改票回莫斯科時，我在近阿赫瑪托娃博物館的一間公寓面街向，瞧見了網咖招牌。喀嗟喀嗟。將行李扛至二樓。打開電腦，關鍵字搜尋都心各式旅館資訊。最後覓得一間尚有空房，收費合理的青年旅舍。

正午，我拖著業已蒼老的身軀與行李走至大馬廄街。坐落於公寓二樓的青年旅舍，單層，附設公共廚房與洗衣機。同領櫃員繳了費，他微笑望我道：幫您分配在雙人房，目前這週無其他人登記，這幾天您可獨享一切。

整頓行李，沖了澡。這才好好感受這得來不易的私人空間。被分配的房型位置極佳，我雙手撐起下巴坐看雙層窗外，於點點落雪中低頭行走的人們。我捫心問，為何想回到這座城市？

選聖彼得堡為開啟歐洲經驗的第一站，或許與大學時，系上伴我兩年的俄語會話老師有關。莎卡洛娃，同儕戲稱莎媽，聖彼得堡人。初見時，只覺老師異常眼熟，仔細思索，才想起其外型與童年老三臺電視頻道觀賞的美國喜劇《黃金女郎》裡，飾演蘿絲的貝蒂．懷特格外相像。淡金透灰白的捲齊耳髮，珍珠飾品，寬鬆襯衫配西裝裙。荔枝紅或薔薇色的唇膏細敷在誠摯，天真的微笑上。

大一上學期的會話課堂，我總有些不自在。

主因莎媽常帶顆充氣海灘球，要大家作丟接練習。你一言，我一語。啓唇者持球，講完話後將球抛給下位發言者。一顆顏色鮮豔的海灘球在昏暗教室裡如浪漂蕩。有人尖叫，歡騰。我心底卻埋怨這教學法，疑似將學生的智商與理解力化整為幼園程度。

但莎媽對我們極有耐心，且對戲劇表演有極大熱情。每逢年底的全系話劇比賽，她幫學生縫製各種劇本裡的動物造型（低年級的學生們總千篇壹律地飾演傳統俄國童話），叮囑布景組的進度，替演員訓練對話發音語氣。

兩年裡，她不像多數俄籍老師的情緒陰晴難定。她和善笑吟。難得一回陰雨天的課堂上，莎媽愁容蹙眉，同我們談起了自身家族史。她先以罕見的冷淡語調，默誦一段列印文章：潔尼亞在十二月二十八號凌晨死亡。奶奶在一月十五號下午三點死亡。蕾卡在三月五號清晨五點死亡。舅舅琉莎在五月十號下午四點死亡。媽媽在五月十五號早上七點三十分死亡。薩維奇家死了。全世界死了。塔妮亞獨自一人。

莎媽說這短文，是第二次世界大戰時期，未改稱作聖彼得堡的列寧格勒受德軍轟炸時，封城饑荒無援的八百七十二天中，一名十一歲的女孩，塔妮亞．薩維奇娃的親筆紀錄。

全班寂靜，面面相覷，沒人預料是日會話課內容如斯沉重。

莎媽嘆口氣道：但我們家算幸運的，唯獨我奶奶，好不容挨過了封城，家族聚會喜樂地想大啖麵包時，死了。

封城期間，她的食道徹底萎縮，當正常分量食物下擠時，她噎哽而亡。她說。

6

夏季的聖彼得堡，一如莎媽的笑顏燦爛。如今我想這城冬季的冷蕭氛圍，亦如其肩負的家族史，均屬少人願深究的，刺骨扎心的事物暗面。我排斥任何浪漫與神話；而那年夏季的聖彼得堡太美，此回，或是潛意識想顛覆對這城既有的完美印象。

濱海之城，寒風鼓騰，那是洋蔥式穿搭仍無法抵禦的深層的冷。更惱人的，是這幾天下起雨雪。溼漉滑溜難走的街，撒遍沾黏泥埃後結成粗胡椒顆粒般的融雪劑。路旁車流衝過，激起的髒水濁於我躲閃不及的外褲上。

時常流連於那間網咖。

跟薇學姐們去過的教堂懶得再花一次門票錢參訪。所有博物館裡，只重回莫斯科博物館看了新特展。我花許多時間窩在網咖打開交友頁面，跟城裡不同單身男子們聊天。

週五晚，與網站認識的馬克辛相見。

潮流打扮，年齡相仿，他穿戴金屬耳環，捲髮俊俏。我想或許兩人能共度這趟旅程剩餘的浪漫時間。

馬克辛顯然精力旺甚。要帶你好好體驗這城瘋狂的週末夜生活，他說。我們潦草在速食店用過晚餐，先前往一間普通酒吧。馬克辛許是與員工熟識，吧臺替我們連上數杯招待的單口酒。醉意方興，通體炎熱，馬克辛看看手錶，說要帶我前往神祕地點跟一名約好的朋友相見。

糊裡糊塗地被他拉上隨街攔叫的車。到了地點，倆人踉蹌站在一間外觀為木造房屋的單層建物前。等下付完入場費，我們脫衣服後，各自分頭行動，我去找朋友先。馬克辛說。

我們在哪？我暈醉詢問。

三溫暖，一間同志三溫暖。他答。

在置物櫃褪去衣物後，我的身體異常疲憊。馬克辛已不見蹤跡。我隨處晃，裡間轉角似藏昏暗空間，我怯步不前，僅在光亮的公共空間打轉。兩座撞球檯，角落擺有自動販賣機，左側是芬蘭浴蒸氣室。不知所措的我，最後選擇解開包裹下身的浴巾，緩緩步入居中的附屬泳池。偶有一兩名落單男子，手拿罐裝啤酒鬼祟經過。

二十二歲前，莫名其妙獻出首次同志三溫暖經驗。我心想。

覺得自己是個帶些墮落意味的大人了。

馬克辛不知何時躍入池中，他矯捷地滑入我身邊，從身後環抱著我。你朋友呢？我問。找不著他吶，可能記錯時間或遲到了。他回。我輕地點頭回應，懷疑或許這僅是他尋歡的推託之詞。馬克辛游到我面前，將雙唇疊在我的欲言又止的嘴上。他以手腳並用在水中緊緊地箍著我。我的大腿感受到他逐漸挺硬的慾望。

該走了。半晌，馬克辛抓起我的臂膀，帶我離開游泳池。

去哪？

我們的夜晚正式開始了。他說。

7

再度攔車而上，朝先前涅瓦大道的市中心前進。

原來馬克辛要帶我去的，是城裡新開的最大同志夜店 Central Station。三層建物，偌大空間，裝備螢光燈飾的吧臺與舞池擠滿鶯鶯燕燕。我們換了酒券，對飲，馬克辛帶我穿梭一二樓不同音樂主題空間。許多人慵懶地擠在吸菸區，許多人牽手相擁在狹仄甬道間。汗淋漓影撲朔慾望滿盈，我想起高中時當紅歌曲〈我是你的奴隸〉裡那令人臉紅心跳的音樂錄影帶場景。

馬克辛摟著我跳了幾首舞，復灌我幾杯調酒後，消失在溶解如油畫厚重顏料疊擠的人圍中。

我獨自穿梭在不同房間，疲累地跌坐於放著俄國流行樂的小舞廳的旁側沙發。二手菸，雪茄味，汗與狐臭，香水形成結界將我包裹。有時我盹，有時我隨強烈的派對鼓點節奏用腳打擺子，有時幾名男子同我搭話，請我喝酒後，索取了我的莫斯科手機號碼。時間像坨濃稠，逐漸垂墜滑落的晦暗液體，將一切緩慢吞噬。

趁我神識稍醒，想打車回青年旅社時，馬克辛出現在我面前。跑哪去了？到處都找不到你。

他嘟著嘴，故作興師問罪狀以指節敲敲我的頭。我微笑不語，多狡詐的人啊，心想。

時間不早了，你跟我回家。他說。

是整晚獵豔未果，最終屈就於我嗎？我嘲諷地想。但凌晨四點餘，天色深溪蟹殼青，過度操勞的軀體拒絕抵抗與繁複的思考。我隨馬克辛回到他的住處。

沒想過會重返瓦西里島（此回，像刻意異化前回經驗，即便偶爾想念，我決議不回先前與學長姐同待的宿舍分部，聖彼得堡語言系辦，與那片面朝芬蘭的裙狀岩灘）。

推開沉重大門，舉步維艱爬行綿延的古老迴階。殘破壁磚，髒汙的毛氈毯，壞掉的頂燈。爬至頂層，馬克辛轉動鑰匙時，我跑向扶梯邊，好奇地彎腰探頭，朝中空處往下望。冬衣外套裡的手機啪嗒一聲滑墜。我焦急地跑下樓，遍尋失物。

手機像被這古老貧脊的建物吞噬無蹤。

操勞的軀體拒絕抵抗與思考。我吃力地爬上樓，鑽進馬克辛的公寓。

他領我躡手躡腳地走到房間。別吵醒大家了。他以唇語交代。

當躺在那窄小，雜亂不堪的瘸木板床上時，我才驚覺此地的詭異。半故障的暖氣管線，我冷冷哆嗦著，馬克辛於是打開房門。面對房間的濃墨籠罩的餐廳，其深處流理臺上，閃爍八絡短小的淡藍瓦斯火焰。櫥櫃與廊柱間拉起繩線，吊晾著毛巾與較薄貼身衣物。馬克辛原來蝸居於俗稱коммуналка，上世紀二〇年代，十月革命後蘇聯政府大量興建的公用住宅。

破壁危瓦前，在積灰的沃洛格達花邊織品床罩上，馬克辛從身後抱我。倆人面朝敞開的暗黑餐廳而眠。

他撫摸我的上身，吻我後頸。在愉悅的顫慄中，他褪下我的褲子（我們疲累而未更衣），並從後面進入了我。我虛弱地，隨馬克辛規律的擺動呻吟，同時盯著遠方鬼火似的瓦斯爐光。會一氧化碳中毒嗎？若有人在夜間突然想抽菸，在房裡劃開火柴，我們會集體燃燒嗎？我思索著。

不久，馬克辛止息了動作。我撐起上身，回望，但見這過動，狡詐的男子已張嘴酣睡。他的物事仍駐足我體內，我感受到慢版的疲軟與消退。我感受到巨大的被羞辱感與倦。

8

在正午前離開馬克辛家，回返大馬廄街的青年旅社。

我將積累舊著一古腦丟進洗衣機清洗，烘乾，像想藉此滌淨些什麼。等待時，我步回房間，看著窗底下的人們。調整好情緒，我走向涅瓦大道開設的通訊行，購買了一支新的行動電話與儲值卡。

我走向電話亭，同家裡報備這幾日經歷，並挨了一頓罵。

仍流連網咖，在其他男子的交友檔案留言板談天。仍然與陌生男子見面。我在一間離莫斯科博物館不遠，洋溢東方室內設計風格的公寓過夜，是日大雪。我困惑於這趟旅行的初衷與目的。

我迷走於街。

回莫斯科前的最後一晚，不想與任何人見面。獨自用完晚膳後，我仍如幽魂踟躕徘徊於涅瓦大道。在經過葉卡伽琳花園對角的阿芙蘿拉戲院時，停下腳步，我在公告欄上瀏覽是夜片單。

買票，鑽入影廳，看各國導演合攝的《巴黎我愛你》。

以巴黎二十個行政區為主題的分段式電影。杜可風拍的十三區小中國城裡，華裔女演員直望鏡頭喃喃自語：愛你，愛你，我的名字是愛你。不知為何在看到瑪黑區風景時，我心悸動不已。一個因公抵達此地的異國男子，在古舊的攝影印刷房碰到了一名法國男子，他們相遇，一見鐘情，卻無法溝通。異國男子最後奔跑，穿梭在瑪黑區古老崎嶇的巷弄裡，試圖尋回愛情。

散場後，我獨走在深夜聖彼得堡的市中心，心情倏地輕愉。彷彿這曲折旅程最終要引領我抵達的，是這時刻。在歷經悲喜後，獨自一人，在既熟悉又陌生之地，觀看另一部關於遠方的電影（那時未曉此片將成隱喻，啟動六年後足以改變我一生的巴黎遠行）。

原來聖彼得堡是苦尋靈光之地。想起那年暑假，搭往語言系的公車上學途中，薇學姐朝我對坐，夏陽鋥亮，我瞥頭欲瞧沿途街景，光線自斜側邊整片鋒利切下。在被玻璃阻絕，高曝光與遠景重疊的剎那，意識到，這將會是我銘記一生的刺點畫面。

我記著了，於是重返此城，艱難帶傷地再沿回憶尋找下則關乎命運的細微時刻。

Сталкер。我是塔可夫斯基電影裡苦候神祕潛行者的旅客。

我處心積慮地在鐵道邊尋求那能實現深層慾望的，位於異域禁區裡的房間（潛行者與已逝的諸多潛行者們不斷提醒，直線的前進方式危險）。

再過四日，將滿二十二歲的我在崎嶇旅途中，獲得了關於禁區與房間的所有祕密。有鳴笛聲響。

濃雪時分，往莫斯科的回程火車，已逐漸駛進。

凡尼亞

十二月，語言系外籍學生雖無正規新年假，沉浸於節慶情緒裡的我，拒絕課後把自己禁鎖在莫斯科大學主樓宿舍。我將每日行程切割，細分成幾小時電影，幾小時的書店晃蕩，幾小時的咖啡廳或血拼，當然最重要的，是與交友網站上的陌生人會晤。

聖誕節後兩天，我同阿薩耶夫在一彌漫東方風情的茶室見面。光頭，刮剃得泛青的下頦唇沿雙頰。他有優雅的淡灰色眼睛，左耳穿戴於室內光照下閃熠的單鑽耳環。交友檔案上，阿薩耶夫飽滿的胸肌後背二頭肌隱躲在所穿的鮮豔顏色，混縫可愛玩偶圖案的針織毛衣底。

長我七歲的他為人親切，滔滔不絕分享近年亞洲旅遊經：泰國閱兵、上海城市即景、吳哥窟的樹抱窟，尼泊爾與東京。我微笑少話，偶爾給幾抹讚許表情。阿薩耶夫的聲音輕柔飄逸，聊得興致高時，他半瞇的眼，帶些嫵媚氣。

自茶室走出，我們互道再見。當晚，得趕回宿舍赴宴。

年底未返家的系上歐洲同學們，經我班上瑞士女孩的吆喝，決定辦fondue起司鍋派對。我們依約準備酒水點心，帶幾道方便沾用的食材。搬桌椅，十幾人圍擠瑞士女孩居住的宿舍樓層公用廚房一隅，手忙腳亂地，以電磁爐煮融廉價乳酪塊。我們開酒，喧鬧，吃帶苦澀感的熱融乳焗醬邊談心。幾名義大利男女，拿起吉他吟唱輕輕。

冬夜莫斯科大學的廚房，迴響著空心吉他的和弦。二戰時游擊隊歌曲。我們此起彼落，帶酒意哼著貝拉喬。

兩天後，我收到阿薩耶夫的簡訊，詢問能否至他家作客。

腋下夾瓶香檳，攤開折疊口袋中業已磨損的簡易地圖，找尋阿薩耶夫的租賃處。十數坪單人公寓，相連的客廳餐廳，擺掛他自亞洲所搜刮的木製，竹製玩偶飾品。

阿薩耶夫要我面木矮几席地而坐。他自深木櫃搬出整套日式茶道器皿。這是我去京都購得的抹茶粉。他說，隨後以茶筅攪拌翠綠湯底。我正襟危坐，擔憂任何身體擺動，都將干擾他的神聖儀式。

配食莫斯科購得的和菓子，我們有一搭沒一搭地聊。晚點其他朋友也會來一齊熱鬧。阿薩耶夫說。

不出半個時辰，門鈴被陣陣揿醒。五，六名男子接續而至，次第褪去厚重羽絨外套，仰頭乾飲伏特加，圍坐沙發鶯鶯燕燕笑鬧著。最後來的是對情侶。我的好友羅曼以及他的男友凡尼亞。阿薩耶夫介紹道。

羅曼是在場最高者，冬衣下，仍能推敲那纖細易損的極瘦身軀。他沉默，整場聚會耷拉嘴角，彷彿埋怨與不滿些什麼；凡尼亞跟我一樣，生著猖狂如蔓的自然捲長髮。濃密暗棕色落腮鬍，一米八身高的他仍矮羅曼半顆頭。整場聚會，他仔細留意羅曼情緒。

有人起鬨說要玩破冰遊戲，古典的轉酒瓶真心話大冒險。接吻，甩耳光，分享禁忌性愛或糗事。敘事無限延展，伴隨室內砰砰響的歐洲電子舞曲，窗外的雪不知何時已歇。幾杯伏特加下肚，加上室內暖氣，不勝酒力的我面紅耳赤，頭痛難耐。

從盥洗室洗臉提神走回客廳，阿薩耶夫提議伴我至頂樓透氣。

踏上臺階，只覺身後籠聚龐大身影，回頭望，是凡尼亞。

三人將手緊縮口袋，朝空呵氣，環視不甚特別的夜景。風瑟瑟，我們打哆嗦。凡尼亞抽菸，同我回憶夏季時，這幫好友會搬一張甚大的雙人床墊，攤上幾張軟毛毯與靠枕，望向夕陽喝酒聊天。

你同阿薩耶夫認識許久？我問。

兩年多，因男友間接熟稔。他回。

頂樓老木門咿呀作響地被推開，只見整晚抑鬱的羅曼，那身影，在冬夜微光斜照中，像把鋒利無比的西洋劍。我想走了。羅曼噥噥語。凡尼亞單指將菸彈至積雪地，用靴子踩熄十二月最後的一抹猩紅。

訪客離去，我幫阿薩耶夫清洗酒杯餐盤。我們輪流梳洗，於凌晨就寢。晚安，好夢。阿薩耶夫在我額際輕啄後道。酒精未如往催夢，我輾轉反側，思忖為何阿薩耶夫沒觸碰我。這念頭像生了根，在深夜竄芽茁壯。

跨年後忙碌的課業，社交，旅遊計畫與新約會讓我忘卻那晚的不愉快。我開了車票，預計於月底前往聖彼得堡。出發前後，我維持每三、五天就與一名新網友見面的密集頻率。

週一無選修課，在學校食堂簡易用過午膳，我返回房間稍作打扮，趕乘地鐵赴約。先在特維爾站麥當勞與一名網友見面，閒聊些許，再沿大道漫步至馬雅可夫斯基站，好赴另名網友的約。

在地鐵站出口來回踱步的人是亞列克斯。我們簡單地打過招呼，亞列克斯驀地笑問我是否願意至他家作客。

踏入房間，只見一男子背影，雙臂愜意地橫搭沙發背上。嗨，凡，這是我朋友。亞列克斯朝他吹了聲口哨。我上前握手，望，竟是阿薩耶夫家派對上見過的凡尼亞。我們交換驚喜疑惑的眼神，極有默契地保持緘默。

我居中，三人並坐飲香檳。

電視播著YA電影《小姐好辣》。勞勃．許奈德的髮型像極了凡尼亞，我指幕中人，再指指他，三人捧腹而笑。亞列克斯與凡尼亞不時嘲諷劇情，說些互損的玩笑話。原來長我四歲的凡尼亞，在粗獷外表下，是男孩式的爽朗。他語速快，詞尾的弱子音像被吸捲進他濃密落腮鬍裡。蓊蓊鬱鬱迷迷離離。他喜歡街頭行話與雙關，我須仔細聆聽，稍加思索後，方能回應。

氣泡酒，人酡醉。

凡尼亞的左手疊上了我的右手。我不安地緊盯螢幕，以眼角餘光觀察左旁亞列克斯的反應。亞列克斯低頭玩手遊，偶爾追劇情。我悄悄抽出手掌，改以指尖在凡尼亞的指關節上拖曳，遊梭。

亞列克斯得臨時聯絡工作事宜，離開了房間。

凡尼亞倏地將我拉入懷裡。我們擁吻。他的鬍渣搔刮我雙頰，奇癢無比。我們像兩團互不退讓的火，試圖以己身最炙熱的舌焰吞噬盡彼此。近半小時後，凡尼亞倏地止住動作，他直視我雙眼問：介意三人行？

乳白床墊上，我們各自褪去貼身衣物。或因醉意摻混前所未有的經驗，我恍若墜入，曾繪阿赫瑪托娃肖像的蘇聯畫家彼得洛夫·沃特金的作品裡。眼前兩名結實高加索男子，如其作《男孩們》一金髮，一深褐，他們彼此拉扯身體遊戲，白皙頎長的身體，因慾望焚燒成拜占庭色的紅。而我亦化為《赤馬戲水》中，那裸體金髮男子腳中緊箍的，那匹飽脹昂揚的血色寶駿。所有彼得洛夫·沃特金筆下的遠景，皆因整室滿盈的慾望彎延扭曲。他們的口器成筆，蘸覆飽滿顏料，將我內裡捲藏的畫布，塗抹成一道道嬌豔粉嫩，時而強烈時而和諧的撞色區塊。

以為你對我並無好感。返家地鐵途中，我同凡尼亞坦承道。

從第一眼我已對你產生強大的，難以克制的慾望。他誠摯地說。

我們在車廂內交換手機號碼，電子信箱與所有通訊軟體，深怕疏漏任何細節，就將永遠遺失彼此。

月底我依計畫前往聖彼得堡，期間，我們每日互傳訊息。在聖彼得堡百無聊賴，逛至涅夫斯基大道的網咖，若遇凡尼亞上線，我們便熱切地分享生活大小事情。我戲稱自己是「炙熱的南方小伙子」（горячий южный пацан）後，凡尼亞總以其縮寫 Г.Ю.П. 喚我。

返莫斯科，時序入二月，凡尼亞提議在我生日當天下午見面。

移動至凡尼亞的住處無須轉折，他居住的索科利尼基站與大學站同屬地鐵紅線。位東北方的索科利尼基，周遭有整片同名的廣袤公園腹地。少許幾棟簇新寫字樓突兀矗立，其餘，皆是低矮住宅群。凡尼亞在地鐵站接我，我們過一兩個街口，轉幾個彎便抵達禁忌與祕密。

一面採光極好的窗正對客廳。他拉開紗簾，陰翳柔光喚醒客廳那瘀紅，墨黑與泥橘色交錯的大型波斯地毯。凡尼亞自臥室拿出枕頭與棉被，要我躺在那片密教氣息的錯綜織花紋路上。

凡尼亞熱情如昔，像耗盡積累的所有氣力碾碎我，擠壓我。但此回我的神識無比冷靜，四肢身體配合著他的起伏節奏，但靈魂像漂浮於客廳制高點，漠然地俯瞰底下交疊的身影。

痛。

不是油畫筆觸軟軟堆疊的愛撫與照料，而是被刮刀冷硬深狠的刻鑿。換位空隙，我藉冬季陰天濛濛光源，觀察凡尼亞的陽具。雪白，昂揚，卻予我機槍銃籽的殘暴，或削刀般的尖銳。背光時則讓人想起彼得洛夫．沃特金靜物畫裡，那隻帶有凹折金屬光紋或厚玻璃堅硬感的鯡魚乾屍。我亦回憶起昔日雪夜羅曼西洋劍似的瘦長身影。每一回的進入，都像凡尼亞擎劍而擊。

善於出軌嗎？裸裎的我側臥，單掌撐首而問。

喘著氣的凡尼亞仰躺，說：很少，羅曼極敏感，但我們如所有交往至一定程度的伴侶少有房事，而我的慾望是如此強烈。

凡尼亞同我擁有截然不同的特質，以及熱與冷，明與暗的性格對比。他的職業為機械工程師，亦是老車收藏家。凡尼亞喜歡同我分享其戰績：有英式街車基底添加美式巡航車元素的 Yamaha DragStar 650。有帶甲蟲殼金屬光澤寶藍色烤漆，綽號亡命之徒的 Suzuki VZ 800 Marauder。以及上身呈普魯士藍，下半體為牛奶巧克力色的表層已剝落鏽蝕的輕型骨董機車，一輛於一九五六年首部由蘇聯自產，挪用 Vespa 造型，以基洛夫地區特有馬種命名的維亞特卡（Вятка）。

我偶爾同他分享些看過的電影書籍。

我們總在週間下午，索科利尼基站的公寓約會，未曾離室。

某日，阿薩耶夫再度捎信邀我參與派對。成員是上回的熟面孔外加幾名女性。羅曼與凡尼亞連袂出席。這是我與凡尼亞發生關係後，四人首度會面的奇妙時刻。

炙熱的南方小伙子。凡尼亞在眾人面前不忌諱地打趣道。

餐桌上擺放巨型盆玻璃容器盛裝的自製潘趣酒。凡尼亞替我殷勤斟酒。羅曼陰鷙的眼神如芒刺在背，我往客廳與窗臺移動，試圖與其他賓客搭話。

你們何時變得如此熱絡？阿薩耶夫驚訝問道。

春季，語言系的課程緊湊，包括我在內，許多同學報名了期末的國家語言高級檢定。導師為我們緊鑼密鼓地，針對試題內容，選擇相關應考書籍統整複習。我逛書店的次數亦趨頻繁。城裡的文化產業，像仍未脫離共產制度的模樣，秉資訊流通與普及原則，所有書籍、唱片、影視光碟盜版猖獗售價低廉。我整袋整袋搜刮傳播理論文化研究純文學著作，想藉由多角式閱讀，讓語文純度，能於最短時間內獲得最有效的提升。

我在地鐵甬道的小攤販，購買一套王家衛精選影碟。

在那籠罩蘇聯氣息的宿舍單人房裡，用筆電看俄語配音，上俄語字幕的《2046》，《墮落天使》，《花樣年華》與《春光乍洩》。

臺北捷運的行進隧道，與世界盡頭的畫外音，以微小力道牽引著鄉愁。王靖雯倚窗等候戀人的痴癲令人椎心。密巷，食肆，寄居公寓裡麻將聲煲粥氣的婉轉旖旎。只能在借來的短暫時間相處的戀人，讓我想起自身與此城男子的諸多際遇。

四月某週四，凡尼亞邀我去他家過夜。

難得的完整相處時刻。我攜帶《花樣年華》與《春光乍洩》赴約。用過晚餐，凡尼亞照樣從臥房拿出枕頭與被毯，我們趴在客廳的波斯地毯，以筆電播放香港電影。

如何？行過布宜諾斯艾利斯的風景後，我以手肘輕推凡尼亞的肩膀問道。

有點悶。他說，並朝我擠了個鬼臉。

我逐字解釋花樣年華四字中文個別含義與合成指涉，好區別俄語採英譯翻成的《愛戀心情》片名。當〈Quizás, Quizás, Quizás〉響起，伴隨堆疊的，所有搖曳緩慢旗袍慢影與東方夜晚光照下特有的昏黃濃郁，我心一緊，潸然淚下。

能體會其中的幽微與含蓄嗎？我問。凡尼亞搖搖頭。那是我們相處最久，卻感覺最陌生的擁抱。

擁有新的約會對象，我們之間逐漸降溫。他仍主動聯繫，但我總因庶務難以抽身。直至我結束莫斯科大學的課業，考過國家語言檢定，返臺前，都沒能見上一面。

原以為會被遺忘消泯的關係，卻因凡尼亞透過不同新興社交平臺上主動傳遞交友邀請後而得以保存。我們斷斷續續地，私訊交換近況。他與羅曼分手後持續單身幾年，再投入另一段穩定的，從未出軌過的戀情。他跟我分享二〇一一年莫斯科第六次禁止同志遊行，而是年陽曆聖誕節前夕，他參與支持一個沒有普丁的俄國街頭運動。凡尼亞傳來的照片裡，滿滿不分年齡，裹厚重毛帽冬衣圍巾，手舉自製標語及彩虹旗的示威民眾：我是極端人士，因為我捍衛自己的權利？強權壓迫少數，唯有同行我們方能獲勝。對理智者而言，和納什分子（與普丁過從甚密的青年社會運動）走在一起是羞恥的，而非與同性戀們。

當我結束大學學業，服完兵役，在社會上情感裡經歷更雜亂茫然的關係而傷痕累累，終於決定前往巴黎讀研時，我告訴凡尼亞我塞納河上的公寓地址，並真心希冀，能同他見上一面。只是臺北與莫斯科，跟巴黎與莫斯科對凡尼亞而言同樣遙不可及。

最近過得如何？成為我們替彼此生日祝賀時順帶詢問的溝通模式。從巴黎返臺後，更多年後，成為以文字考古回憶的拾遺者時，某個凌晨我點開倆人通訊紀錄，欲尋凡尼亞曾傳予我的藏車照片。翌日，收到他傳來的笑臉 emoji，原來那晚我不慎於搜尋時盲按到了罐頭貼圖。

最近過得如何？我問。

慢板的空白。斷斷續續的，顯示對方打字中的結點符號。

嗨，聽著，已經超過一年我不知如何回應這個提問，從戰爭開始的那一刻起。生活中有許多個體性正面事情，負面的少。但若要宣稱我很好，卻也說不過去。許久後凡尼亞如此回覆。

我靜默，憶起彼得洛夫．沃特金描繪內戰時紅軍情境的《人民委員之死》。

這是烏克蘭戰爭開啟後的第二個夏天。也是莫斯科市區在被無人機轟炸過後的第一個夏天。

康丁斯基

彷彿拉斯科洞窟內帶血跡暈染的漸層紅，黃線，橘褐灘。氤熱雨林飽富毒液的食肉植物紫。或點或圈，或波浪紋，曲扭如變形蟲輪廓。膨脹，立體繁雜卻片面切割工整的塊狀星雲塵埃。有時如埃及象形文。

你是謎。難解如康丁斯基的畫作。

我們初見於一月底下午，莫斯科特維爾大街上的Friday's餐廳（交友網站上，你無置放任何照片，在留言板你同我索取電子信箱，寄來一張赤裸上身的居家自拍）。你神似羅比．威廉斯。這是我對你說的頭句話。粗鬍茬，深邃褐眼，那抹總掛唇角的半微笑，多毛，同樣一米八身高，皆令我想起素有壞小子稱號的英倫搖滾歌手（我且愛你配戴的深黑色粗框鏡）。點蝦仁盅與雞尾酒，兩小時後續滿咖啡。其後，我們依依不捨地在路旁互道再見（返宿舍前，我漫步至舊KGB總部與巴洛克外觀附屬監獄所在的盧比揚卡站，購買吉拉席莫夫的小說

《欺騙之年》）。

你長我十三歲，音樂家，爵士鋼琴演奏者。有穩定交往五年的同居男友。你出生莫斯科金環衛星市鎮。你若不在城裡，就是在前往柏林、紐約、巴黎或倫敦的樂團巡迴途上。

自我聖彼得堡旅行回城，二月生日前，你約我第二次見面。

在都心裝潢時尚的餐廳共享加樂福尼亞壽司。你穿正式西裝，鐵灰堅挺質料，漿得硬挺不紊的白襯衫。你從口袋抽出手帕，擤弄略顯紅腫的鼻。是感冒。你低音歉語（濃濃鼻音像沉穩好聽的深色大提琴）。

滿二十二歲隔天，你開車至莫斯科大學祝我生日快樂。

在校園附屬咖啡廳進食，聊天（我滔滔不絕地，同你分享前日友人帶我走跳兩間同志夜店的體驗）。隨後並肩穿越途中密林與下課的學生擁擠。我們進主樓。你掏證件轉交老婦行政員影印留底，獲臨時通行證後，同我乘電梯直達十六樓的，我的單人房。

第一次擁抱（我倆纏綿悱惻地重返校園附屬咖啡廳，彷彿有說不完的話）。

數日後的夜晚你亦邀約，在初逢的Friday's餐廳。我靠牆而倚，攪拌濃稠糖漿混調的香草可樂，遠方吧臺的運動頻道播著無聲的馬球比賽，耳畔響起的，是循環播放的邦喬飛與史密斯飛船的搖滾樂。你遲到了三十分鐘。

你滿懷愧歉趕來，或因補償心態，答應隔天下午再至宿舍探望我。

週二下午枯坐十六樓單人房，感覺自己像株漸漸萎蔫的植物。打算把你刨根剷囊殲滅前，你來訊，說甫將車子停妥於側門。你遲了九十分鐘。是日，你放入我體內的是一顆滿懷不安的種子，將隨冬日消長，逐漸抽芽。宿舍暖氣管線失常，炎熱悶窒如亞熱帶盛夏，擁抱後的我們渾身淋漓。我從舊木桌上拿起相機，想用盡一切記憶你。我們擁吻而照，我們貼頰親暱直視鏡頭而照。

二月末梢我們用過許多餐點，彷彿刻意搭配我的東方出生，你總選擇城裡不同的日本食肆。

你了解自己嗎？你問。我輕輕點頭。

人無法徹底洞悉自我，那像永恆難解的天體物理算式。你說。

不知己，人無能核心內圈次第如音波外擴式同理他者。我說。

偶爾你的話自相矛盾。偶爾你撒謊（關於遲到的原委或我無從查證的巡演日期）。我覺察倆人間的非文化差異。我在你飄往窗外的猶疑眼睛與抵桌提菸的微顫指節，捕獲了蒂固在你性格裡的長效不安。你結過婚，同妻子和平離異，育一子（小我五歲），部分家人知曉你晚熟的同志傾向。你告訴我攻讀鋼琴的音樂學院地點與指導教授（你削下一層層祕密樹皮，褪下予我，珍稀如切割的心膜墊尖瓣，解剖時的血，足以染紅整個冬季）。

三月二號下午，你帶我前往你的住所。

坐落市區，越過大門與稀疏林苑，上樓。蜜瓜色與薄荷綠鬃刷的溫暖牆面。書籍衣物堆疊在靠角落擺放的家飾與電器。你撥弄床上物件，臉通紅地對我說：同居生活空間有限，如此凌亂，別介意。我在你們的雙人床褥喘氣，嘆息，我將指尖深深陷進你壯碩多毛如棕熊的後背斜方肌，且趁你不注意，把餘汗塗抹在被單與枕頭內裡。

你穿好衣，動手打包當晚飛紐約演出的必備行李。我裸身步入盥洗間，雙手掬水滌顏時，目睹橢圓鏡下，斜插於漱口杯的雙人牙刷（你置放在我體內的不安種子，瞬間抽長成善嫉且抑鬱的維管束真雙子葉植物）。我拿起其中一把牙刷，任刷頭大力扯摩上顎牙齦舌苔口腔黏膜四壁直至疼痛哭泣。

銷聲無跡，手機寂靜，月餘。

我每日不安地，在你先前常來訊的空檔（午後兩點與四點）低頭檢查簡訊，任何震動都足以令我狂喜，只是捎來的，都只是電信公司的促銷通知。宿舍裡我反覆聆聽你來時我挑配的播放歌單（所有聲音化為禱詞）。焦躁不已，我點開交友網站胡亂點選檔案摁下留言，試圖與他人他人相遇（我試圖將大量腳印踩踏過你埋在我體內的幽幽深林）。我與語言班的好友們逛街，上酒吧，腦海裡徘徊的是你的身影。

失魂遊蕩在城市每個角落。直至某日再訪特列奇亞科夫畫廊時，站在十九世紀末二十世紀初巨觀歷史進程前，我彷彿了悟些什麼。我與你，是馬列維奇與康丁斯基，時有交融時而分歧。我的愛無關再現，純粹如《黑色的至上主義的方塊》或《白色上面的白色》，超越了色彩，物體及空間。我的愛因極度純粹趨近虛無；你的愛是絕對的聲音，斑斕，多彩與曲折，充滿了複沓的情緒與旋律。我們的關係最終將演變成彌漫煙硝氣息，砲聲與戰爭隱喻的利西茨基作品《以紅色楔形攻擊白色》（你刺穿我，占領我，以血塗抹我的身軀）。

四月底的午後你約我在「宣傳」用餐（歷久彌堅的知名夜店，白天轉型作食肆與咖啡廳）。我倆少話，僅以稀疏問句旁敲側擊。你眼神鬱鬱，最後，你同我道了歉。因為愛，更須保持遠離。你如斯解釋。

期間有同其他男子發生關係嗎？我問。

有的。語畢你反問：你呢？

我聳聳肩。無擁抱親吻，我們用膳完後，各自遠去。

習慣了你失聯的日子，我與旁人締結深深淺淺的緣，如此用其他根鬚填補移除你曾占據的空缺地。五月底平淡無奇的週日夜晚，我隻身城中踯躅，乘末班地鐵趕回宿舍，梳洗準備就寢好面對翌日課業。倏地，收到你的簡訊：現在方便碰頭？我瞬間應允，喜極而泣。匆匆套好衣，我問：幾分在側門見？你傳來地址要我自行抵達。

午夜兩點越過冷清校園，穿過密林抵達側門，站在街角試圖攔下任何一輛駛近的私家車。高速公路上，遠方高樓燈垂與後退夜景如潮，我望橘黃與墨藍色的蒼穹無星。疲倦（語言系友人與遠方家人斥我何以如此大膽，凌晨百鬼夜行，尤甚在這光頭黨肆虐的春季）。

地點位克林姆林宮不遠，與特維爾大街呈直角的報紙巷。

FAQ cafe 裝潢溫馨，我彷彿走入不同室友具備不同性格的分離式客廳。占地偌大，多進，僅有的統一色系是全然的白，遍布天花板，牆，以及舊酒窖特有的橢圓頂。北歐柚木矮桌配顏色異豔的布沙發椅抱枕堆（李子色、芥末黃、桃紅與螢光橘）。牆上張貼小尺寸油畫，攝影作品與仕女塗鴉。你坐在粉紅色布沙發椅上，微笑望我。

這是少數營業極晚的咖啡廳，平時舉辦不同形式音樂會。你說。曾在這彈琴？我問。你頹笑不語。燈光昏暗，我看不清陰影裡你的表情。你伸手，緊緊地抓握著我。喝完 Mojito 後，你起意：兜兜風嗎？

駛繞莫斯科環城公路，你將車裡音樂放得震天價響。該有著壞情緒，我想，遂將眼神緊鎖窗外的即逝風景。迷走半小時，你把車停泊在一完全陌生的街區。你按止音樂，打開車內後視鏡光源，倏地轉頭望我。你左眼下方敷有整片瘀青。

這陣子過得很糟。你說。

某日，我在這臺車上與男友提分手，他狠狠朝我臉上揍了一拳，最後兩人在車裡扭打起來，都掛了彩。你冷笑而語。我訝異看著你，只因當你談起爭吵，眼中閃過絲毫令我恐懼的，瘋狂的火焰。

是我的關係嗎？我怯聲詢問。

是，也不是。你如斯回覆，隨後漫不經心提及分手後，你在友人家度過酒醉深夜，酩酊時無任何安全措施進入了對方。你為此擔憂不已，整月勤跑醫院檢驗各種傳染病。

你苦笑牽起我的手，引我步入甫租下的個人公寓。分居突然，你只能以最快時間擬定搬家行程裝潢細節。室內，玄關堆滿未拆膜的嶄新家具與擺飾。你忙碌地擦抹塵埃，鋪整床罩被單。我走向你臥室面街的窗，欣賞你新挑的桃紅紙百葉簾襯托整室的湖水綠油漆，想像自己溺泱在你一手打造的夏荷池塘裡。

我們首度眠擁完整夜蔭。

翌日早晨你在廚房以摩卡壺煮雙人份濃縮咖啡（我享用前日備好的水果與袋裝超市迷你可頌）。你首次談及理想類型，原來你一直鍾愛有極大年齡差的男孩們，唯獨前男友僅小你二歲餘（聞此，我心因嫉妒而刺痛無比）。

夏天就要離開莫斯科了。趕地點返校的我咕噥著。

等候訊息。你揉揉我的頭說。

我與其他人展開戀情，同時背地裡完美複製你的暗通款曲。將離去的七月中旬你約我在新家共度一宿。返臺倒數末週，在我與情人約會時你突然來訊，欲帶我前往俱樂部「宣傳」每月舉辦的同志派對。你穿什麼？你問。灰襯衫牛仔褲。我快鍵回。等你。你說。我轉身拋下詫異的情人，於巷口截車奔赴你的方向。

這裡有全莫斯科最嚴謹的 фейсконтроль。俱樂部門口洶湧至遙望不見底的排隊人群，覓得你時，你對我說。

相貌控管。你以俄語再解釋混雜英文發音的變種字。

你牽我的手越過肩膀無數，梭擠至入口後，你朝工作人員使眼色，我倆終於鑽入那喧鬧，滿溢如沙丁魚群的男孩堆裡。

摩肩接踵張袂成陰，令人窒息的雷射激光，浩室音樂與蒸蒸霧霧的甜香水氣。往來皆是俊美如凱文克萊平面廣告的冷峻金髮男子。肌肉緊緻，他們穿貼身白衫，皮外套，配低腰 Dolce & Gabbana 牛仔褲。他們搖擺如希臘酒神節的狂歡神祇。我們擠在往舞池的樓梯上動彈不得。有人魚游側身而過，拍了我的肩。笑一個。是夜派對聘的攝影師瞬息按下閃光燈（一切宛若康丁斯基的《緩和的張力》，黑底，布滿垂掛螢光彩球，節慶絲帶，藍琉璃光圈與各式實驗室管彎曲造型的熱鬧繁華孤寂）。

四點返回你的公寓，甫踏進門，你已焦急褪去我倆身上所有溼黏遮蔽物。你扯下披掛暖氣管線上的乾毛巾，將其鋪墊於臥室床單上。我們擁抱後，你先行盥洗。

我平躺，聆聽不遠處傳來的細微水聲，仰頭張望臥房內擁擠的鮮豔色彩。我擺頭，只見毛巾下沿黏附一顆迷你珍珠或甘子丸大的黑粒，略顯工整的四方體。我拾起，推斷是滑落自腔體之物。端凝指尖物，良久，只覺其出現，神聖如馬列維奇的黑四方形（方形等同感覺，白底等同情感浮現的虛無帶。馬列維奇說。）黑是至上宗教，是足以高掛於牆取代東正教聖像的反物質性所有。黑是零度繪畫的基點。黑或許是恨，過度壓縮的不甘心。為藝術而藝術，為愛情而愛情。我將這顆自體內熟成的方形種子，輕輕以指捏製成康丁斯基的圓（圈是最極端處的混合物，將離心與同心融為一塊。康丁斯基道。而我以哀傷填滿內缺）。

起身，將那微小如樂譜上的附點音符（我仍未聽你演奏過任何旋律），貼牢在你斑雜顏色的臥房深處。

你會發現嗎？我的愛至高無上，無比純粹。

你會發現嗎？我已在盛夏離去。

帕維爾・烏克蘭人

你賜予我人生中情感經驗的第一座廢墟。

荒蕪，棄置，沉默。所有的前提與對比，必須是曾經的充盈完滿。你賜予我人生中，情感經驗的第一次豐年。

結識於交友網站，臺北與基輔，遠距離相處半年餘。那時家裡添置了我的第一臺筆電，基於物理限制，我所住的都心老公寓，未能即時安裝無線網路。兩人視訊影像時斷時殘。拔插頭，手捧國產銀灰電器，我穿梭房間各隅。我開窗，踮腳，將身體斜傾不同角度，僅為一格訊號的增加與遞減（我偷用那時有時無，未加密的鄰近私人網絡）。

你傳來，以手機攝像的，因解析度而模糊掠影的聖索菲亞主教堂與黃金之門，那些你從基輔公寓，步行至寫字樓或鄰近運動中心的日常；我拍給你那座依山多雨的大學，那些側門區溼淋淋屋簷下的舊書攤與小吃店。

生日前夕，我收到你海運寄至的及膝包裹。打開，內藏同我半身長，雪白，有薩摩耶犬似長毛，半瞇惺忪眼的巨型兔子玩偶（兔與熊，我倆戀人換喻），以及一只焦糖褐色，人工皮製的大型PUMA肩背袋（完成學業後我的軍旅時光，往返臺北與駐營地的唯一行李）。

深夜視訊，熬夜，半睡半醒間與你打字。長期絮亂作息，大三某回期中考前，我萌生水痘（因高燒倦眠，我錯過依約的視訊時間而令你勃然大怒）。殘破，紅腫奇癢的臉，裹膿軀幹，那些趨近熟成欲裂未裂的，是我心底由愛而生的憤恨疲倦想念。

你讓我預習了第一次心碎。在我準備是年莫斯科留學申請資料時，你傳訊，告知我你與一網友發生了親密行為（你宣稱如此方能維持健康的遠距離模式）。

八月二十五號，我飛抵莫斯科；你從基輔乘車至莫斯科一路勞頓至機場接機。我倆終於首度晤面。

入境大廳，我在隔欄瘋狂尋找你的臉。你同我揮揮手，我箭步奔赴投入你敞開胸懷（你比我想像得高，比我想像得瘦）。我遺留下錯愕的，從臺灣隨行的同校女孩們。開學見。我對她們說。

你替基輔一間娛樂週刊工作。負責雜誌的採訪與撰稿，對象含括影劇明星、社交名媛、富二代與體育人士（同居阿爾巴特街的烏克蘭記者之家這段日子，我伴你走訪諸多地點，如烏克蘭裔歌手蘿莉塔・米利亞夫斯卡婭位於莫斯科的工作室）。但你自覺應得的更多，你不滿足採訪者角色，想換位成鎂光燈下，華美沙發，精緻布景中的受訪人。你需要目光，大量大量的目光。你說（在未來，你將陸續成為插畫家、劇作家、麥丹廣場起義後的絕對親歐人士，你將臉書名改為帕維爾·烏克蘭人，你不再使用俄語）。

你對莫斯科熟嗎？我問。

不熟，我厭惡這城市。你說（時移世易十六年後的烏俄戰爭，我於網路公布的該年入獄名單裡，焦急搜尋你名）。

我們在都心轉轉繞繞，不走遠，逛國營百貨，教堂名勝與大道上的歐洲名品商店，有時過街觀賞熱映中的好萊塢電影。雲雀抑或鴟鵂，我們屬於後者（俄語中，以雲雀稱晨型人，以鴟鵂為夜型者），起床後你泡咖啡回神，打開俄國專放流行音樂的電視頻道，有時我們穿睡衣，你牽起我手，在客廳隨快歌漫舞（像一幀我迷戀過的歐洲夏日電影劇照）。是誰的歌如此動聽？我問。你將眼神湊近螢幕捕捉片尾促閃而過的歌手名。是提馬提的〈當你在身邊〉，合唱者是烏克蘭選秀節目出來的女孩。你說。

當你在身旁，時光止息；當你在身旁，我信奉奇蹟；當你在身邊，我不需要天堂；當你在身邊，唯獨此時我才存活。同居假期晏起的每日，我與你高高尖尖的轉音假音以副歌共吟之。

為保開學後我倆仍能相見（你說莫斯科開銷高，往返一趟於你是極大負擔），你委託領導朋友任職機構，替我要了張申辦烏克蘭簽證的邀請函（寄自基輔交響樂隊，該團聘我為英譯者，準備赴美巡演前為期三個月的相關工作）。連續幾個工作日，你帶我前往都心巷弄裡的烏克蘭大使館。

透過第三方國家申請簽證太難。聽聞系上許多學長姐先例，我憂心忡忡道。

別無他法。你態度堅定地說。

大使館公務員以冷漠多疑的表情望我。你以烏克蘭語同對方交涉。對方仔細核對護照、簽證、我來俄國留學的邀請函與寄自基輔樂隊的邀請函等，再改以俄語盤問我工作與語言鑑定相關問題後。無確切答覆，只說須同臺灣代表處查證，隔一兩週後得重返此處獲知結果。走出大使館門外，你輕摟我肩，說：事情會往好的方向而行。

數週同處，形影不離。我第一次與人如是親膩。兩人間齟齬難免。你怪罪我的粗心，每次擁抱後，居然以熱水滌身（你稱熱水將使體液結塊堵塞於排水管線，而你不願讓記者之家員工質疑我倆性向）。你說我的俄語不夠道地，口說不夠輪轉，回住處，深夜你要我反覆再反覆大聲朗讀詩歌的節句段落抑揚頓挫。你怪罪我將你所有貼心視為理所當然。你說我將再尋不著與你同等溫柔的伴侶（地鐵站內，有人趁車廂關門前奪去我的錢包，當晚，為替我舒緩緊繃心情，你替我全身精油按摩）。

我們懷著與夏末蒼穹同般陰霾的情緒步入莫斯科大學。

主樓建物上下迷走數回，我終於辦好註冊與通行證。你是第一個走進我十六樓單人房間的男子。好寒磣，好蘇聯。你嫌棄而語，轉身將替我背負的整年份行李摔在咿呀作響的老床架上。

同居最後一日，我們粗略恢復房間秩序。check out。我們無聲地，前後而行在日落的巴拉金斯基橋上，過莫斯科河，晃步至你欲乘車的基輔火車站。午夜班次。我們心不在焉地閒逛車站旁，那置放歡慶俄國與烏克蘭結盟三百週年紀念石碑的微型公園裡。我們最後在麥當勞晚餐，整整三小時沉默地，躲避對方視線。

你上車前，我們在月臺禮貌地互吻彼此三次臉頰。

保重自己。你說。

微冷的夏末午夜，你在我的情感經驗挖掘第一座廢墟（往後，我常常想起基輔車站與你道別的灰黑月臺。那像你曾提起的烏克蘭藝術家夫妻，伊里亞與艾蜜莉亞·卡巴科夫近年所做的裝置藝術《不是所有人都會被帶往未來》。極簡晦澀的車站軌道，鐵欄旁零散著未完成畫作，模板與沾滿灰塵的塑膠罩。不是所有人都會被帶往未來，一輛斑駁著油漬與鏽跡的火車尾上方，標誌抵達地的電子燈如此流轉顯示）。

我沒有將你帶往未來。你也沒有將我帶往未來。

兩人間僅餘的，唯有遺憾。

莫斯科大學語言系開學前，宿舍尚未安裝個人網路，我每日來回半小時前往校園側門的網咖收信。無有你的消息，偶爾碰見你在通訊軟體線上，我們亦無互動。我收到大使館的通知，明言我已獲取烏克蘭工作簽證資格，只消交響樂團再寄件，更新並延長邀訪日期。遲至數週，按耐不住，我寫了封長長的郵件同你道歉。不料換來的，卻是你的絕情回覆。你已結交了新伴侶。

針對我的質問怨懟，你無謂道：早提醒過你，冷戰，是最要不得之事。

我撕心裂肺蹣跚走回十六樓宿舍。萬水千山將自己遷徙至莫斯科，只為與你相見，並試圖將夢加熱，糅軟，拉長成一年或更久的形狀。卻在正式開學前你已遠去。徒留首次離家的我，在這即將襲來的異邦雪地裡踽踽獨活。

思此，夜寐我捶牆而泣，憤恨無眠於你挖掘的情愛廢墟。

我用電腦反覆播放國中以來的個人療傷安魂曲，聖女合唱團的〈在橋下〉。想起那首歌的音樂錄影帶裡，五名團員躡手躡腳行於高空公寓，其客廳中央有深不見底，彷彿受砲彈侵襲後的鑿創。她們歌唱，繞洞沿行，屈身注視深淵，一如我低頭凝視你留下的傷痕累累（洞成為我未來情感經驗的原型，那是伊里亞・卡巴科夫裝置作品《從公寓飛往太空的男人》裡的口。在貼滿蘇聯官宣海報的，斑斕帶血紅，嫩粉與鵝黃色澤的臥室裡。塵汙鐵床，老木椅，舊鞋，在灰撲撲灑滿剝落油漆的木餐桌上頭，有垂掛黑色鬆緊帶吊綁的彈簧墊。其上面正對的，那殘破的開口天花板，是離去的所有指涉）。

無效的愛。囚籠似的房。高壓課業。我在因震盪而被懸浮於空的殘骸裡求生（正如《從公寓飛往太空的男人》另一展間，那些懸掛在畫作前的鍋碗瓢盆）。我試圖砥礪自己，成為對情愛不再純真之人。我打開自己，在十六樓的單人宿舍裡，讓所有完美的腐敗的醜陋喑啞灰暗的全部湧進。

如是修煉，好讓自己成為一座反烏托邦式的洞。

成為他者的離去。

伊格爾．我的藍玫瑰

該如何描繪與你相遇時，那晚冬莫斯科蒼穹獨有的顏色？是上世紀初期俄國象徵主義畫派「藍玫瑰」組織裡，著名的餘燼似的灰，那灰浮動，掠閃，挾帶流體似的透青含靛，無以凝固；那並非彌漫巡迴展覽畫派的蒼茫與塵土，或更早期被視作美學中流砥柱的聖彼得堡學院派的神話式凝重濃稠。

那灰輕盈，微粉若晨。

在我二十二歲生日後不久，你披著世紀初象徵主義的天色，來到我莫斯科大學十六樓的單人宿舍。

我們低語，交互相擁，試探，難以分捨地度過五小時時光。你說，我是你正式發生關係的第一位男子。長我三歲的你，有交往六年並論及婚嫁的女友，此前，關乎這隱蔽的，深埋凍土下的殘喘苟延慾望，你僅趁旅行柏林時，與當地男子淺舐禁果。我倆的經驗最為完整而深刻，你說。

同你相處時我異常輕鬆，無須擔憂溝通時偶然的詞不達意或民族性無交集時的價值觀偏差（接吻時，我曾犯噯氣，將臟腑而生之流吹吐於你，我倆狂笑不已），你善良，體貼。剃短的鬍髭，淡金髮，你多毛的身軀略顯蒼白（你說，在夏季你愛到保加利亞近黑海海濱，將肉身裹上一層淡的，易褪的焦糖色澤），我喜歡你無過量運動，稍含蓬鬆脂肪的身軀（胖奶，hàng lìng。我說，並命你學舌絮語我的亞熱帶血脈韻律）。性格面，你或許更親近於你鍾愛的日耳曼族群，你較斯拉夫民族更愜意些，熱情些。

小貓。你低聲喚我。你是隻倦懶的貓。你說。

你總在旅行社無須工作的週六下午來訪。宿舍裡我倆相擁，聊天。週末限定的戀人。我開玩笑道。你蹙眉，為難低噥：如是背叛女友，心底總有愧疚。我聳肩佯裝無謂（畢竟我亦瞞著你與不同情人會晤）。

天色從「藍玫瑰」薩普諾夫《化妝舞會》裡滿布的點點黴灰悒影，過渡至庫斯尼佐夫《藍色噴泉》裡的灰藍色灑濺疊暈，後轉為薩普諾夫繪製的同組織名作，那被截斷的單枝玫瑰上的緲緲薄霧藍青（我與你的相處場域，也次第從室內昏暗延伸至戶外敞明）。

你帶我吃城裡罕見的新加坡炒麵，日料，或共乘地鐵至白俄羅斯站附近的德國啤酒屋。我們遊蕩都心的特維爾大道，無數次於連鎖義大利餐館「Mi Piace」分食薄皮瑪格麗特或 calzone 披薩餃。維夏午後，你沉默注視露臺外的行人，我低頭啜著加冰碳酸飲。你幽幽提及，已與女友協議分手。

趁雙親前往近郊別墅度假，你偷偷攜我至全家同住的地鐵底站社區公寓。你打開從小到大與妹妹共用的房間（她已成家遷居），我好奇地，以獵犬似的眼神打探空間中洋溢的，某種少見的，由褪色壁紙，針織物，窗光，毛毯垂墊建構的溫馨氛圍（猶如薩普諾夫筆下，一系列帶奶油溼濡感的，抑或濃稠糖果色澤的浪漫花卉靜物）。

倆人週末公式：晏起，我懶散趴伏在你的床上，邊賴床邊等候你替我準備的加蛋馬鈴薯煎餅與簡易沙拉。食畢，並肩坐在客廳老沙發上，看電視裡播放的歐美片（分別觀賞過徐四金與史蒂芬金作品改編的《香水》與《１４０８》），我們做愛，沉睡，醒時你將再次替我備食（倦懶的貓之貴族啊，我已成為你最忠心耿耿的僕役。你對我喃喃低語）。

我們伴侶似親暱，每週相見數回。散步，宴飲，談心。你帶我看了人生中第一場巨星演唱會，莫斯科大清真寺旁的奧林匹克體育館，我們緊隨兩萬信眾步履，虔誠地，來到喬治·麥可的酷兒聖殿。

橫貫舞臺中央是巨型緞帶垂掛鋪地的純白投影銀幕，跟隨現場樂團，他搖擺哼唱世紀末九〇年代名曲：〈Freedom〉、〈Too Funky〉、〈Fast Love〉與公廁醜聞後的自嘲輕快舞曲〈Outside〉。

重返自然，是人性使然。酷兒教主開示吟唱。口字鬍，墨鏡，剪裁流利的全黑西裝造型，喬治·麥可在時而幻化為迪斯可光點，時是墜日橘橙湍流海面，或瞬息切換成攝像底片 slide show 的緞帶狀銀幕上扭腰晃步（整場演出獨缺我最熟悉的〈上一個耶誕節〉）。

散場時燈大亮，我們從二樓看臺區起身，隨群眾離去。轉頭打量四周，竟都是豔麗妖嬈的酷兒們，他們張牙舞爪，喧囂，鼓譟，用女性形容詞結尾的方式指涉自身（所有逐漸自視角遠去的迷你人形化為米里奧帝畫作《輪舞》中，那湛藍，薔薇粉，苔綠，早春綠融匯的氣泡細沫氤氳）。我第一次於公眾場合，眾目睽睽下挽起你的手。

你陪我在馬雅可夫斯基站的日航辦公室購買返臺單程機票。離宿前，空蕩蕩的舊宿舍裡，我用數位相機拍下數張我倆合照（俄羅斯境內的最後一天，我穿上那白底，印有獠牙怒吼，蒙太奇拼接的棕熊甲蟲樹根圖騰圓領衫），你沿路伴我至機場入關處。我們道別。

企圖延續彌漫粉色霧氣薰然的戀愛時光，身隔兩地之人唯有以網路通信視訊。習慣親暱的你變得多疑，頻繁質詢我的每日近況與上線時間。你話中帶刺地試探我是否有新的豔遇。在我為畢業製作焦頭爛額之際，你卻告訴我，你與先前共赴聖彼得堡度假的旅伴發生了關係。

你在視訊鏡頭前懺悔，哭泣。我無有反應（你責備我的冷漠絕情）。

夜不蔽體日不安神，你瘋打我的臺灣手機號碼。忍無可忍的我接起話筒，對你說出絕句式存在主義箴言：我不是我（否定，非自我象徵的消亡，而是重生）。

莫斯科為期半年的相處時光，那大片瀰漫粉色霧氣薰然的戀愛枯萎成一朵無關馥郁，脆弱如纖薄蟬翼的乾燥玫瑰。消散易碎。

我的心成為米里奧帝《哈姆雷特與奧菲莉亞》遍布畫布上絮亂糾結的黑色線條。成為《哀傷天使》裡帶悒鬱與恨的，那混亂如碎裂割裂教堂彩繪玻璃的深紫濁紫黑紫。我們的愛，等同「藍玫瑰」畫派象徵的，現代主義與原型神話的告別階段，是對重返伊甸此想念的終結點。

你我分別，在最極致最虛無的灰色裡，時間。

一座名為愛情的巨型裝置藝術

一位名為傑尼亞的男孩，與我同樣就讀於莫斯科大學，葡萄牙語專業（吻我於深夜的宿舍窗檯前）。

一名來自亞美尼亞的男子，渾身盤結的捲曲體毛細密，他在我十六樓的宿舍房裡度過一宿。他進入我後，對我說他絕非同性戀。任何侵入性行為的主動方皆為異性戀式。亞美尼亞男子說。

我曾前往現役芭蕾舞者的公寓，他來自羅馬尼亞。精實胴體，肌肉束群虬結拳曲。他跟我說，義大利語與羅馬尼亞語如斯親近，但聞即瞭。我想像他穿上護身與連體緊緻大襪，踮腳，如尼金斯基翩翩旋舞。我好奇，結實的，來自羅馬尼亞的他將如何演繹尼金斯基在《雪赫拉查德》中那妖嬈的，具東方主義風格的女性身段。

喬治亞男子。許多烏克蘭男子。亞塞拜然男子。哈薩克男子。

春季某週間午後，一名與我歲數相近的男子前來，他眼神格外清澈。白皙肌膚，腹肌稜線鮮明。他是俄國與塔吉克混血。相擁後，我欲往市中心與朋友聚會。讓我載你至較近的地鐵站吧。他如斯提議。我登上他開來暫泊於大學主樓建物旁的老式廂型車。引擎粗嘎作響。我挺內疚的。途中他說。怎麼了？我問。得趕回家照顧太太，不久的日子裡，她將臨盆。他說，轉頭用清澈男孩氣的無辜眼神望我。那是我正式成為不倫之人的日子。

處女座的髮型設計師，俄國人，家中置有晚至東正曆耶誕節過後仍未拆卸的塑膠聖誕樹。是年冬季最常穿的貼身毛衣：淺灰底，交錯平行黑、白、羅蘭紫等粗細不一寬度線條的香港品牌成衣（返臺後，約莫穿戴十年餘，終究丟棄）。夏季最鍾愛的衣物：從當時臺灣未進口的西班牙成衣店購得的軟料短袖細咖啡色格紋襯衫。

前聖彼得堡市長之女，克仙妮亞．薩伯恰克於音樂頻道主持的，擬仿美國派瑞絲．希爾頓風格的個人實境節目《金髮千金》（喜歡她成為政治網紅前的不羈與隨性。曾筆記所有她的粗語與流行話，以此鸚舌腹語）。

一米九的俄國男子是我至今相擁過的最高身形。我在大學站地鐵出口等他，只瞅見他穿與我衣櫃內藏同款同色襯衫。倆人同往我位十六樓的單人宿舍。相擁後，我從衣櫃裡抽出襯衫。換好衣服，舉起相機，我說太巧了，必須留影以茲紀念。

俄國團體「璀璨女孩們」的專輯《東方故事》，英倫女團 Sugababes 的單曲〈Easy〉等會帶來戀愛好運的歌曲。

在莫斯科時我聞過的第一瓶吸入式平滑肌肌肉鬆弛劑（popper）。

我叫他小安東（只因安東已是另一位情人之名）。小安東較我年輕兩歲，莫斯科大學理工系二年級生。他並非首都人，與另名哈薩克室友同住別棟宿舍。我倆總幽會於我的主樓房間。小安東溫柔，體貼。他身形嬌小（甚至矮於我一米七的身高），偏瘦，皮膚有摸起來如磨砂紙般粗礫的過敏疹斑。嗓音低沉。他的性格具超齡感（他曾憤慨地同我埋怨莫斯科大學校園內，放眼縱目皆是富二代，跨城就讀如他，清貧家境出身如他，與多數人不在相同競爭起跑點上，那是二十歲的他，已悟得的世襲階級悲涼）。小安東有並非雄偉的性徵與快版的凋萎節奏；但相擁時，總讓我體感最鮮明尖銳的生理回饋。與他同眠時的我，變得極為貪婪（而他再再將我服侍得細緻周全）。小安東的體貼包含生活面。他常陪我至賣場添補食源，一齊用膳。在我下學期末忙於打包之際，更義不容辭幫忙搬抬數箱欲寄投海運的厚重包裹，陪我轉地鐵公車至大郵局秤斤估量。返臺早晨，小安東堅持送行，我們在宿舍的老鐵床上做了最後一次愛。我在午飯後催促他離開。只因另名情人將伴我至機場送別。

一名我在他沙發上過夜，曾詢問我是否想用大麻搖頭丸等娛樂性藥物的俄羅斯廣告設計從業員。

一件從臺灣寄來的保羅·史密斯秋冬夾克，可內外兩式反穿，其色澤分別為軟豆沙與茶梗褐。

我稱呼他為老帕維爾（只因帕維爾已是我另一位情人之名）。老帕維爾是我二十代初期約會過最年長之人。他足足大我二十餘歲。光頭，渾壯的一米八身型（微隆的啤酒肚），老帕維爾戴深色粗框鏡，假日總穿米蘭產製的ETRO服飾（鮮豔喧囂織花變形蟲衫搭配素色西裝外套）。可能因年齡顯著差距，與他在同處時，我能徹底地，成為一名無須算計或佯裝世故的大學生。從事建築工程事業的他堪稱富碩，老帕維爾攜我至當時名流富豪出入的餐廳與酒館。週間，若他能藉故暫離辦公室的午後，我總約老帕維爾在大劇院與中央百貨後方的Vogue café相會。裡頭雲集鬢影脂粉，多是閒暇無事，鎮日將皮膚平攤在人工助晒房裡烤成淺焦糖色，再將長直髮漂染至鉑金貌，手擁小型犬，身著連身名牌休閒服的富豪太太。我跟老帕維爾常點調酒，兔肉主食與甜點分噢。有時，深夜他帶我至近紅場的五星級旅館頂樓酒吧，就陽臺戶外座，裹薄毯，憑欄望景而酌（他點燃鐵盒裡的古巴雪茄）。偶爾他帶我回家。老帕維與父同住，令我訝異的，是居所的古樸感。陳舊的赫魯雪夫時期建物，流沙色團花壁紙，些微皸裂的綠皮沙發，窄仄的分離式盥洗間。我曾巧遇他微恙體衰的父，老帕維爾不避諱地，將我介紹予其父相識（老帕維爾宣稱我為公司的莫大畢業實習生）。老帕維爾如舊沙皇貴族般精通英語、法語及西班牙語。他有極優雅的嗜好，年輕時即參加國際型大組優勝犬選美的比賽與評論。

聖彼得堡安娜．阿赫瑪托娃之家裡的薄荷綠，莓果紅，與經煉乳稀釋攪拌後的淡薔薇紅。

長方形，棗紅色硬殼鑲金字厚紙製的學生證，單張白底黑字宿舍通行證。無數列印，對折復對折以便攜帶的臺灣護照影本（防正本遺失，或懶於將護照隨身配備以防警察盤查身分時所用）。諸多無法對獎，十六年後墨水褪色近至透明的購物發票。諸多從各大美術館博物館蒐購而來的名畫明信片（列賓、馬列維奇、巴克斯特、康丁斯基等人），與許多教堂名勝販售部購得的風景明信片。博物館入場券，劇院票根（《天鵝湖》、《費加洛婚禮》、實驗喜劇《首席女主角》等）。

幾枚購自伊斯邁洛夫斯基市集的鑲琥珀戒指，毛色各異物種有別的冬帽與圍巾，皮手套。

一小型白底青花紋俄羅斯娃娃。一中型紅底金漆婦人圖繪俄羅斯娃娃。

返臺月餘終寄至臺北公寓，表皮已穿洞殘損不堪的海運包裹外裝。

更多被我銘記姓名但面容業已模糊的俄國男子們。

薇拉．帕芙洛娃的詩集《成年》。

克仙妮婭

有時，一段情誼的初始或終結，無關眼緣磁場性格，而是軌跡與座標。

莫斯科大學語言系，俄語程度拔尖的導師盧辛斯基班上，生人面面相覷。待所有外籍人士自我介紹後，聞畢克仙妮婭經歷，你已預感，未來一年或更久的時光，你倆將形影不離。

克仙妮婭小你兩歲（亦是盧辛斯基此班忙內*1），出生於聖彼得堡。十三歲時，因父親外派，遂與母親妹妹舉家遷徙至神戶（離你的故國之城座標東北方，一千七百多公里之距）。春季入學式後，她就讀早稻田大學專攻國際貿易，念了一學期後申請俄國留學，原委乃家人堅持入就業市場前，得先穩牢她那日漸溢散的俄語資本。

細框書生鏡。綁迷你包頭，任雙頰側邊垂綹藤勾暗棕捲髮。克仙妮婭有雷諾瓦畫作裡，骨瓷白漸透薔薇色澤的少女膚況。

她高你半個頭，嗓音低渾。語言課甫開學時，克仙妮婭緊隨別班日本女學生團體行動。一律淡妝薄唇，僅於眼圍搽抹細緻亮粉，她們均穿黑灰衣，像東瀛神社底一群神色肅然的烏鴉。除去身高，如不刻意留心，外人未能初眼辨別克仙妮婭的異族身分。

在班上你是唯一黃種人，知曉你從臺灣來，克仙妮婭待你格外親切。課間坐你旁側，有時盧辛斯基忘情講道時，你們嘀嘀咕咕關於亞洲的一切。分享各自喜愛的動漫美食影劇男優，若遇難以言喻之詞，你們會用手指在桌上潦寫漢字，以供彼此指認。

有幾次，她邀你參加日本女留學生們的宿舍自燴晚宴，一人一菜，她們從公共廚房變出你懷念的味噌湯手捲壽司生魚片（那是你成為素食者前的時光）。談話是拘謹的，淡泊的。日本女孩們俄語生澀，英文口說不甚流利，席間唯克仙妮婭勞心費力地充當譯員。

異地取就的食材無法精準複製味蕾記憶，每場聚會末了，嘴中咀嚼的，徒剩失落餘韻。

所幸克仙妮婭同你越趨親近（即便你們的性別性向背道而行），最後她脫離原屬的日本女生團體，放課後你倆結伴探險廣浩莫斯科城邦，逛商場看電影上博物館，或僅窩縮在咖啡廳聊些不著邊際的狂想綺語。

那時你才發現，克仙妮婭的個性異常爽朗，開懷大笑時，常發出幼豕嚄嚄啼鳴的滾鼻音。大而化之，甚至帶點粗線條（她曾當面詢問來自祕魯的男孩當地母語可是祕魯話）。某大雪冬夜，你們狼狽趕至宿舍，使力推舊沉的入口旋木門，她因靴底殘雪倏地打滑，臀摔著地四仰八叉。她驚愕望你，狂笑不已。

與你熟識後，她如燥鎖蜷閉的茶葉在熱湯裡緩緩舒展。打扮得更隨興，平日素顏，不再因擔憂外貌而忌口（她向你埋怨飆漲的公斤數）。她常滑開手機相簿，同你分享高中交往至今的彼氏近況（模糊畫素上模糊面容的東方男子，你始終看不真切）。你則跟她告解凌晨躡步離舍，迷竄都心情慾叢林的宏博狩豔史。

你們難分捨，甚至在語言上互相影響。在班上，盧辛斯基吹鬍子瞪眼睛地叮囑你們改掉將單字字尾子音吃掉的壞習慣（他宣稱是中文日文無子音結尾的本質性「劣根」影響）。

相依並行軌跡親密，儘管如此，於你心底，卻仍覺得與克仙妮婭之間，有某種根本地歧義性。

她樂於交際。同母語人士會話練習，是每名留學生社交生活的主要標的，自然而然，聖彼得堡成長，熱情活潑的克仙妮婭成為歐洲留學生們舉辦各種活動時力邀的重點來賓。

克仙妮婭有義氣總攜你同行。你其實厭倦那一場又一場，辦在毫不認識的歐洲學生宿舍房間的「派對」。大家喝著汽水果汁廉價紅酒，桌上木櫃邊擺放用塑膠盤盛的切片乳酪與超市散裝洋芋片。一個人晃過另一個人，用粗糙的俄語與濃濁腔調的英文，講些無關緊要的話：批判令人抑鬱的冬季，莫斯科種種不便利未開發性封閉性，批判語言課的老師們。如是循環。

川流的派對令你不自在的關鍵點，你是唯一受邀的亞洲人。

你知道自己僅像個附屬品，得依縮於克仙妮婭的庇蔭底，才能「有幸地」打入歐洲社交圈

（與會次數頻繁，你越篤定那些歐洲學生，是蓄意地排除與亞洲學生交際）。但克仙妮婭如常廣結善緣，久了，你尋各種理由推託（你想不如憑網路無弗屆之力，性向可破階級種族之流動底蘊，深滲進莫斯科庶民生活）。

另一差異在於克仙妮婭擁有的移動自由。持日本俄國雙護照的她無往不利，長假方休，克仙妮婭必急於同你分享沿途見聞：抵達芬蘭機場一路行至赫爾辛基漫幽無盡的屏障森林，丹麥人長著小豬似的朝天鼻，或她抵烏克蘭時通體的恍惚入靈感。

一切刺激著難以暢行的你（那是臺灣獲取歐盟免申根簽前的年代）。你加緊融入俄國生活的腳步，穿梭在更多男子女子公寓。但凡能狩獵踩點陌生地鐵站或近郊得靠火車接駁的小屋過夜時，你都像終於補足一枚珍品，情迷於集郵的孩童而興奮難已。

漸漸，你洞悉後千禧年俄國青年的衣著品味音樂品味，你講唯有特定族群階級方能拆解的俚語行話，你出入城裡最時髦的歐式咖啡廳與頹廢風地下文青酒吧。你鄙視在宿舍裡作繭自縛的歐洲留學生圈（他們仍操著貧脊的俄語及荒腔的英文，勤於交換伴侶的曖昧遊戲），你覺得與克仙妮婭的對談索然無味。

基於最初情誼，你們的心靈距離與物理相處時空變為時有交匯，時又別岔的染色體迴旋復蹈結構。你們維持最基本的，日式基調的不冷不熱交際，直至學期最後一日。

來東京時，請務必順道拜訪。克仙妮婭說。

來臺北時，請務必順道拜訪。你說。

卻是自俄返臺五年後，你將日子與感情攪得泥淖不堪，倉促下訂機票，飛抵至她所在的城（你的首次旅日經驗）。

你借宿於在高田馬場的美國朋友家數日（緊鄰早稻田通），那備有和式拉門榻榻米墊的分間套房傳統二層建物。隔音差，空間狹仄，任何喘息與體液都嫌擁擠。你不斷逃離那宛若懷舊昭和劇中的搭景地，鎮夜醉流連新宿二町目的繞巷密室（最終索性遷出，入住歌舞伎町內的商旅）。

旅程末幾日你以臉書私訊克仙妮婭，問她是否願意見面。

她很快同你敲定週間仕事日後，六本木暗巷裡的燒烤店一同晚餐。當天她提前通知你，她將攜伴赴約。

著套裝的克仙妮婭與一名染栗色齊耳空氣瀏傑尼斯髮型的黝黑男子同至。她熱情抱你，透過力道的緊密，你能覺知舉止中藏蘊的，是絕對的誠摯。

這位是鈴木，她說。你們客氣點頭致意。

舉杯敬酒提箸寒暄。你重述留學時，克仙妮婭提過的戀情軼事。你以英文笑談，席間但見克仙妮婭神情古怪。趁鈴木離席盥洗，她一個勁地掐你上臂，以俄語叫嚷：他們並非同一人。

何時離開初戀男友的？你訝異尋問。

我們沒分手，鈴木是我的偷吃對象。克仙妮婭同你擠了個熟悉的鬼臉道。男子貼心埋單後先行告辭，替你們留贈私密的敘舊時間。從燒烤店漫步至JR站旁酒吧的轉點途中，無數殘妝半融的女會社員挽著作休閒打扮的非裔男子經過。浪笑哆語穿過。旋轉油膩的中東印度沙威瑪火光竄起。霓虹，大量拋擲的霓虹閃爍。

你企圖以眼捕獲異於新宿的錯亂感。那晚，醉陶陶的克仙妮婭同你埋怨入職後的一切：精通英日俄語，名校畢業進入國際知名日商汽車品牌，主攻歐洲業務。日語程度與國人無異，但東瀛主管見她，卻僅以英語溝通。那根底性的種族歧視，那接連不暇的應酬，都令她疲憊不堪。所有情節令你想起改編自比利時作家艾蜜莉・諾頓的電影《艾蜜莉的日本頭家》（那時你正重拾法語）。

初戀男友的肉體不再能滿足我了，我想要得更多。克仙妮婭盯著你的眼睛說。

知道你大學畢業，服完兵役，拒絕各式正職工作，仍跳舞教舞接商演電視節目偶爾廝混劇場（你對她隱瞞了生活的虛無，與坐困愁城進退維谷的情愛關係）。這樣生活挺好的，她說。

你們踏著午夜酒精催化後飄然雀躍的步伐，搖搖晃晃至JR站。

講幾個日文單字聽聽。克仙妮婭央求道。

もっともっと（再多點，再多點）。搭乘扶手電梯的你轉身大喊。克仙妮婭被突如其來的舉動嚇得不知所措，接著為那字彙裡衍生出的情色意味逗得捧腹大笑（熟悉的幼豕嚄嚄啼嗚滾鼻音）。

座標異位後你更改軌道，逼近，相遇。是那段時間少數你舒心，且毫無壓力的人際互動。

翌年，你決意赴法申請研究所，三月隻身飛往巴黎前，你想看看冬末初春的東京。

你仍居住在歌舞伎町的商務旅館，流連二町目的酒吧舞廳與大久保站的闃暗密室。在逼近回程的日期私訊克仙妮婭。

退勤時刻，你們相約新宿東口百貨大樓裡的餐廳用膳。克仙妮婭因公事耽擱些許時間。你們點餐，沉默進食。那時剛考完法語檢定的你，深深感知後天習得的外語區塊，能分裂為強勢語言弱勢語言，經半年高強度密集的法語訓練，彼時開口，俄語得彎彎繞繞，才能重返嘴邊。

散亂的詞彙，錯置或過度省略的語法令克仙妮婭蹙眉。你刺探式地詢問她的工作近況感情生活。克仙妮婭一眼不眨地回答：一切步入正軌，過幾年有外派的可能，她與初戀男友甚至論及婚嫁。

整頓好面色，你對她訴說下個月將至巴黎留學的消息。克仙妮婭禮貌性地給予祝福，但在那閃爍的眼神裡，你瞥見了那隱藏在日本社交面具下的不以為意。你還是一樣任性地過日子啊。克仙妮婭說。

座標異位後你更改軌道，逼近，相遇卻不重逢。染色體迴旋複蹈結構自此錯點變裂。

你旅法就學期間，克仙妮婭攜夫赴柏林近郊開展外派生活（異域座標巴黎東北方，相隔一千公里）。你從臉書得知她產二子的喜訊，並於照片底下留言區裡寫下簡短的俄語祝福。飛機兩小時領空範圍，你們未曾交匯（即使你曾赴柏林）。

你回臺北後，克仙妮婭亦舉家重返東京定居（兩條同向，卻等距間隔的延宕路徑）。飛抵東京數回。歌舞伎町的脂粉香水如今於你濃烈如瘴，遂下榻於新宿御苑旁的新式商旅，方便你徘徊二町目的酒吧與大久保站的闃暗密室。

你未曾再見克仙妮婭。

薄色鴇櫻*2依舊，賞花人幾度酩酊而歌。粉雨隨風亡。緣起旋滅，你們迷走於時間。在遠東，春天仍是最殘忍的季節。

——原載於《聯合報・聯合副刊》二〇二三年九月六日

注解：

1 忙內：韓文音譯，引申指團體內最年輕的成員。
2 薄色鴇色櫻色皆為日本傳統色名。

凱特，卡嘉，凱帝

1

除了我的東方閨蜜，在盧辛斯基的語言課餘，第一個主動同我搭話的同學，是卡嘉。削得極薄極短的暗紅棕色髮，額梢散著幾綹如蕨類嫩尖的內捲式瀏海。鼻環，淺灰色眼睛。我的名字是卡嘉，來自美國德州，目前就讀傳播研究博士班，此趟來俄羅斯，為了搜集博士論文資料。初來乍到時，她這般自我介紹。

論文資料範圍是？盧辛斯基問道。

主要研究九〇年代地下俄國饒舌音樂。卡嘉面無表情道：D. O. B. community 與其成員等。

若歌詞有任何不懂的地方，歡迎詢問。盧辛斯基熱情建議。

就外觀論，卡嘉一點也不嘻哈。厚墩墩的，一米七高，她總穿 oversize 能遮掩任何身型的鬆垂外衣，寬腿褲。黑色，深色V領毛衣內搭高領白襯衫。走路時像一座表皮被烤製呈焦褐色的巨型卡納蕾甜品，腳步卻異常地輕。她的眼神冰冷沉靜，少話。講俄語時音量稀微，常有頓句。我總以為她是冷酷之人。常濃濃蹙起的粗眉間，散著一股搖滾龐克的肅殺氣息。

某回下課，我的東方閨蜜想趁回宿舍前先登至一樓吸菸室解癮。抽畢幾根涼菸後，她要我等等，遂貓步至走廊飲料機買廉價咖啡。隔窗，我望著莫斯科被盛夏燃燒殆盡的灰撲撲校區，發起怔。

有人輕拍我肩。轉頭後看見卡嘉，我下意識縮退身子，朝窗沿靠近一步。

她並未見怪地挑眉而笑，問我有無打火機。

我不抽菸的，犯氣喘，我在等克仙妮婭。我說。

卡嘉聳聳肩，向不遠處坐鐵椅上，翹二郎腿食菸的俄國男孩要了打火機。我們並肩站立，沉默。一截袖子，從卡嘉揮菸時的臂膀滑落，我看到銀製骷顱頭戒指，與一圈粗體斜繞右前臂的黑蛇吐信。

卡嘉看我欲言又止，順勢將菸遞給我。她脫下薄毛衣外罩。她解開兩顆襯衫上釦。一團黑糊的線條印記，堆疊在她左胸近鎖骨之地。

我身上還有好些刺青呢，只是現在不方便給你看。她朝我做了鬼臉。

我點點頭，給予客套稱讚，不知該如何回應。幾口煙圈飄零，無聲無語。卡嘉斜叼著菸，從牛仔褲後方口袋，摸出一只略顯陳舊的黑色小牛皮錢夾。攤開，手指伸入底層後，抽出一張合照。

身著銀灰成套西裝的卡嘉笑顏煦煦，胸口別著一束白碎花，立在陽光晴好的花園裡，背有密樹高影。卡嘉身旁站著一名頗有年紀，比她還高一個頭的龐大婦女，花斑髮，戴眼鏡，垂鬆鬆的臂膀掛在無袖淡紫色洋裝底，年約五十餘。

她是我的女友。卡嘉說。

2

卡嘉本名凱特，極尋常的美國女孩稱謂。來俄國入境隨俗，為方便當地人叫喚，便讓大家按著葉卡切蓮娜的簡稱，卡嘉取代本名。

三十五歲，是我們班上年紀最長的成員。幾經相處後，才發現凱特是名溫柔之人，與外表有著極大反差。我的親愛的，她總如此戲稱我。凱特無有心機，坦蕩蕩的，同我開誠布公不久，在某些歐洲學生於宿舍舉辦的夜間派對，當同學好奇她的私生活之際，她會微笑抽出那張壓藏於黑皮夾內的合照。

在此之前，我對女同志情侶總有刻板印象。

以為拉子間，總該如磁鐵擁有正負兩極：由一名行為打扮男孩氣的陽性，搭配另名長髮飄逸婀娜水靈的陰性。凱特同我承認自己是名 tomboy。她的伴侶離婚，育有二子，卻是個外貌更

butch，更猛獷也更粗礪的女同志。我偏頗地猜測凱特有著或多或少的戀母情節。

凱特平時同我們不常廝混在一塊。我想她定覺得這群大學年紀的小毛頭稚嫩無比。她嫌安排的學生宿舍老舊，開學不到兩個月，便在大學地鐵站附近，與另名美國女子租賃雙人公寓。

歡迎來玩。她說。

我邀了閨蜜克仙妮婭與另兩名同學，各自攜帶酒水飲食，前往凱特的小公寓舉辦喬遷派對。暖黃色的燈光烘烤著舊橙色的蓆。潔白的寢具與電子設備，老皮沉褐雙人沙發泛著酒漬的櫻桃色澤。如此清簡，卻仍將我們學生宿舍的窄仄房間襯顯得黯淡無比。

凱特甚至養了貓，渾黑色，雙掌大。整晚笑鬧與酒氣不歇，貓崽靜懶地，伏在凱特軟軟的白絨毛床被上，兀自惺忪。

好可愛。我用食指間勾弄貓崽毛鬆鬆的肥肉頸，說。

你要常來看牠。凱特叮囑。

平時放課後，凱特習慣單獨行動，克仙妮婭週末吆喝大家同行，多數時間，凱特總以博士論文得探訪不同地下俱樂部，或須安排資深樂迷舉行深度訪談等理由婉拒。打逐字稿找資料好忙的，沒關係你們出去玩得盡興些。她總如此交代。寥寥幾回，耐不住愛熱鬧愛活絡同學情誼的克仙妮婭請求，下課後我衝向凱特，抓著她肉感的臂膀扭著晃著拖著死纏爛打，凱特才允諾出席。

凱特帶我們前往幾間，先前獨自探勘覓得的優質酒吧。其中，後來變為同學祕密集會之地的，是那位於舊阿爾巴特街的愛爾蘭吧。一切泛著古銅色調光暈，長型吧臺上方掛幾盞乳型骨董燈，調酒檯後方，高高地垂掛琳琅滿目的銅製鍋碗盆壺。我們一行人習慣獨占餐廳最深處的長桌，高聲談笑，並喝著凱特推薦的愛爾蘭黑啤。

她列席時甚少發言。僅用抵在桌上的右手輕托下巴。她微笑，垂眉而視，替醺醉的女孩們點熱茶拿熱手巾。等我們晃顛顛地走入校門後，她會在門口點根菸，再過交叉路口穿越歇息的中亞人市集，回到她的租賃公寓。

3

德州恐同，充斥著有毒的男子氣概，在那邊成長很不容易。

不是民主黨也不支持共和黨，我是德州奧斯汀社會主義新馬克思主義團體的推行者。

或許如你所說，我不排斥自己有戀母情結。

好想念伴侶黛安，這是我們交往五年，第一次相隔兩地。

不知為何，無須詢問，卡嘉有時會在下課後，或必要的留學生團體活動時，同我傾吐心事。我順著她的話題聊，卻極少敞開自己。十二月初，眾人疲於準備期末課業時，卡嘉有回喜出望外地跟我說，她跟伴侶黛安終於排好時間，兩人將在聖誕節假期相約倫敦。

真是天大的好消息。我笑言，心底著實替卡嘉感到愉悅。

我們將一起度過新年假期，會在倫敦待上兩個禮拜多的時間。她道。

大家都忙著去埃及避冬呢，克仙妮婭要去芬蘭丹麥，我可能就待在城裡，哪也不去。我說。

有件事想交代你。卡嘉忽然抓起我的雙手說：我不在的這段期間，想把公寓跟房間的備用鑰匙交給你，替我保管著。貓崽室友會定時餵食，只是我房裡新添的榕屬，虎斑木屬盆栽得有人澆水。

我不在的期間，你想搬來住的話太好了。卡嘉道。

而且，你可以帶任何男生女生來。她斜吊起半邊嘴角，眨眼詭笑。

不管做任何事都可以嗎？

別把床單搞髒就行。卡嘉此話方休，我倆在業已人稀的語言系走廊上，捧腹大笑。

拿到卡嘉的鑰匙後，頭幾日，下課後我返回宿舍，帶著筆記型電腦，外帶熟食與大瓶裝飲料，興高采烈地在卡嘉房裡度過清閒而寬敞的單人時光。窗外雪花濃郁，我在暖房內，逗貓，聽喜愛而俗氣的俄國流行樂，用無限額的有線網路聊天，追劇。或僅僅躺在蓬軟的床墊上，盯著天花板發獃。

有時我碰到卡嘉的室友。魁梧，糙礪外貌的平凡美國中年婦女。不諳俄語的她交了俄國男友。蒼白，厚實的男子偶爾寂靜地坐在餐桌前。他們比手畫腳試圖溝通。他們不說話。他們透過那薄薄的，貼著泡浮，疑晃剝落邊緣的舊壁紙牆板，傳來忽遠忽近的呻吟。

4

凱特的室友在玄關或客廳碰見我，總板著臉。我想，我們兩人心底盤算著相同主意，想趁凱特在倫敦的期間，霸占這間公寓，為所欲為。男友不在時，我不想跟一名男子單處在同間公寓。貓咪與植物盆栽我可以照顧，你把凱特的鑰匙交給我。平凡的美國婦女有時刻意揚起音調，用英語宣告主權。我用早從俄國人身上習得的漠然表情注視著她。

我聽不懂英語。我以俄語回應。

蠢蛋。僵局過後，在刻意大聲關上房門前，我再以俄國俗語補上一句。

有次我帶情人來到凱特的公寓。甫進門，便撞見婦女與她的男友。四雙眼睛交互游移。凱特的室友倏地拉扯嗓音，不斷用英語叫喊：你沒有這個權利，你沒有這個權利。我冷漠地看著她的男友，以俄語回覆：凱特將鑰匙交給我，我有絕對的權利使用她所託付的空間。我關上房門，我與情人親吻，我們呻吟。

從廚房裡不時傳來刺耳聲響，桌椅大力被搬移的聲音，女子的怒吼，或是瓷製或金屬杯盤被扔擲進洗手槽的扣擊哀鳴。我將雙唇緊貼上情人的嘴，用齒尖與舌潤阻絕詢問。敲門聲，急促的敲門聲。我忿忿撿拾起遺落在地毯上的衣物。我開門，那名蒼白，厚實的男子矗立眼前，我盯著他，他的雙眼充滿愧疚。

她無法同時與多名男子共處，那會勾起她的創傷。他說。

我將情人帶回宿舍，延展霜雪下未燼的餘火。我並未將鑰匙歸還予凱特的室友。一個冬夜恐懼而謹慎的心，是我贈送給她的耶誕禮物。

5

不再前往凱特的公寓。

原先雜遝熱鬧的宿舍步入冬眠期，歐洲留學生返家，亞洲學生結伴前往不同城市旅行。少數的孤僻者獨存在史達林建製的蛋糕型高塔裡。

一個深夜，有雪，暖氣無聲而醺，我裹著帶刺毛躁的公發冬毯而眠。急急的敲門聲。我茫茫轉醒，才聽到從毛玻璃門邊傳來的細微叫喊。學長，學長。與我同房不同室的學弟隔門喚道。我迷迷糊糊地爬起身。

得緊急疏散了。學弟說。

還來不及弄清情況，耳邊已傳來一陣陣老舊，暗啞的警鈴，斷斷續續。請各位學員不要慌張，保持鎮定，疏散至宿舍前的空地等待指示。廣播女聲道。我走回房間，眼神飄移在散落於書桌，櫥櫃，窗臺上的各式物件。我抓起學生證護照通行證。睡衣外，隨意罩件厚重外套，並將錢包與桌內尚未動用的盧布美金悉數扔進口袋。衣櫥內，從島嶼攜至的昂貴襯衫圍巾不碰。我將筆記型電腦塞進書包。

警鈴聲持續噪鳴。繁雜的腳步聲。有人重重地拍擊宿舍房門。在窄小，兩人共用的分離式廁間與浴室中央，那塊勉強能稱公用空間等待的學弟應門。是全身嚴裹緊密的消防員，與狼般陰鷙眼神的深色巨型犬。有爆炸。消防員說。他大力揮手，指示我們迅速撤離，沿階梯走過十幾層樓下達大門外的集合地。

凌晨兩點，墨黑的夜晚，糖霜似的微弱雪花墜落，零下二十度，莫斯科嚴冬裡堪稱偏暖的溫度。同我一樣，剛從夢境邊緣墜下的住宿生們四散於階梯前，ㄇ字型建物圍攏的廣場上，眼神恍然。沒有任何人抗議，沒有任何碎語雜唸。碰到熟識的島嶼學弟妹時互相點頭致意。我們靜靜抬頭，仰望結婚蛋糕裝飾尖塔般的主建物，望著雪，像在古老的西伯利亞默片裡。

無火。無煙。沒有聽聞任何因身痛而撕心裂肺的哀鳴與哭泣。

爆炸起火點在哪？我一邊思忖，才發現忘記帶暖暖包。非旺雪，但外套底僅著涼薄睡衣，呆站廣場裡數小時，才察覺身體漸漸打顫，起了冷意。我摸摸口袋，裡面有串冰涼涼的金屬薄物，一探，是凱特家的鑰匙。好想好想奔跑出校園，過街，打開房間轉上暖氣，不洗澡蒙頭大睡。但我拉不下臉，也不願再看到凱特令人生厭的美國室友。

抬腿，伸腰，擺手。

從體內呵出一道道暖霧試圖沁潤漸漸凍僵的指尖。爆炸後的夜，人們試圖不讓自己化成一道消融於冬季的冰霰。

在天未完全透亮時，先前被黃條封鎖的宿舍大門半啟。管理員從裡頭走出，說明事發點已檢查完畢，但消防隊仍須逐層檢查可有其他危險物品。群眾們第一次發出了不滿的，細碎雜音。管理員揮揮手，要大家停止埋怨。

我們將開放一樓的學生自助餐廳，讓大家好避風寒。管理員道。

6

主樓建物第十層宿舍，在公共廚房裡，有化學系學生安置了自製炸彈，引爆。

開學後，將此事轉述給盧辛斯基聽時，他未有多大反應，僅聳聳肩，說：俄國人不是被嚇大的。我們旋即回返高階語法，修辭與原先的文本討論裡。但我的意識仍反復迷走在盧辛斯基短短的冰冷語句。

你為什麼不去我家避難呢？卡嘉下課後焦急地詢問。

妳應該有從室友那，聽聞吵架的事。我不帶情緒地回覆，並將備用鑰匙交還予她。

她說你刻意挑釁，我回來後，她還因此對我大發雷霆。卡嘉說。

我們現在的處境有些尷尬，或許，你可以哪天來對她賠個不是？她不安地搓手，略帶疲憊地看著我。

我驚訝地望著她，對並未在室友面前維護我權益的卡嘉大感不快。

我不想再踏進妳的公寓一步。我篤定道，心底第一次怨懟她那龐大但虛張聲勢的軀體。她總是這樣，處處與人為善，保持和平，但那已趨近於虛偽，我想。

卡嘉對我突而其來的怨恨感到措手不及，遂忙不迭地，改口談論她的倫敦之旅。伴侶黛安總鬧情緒，刻意拿行程裡雞毛蒜皮之事發火。卡嘉疲於安撫著黛安，同時也為尚未完成資料搜集，眼看僅剩一半時間的留學排程感到惶恐無比。她說，我聽。找到某些空檔，我轉頭叫上克仙妮婭，便匆匆離去。

新學期，我與剛來的巴黎女孩好上了，我們形影不離。鮮少主動同卡嘉搭話，但若盧辛斯基邀約同學們私下喝酒時碰上了，我們也能不尷尬地聊上幾句。卡嘉並未意願參加俄語檢定考試。卡嘉較少參與許多盧辛斯基為考試而準備的隨堂測驗與練習。

我們結業。

我們在她以前帶我們去的愛爾蘭酒吧做期末導生聚。

我們分離。

7

卡嘉的名字，靜靜躺在我的臉書好友名單裡。

鮮少互動，每年僅在對方生日時，在留言板上用俄語互道生日快樂。偶爾，她的動態會出現在我的臉書河道上。卡嘉成功獲取博士學位了，開始在母校任教。伴侶戴安的女兒結婚了，卡嘉在漆黑，僅以燭光點綴的戶外花園，在現場樂隊的演奏下執手與黛安共舞。我在貼文底下按了讚，並寫下幾句簡短，浮泛的社交辭令。

卡嘉與黛安分離。不及兩年，復與另名女子交往，狀似漬蜜。那女孩沒有黛安那般粗糙，那般butch，年紀較輕，卻也頂著一頭黑白髮交錯的年紀。四十歲？我未詳細過問。兩人同居，遠行，卡嘉帶著新女伴同遊倫敦重塑記憶。

每逢選舉，與六月美國燦爛繽紛的同志驕傲季，便是卡嘉密集貼文的時刻。我這才發現，卡嘉慣用的英語於我如是陌生。平日能看美國連播劇不讀字幕的我，在閱讀她貼文時倍感吃力。那是一種融雜地方俚語，行話，卻用正式論文體例書寫而成的混血產物。我總得查查生字，反覆推敲。莫斯科一年，或許我未曾真正了解過她，我想。

卡嘉同女友分手了，我未表關心，覺得隔著如此時空距離，怎樣安慰，都顯得虛妄無比。卻是在前幾年，我主動私訊凱帝。

卡嘉在四年前決定服用男性賀爾蒙，睪酮素，開始他 FtM（female to male）的變性旅程。終於鼓起勇氣，跟大家公布這件事情。凱帝在臉書上寫著，並放了一張他粗生鬍髭的自拍照。我訊息他：好久不見，只想由衷地跟你說恭喜。

也是那些年，在島嶼的我透過手機軟體，識得城中一名 FtM 青年。他的交友檔案不露臉，大頭貼攝於健身房裡，他背對鏡頭著運動背心，高舉雙手秀著那緊實的肱二頭肌。我們閒聊著，對彼此擁有性慾，卻始終未曾見面。他傳給我私人的推特帳號，河道上轉貼著許多國外 FtM 與男子們的性愛影片。

一名女孩，變性為一名男孩，再跟另一位男孩發生關係。所以他原有的並非異性戀的慾望，而是男同志的慾望。這經過多角折射斜切的慾望變形困惑，亦吸引著我。慾望變形著我。所以跟一名 FtM 發生性行為的男子，依然是男同志，而非異性戀或泛性戀者？我反覆思忖。

但，一具 FtM 的身體是如此奇特。像某種古希臘神話裡，自掩蓋著月桂葉，槲寄生的濃霧底，緩緩走出的神祇。

8

許多男女間的差異與不平等，在變性手術時，更能體會。凱帝以私訊寫道。

怎麼說呢？我好奇地反問。

相較男變女，MtF（male to female）的過程，FtM 得承受更大的生命危險，如胸部切除手術，每個步驟都只能謹小慎微。他說。

我從未想過，原來男性女性的生殖器官，像一隻正穿或反穿的襪子。我倏地與凱帝分享近幾年無人能傾訴的心得：在研究 FtM 與解剖學之前，我從未知曉，原來所有成雙的器官大小不一。一大一小的乳房，一大一小的睪丸，甚至連腎臟亦然。襪套翻轉，原來蒂蕊即陽首，唇瓣即袋囊，而內裡安裝的精細管線，各有其成對的配套換位法。

凱帝回我燦爛微笑的貼圖。

有些話，卻仍鯁在喉，跨性別間那游移的界線，隱私非隱私的尺度因人而異，我不想僭越與冒犯這久遠情誼。

凱帝如今，並非全然複製舊異性戀的男子氣魄，他留鬍渣，將頭髮染成棉花糖般的夢幻顏色。他擦著帶亮片晶粉的大膽眼影，勾勒多彩眼線。那都是以往的卡嘉，或凱特皆未觸及的裝扮領域。我不知已多年服用睪酮素的凱帝是否要割除胸部。不知道他是否會如某些決絕的 FtM，將片下自身小腿肉，好建造，貼黏下腹間的神殿柱體。他將移除子宮與陰道？會在新造囊袋裡放置手動式充氣球，以便自身挺立？會在胸口下沿，小腿等多處疤痕上敷以刺青遮蔽？許多許多的問題，我深藏於心。

服用男性賀爾蒙後的蒂蕊，像孕沃過催生劑。蒂蕊將膨脹，闊積，在興奮時，如男子陽首般挺硬。一具擁有剽悍肌群的俊俏男子，裸身，下腹在平常時與一般女子無異，貼撫著一朵或開或閉的繁複花瓣。我的慾望迷離。到底，那究極的凝聚慾望的性之刺點聚焦何處？是身軀？性別氣質？談吐氣息抑或外顯器官？我無有答案，或許，凱帝同我亦在這條探索的道路上。

服用睪酮素四年，邁入五十歲，我原以為排卵已屬過去式。但不，卵巢並未停止讓我的生活暫時性悲慘，像有人在裡頭，用吸管發射彈道飛彈。這是凱帝傳給我的最後一句話。

凱帝在臉書檔案的標記名稱為二：they/them 人稱代詞，非他非她而屬多性，複數的他們。Antifa，美國反種族歧視，反法西斯的左翼運動者。

嘿，已卸下Kate，Катя 身分的你們（複數如上述要求），我現在稱你們為凱帝（名字以中文標記），凱是你們原有名字的詞根。帝，有古典雋永的陽性詞彙感，符合你們的新性別。中文裡，像中古文藝復興時期的國王，是帝國統治者，是天神與主體，但我想用多重折射後的文化同義詞，沙皇來形容你們。畢竟身體，無論經過再多重的形變與折射，終究是承載過往情感與記憶的容器。你們不是莫斯科時候的妳，而我也不像莫斯科時候的我，我們或多或少變形。但我們共有曾經。

我在私人對話框裡敲下這些字句。

為避免過度嚴肅，再補上簡短的第二則訊息：你們現在必能體會當時在莫斯科，飽受慾望折騰之苦的我了。如今你們更確定自己的慾望，而我卻更迷離自己的慾望了。

我等待凱帝的回應。或許不等待，那僅僅是一段話。
寄給變形中，無數延伸的自己。

——原載於《印刻文學生活誌》二〇二三年一月號

翻譯者的孤獨劇院

1

融雪濁汙，寒風時有的春季已過。莫斯科的初夏異常潔淨，剔透。空氣裡，恍若浮移金箔似的微塵，熠熠而光。

將兔絨，銀狐，水貂等暖實皮草，與及膝雪靴送洗後，束之高閣。暫緩人工助晒房沙龍會員籍。莫斯科大學裡的青年們，面容上少了嚴冬時的綳緊，線條舒緩。走廊上笑聲獵獵。

男孩們換上七分牛仔緊身褲，或作時興嘻哈打扮。女孩們則著連身絨布運動服，或開襟至臍眼的綁帶背心。如柳搖曳長鬚水鑽耳環，項鍊，寬版腰帶。所有物事在五六月的豔陽下，兀自閃爍。

語言系，交換學生課程將盡，外籍生裡，有些抵不住北國整年操勞，提前結業歸國。亦有雲遊士，秉拓土心，欲乘西伯利亞鐵路耗時一週，跨凍土至海參崴，或訪鄰近小國。堂室裡，稀疏所剩者，如我，多是不願返國，欲守異邦至簽證最後期限的眷留者。

下課後，經系所辦公室，碰上負責外國留學生事宜，並兼當屆華人翻譯課的安娜女士。冬季霜白，她將髮重染至深紅棕色，臉搽薄妝。不變的，是討喜的齙兔牙與好聽的低音嗓。安娜女士叫上我，詢問離境日，得知我遲於七月底回國時，喜出望外。

今夏恰逢兩年一度的國際戲劇節，此回，有兩組來自島嶼的受邀團隊，需翻譯。我同團隊力薦你，去試試吧，難得機會。安娜女士說。

身攜手抄地址，搭地鐵至熟悉不過的城中區特維爾站，再步行至里昂涅夫斯基巷。過小公園，一座三層樓老建物矗立街角，淡塵黃底漆，白窗櫺浮雕。門旁橫掛三張鍍金面招，依字樣，此處即是國際劇場聯盟。

入室，有暖光，植栽，濃縮義式咖啡香，氣氛與俄國多數辦公處迴異，多了些愜意。人事部負責人，一名厚實，髮線微高的中年男子親切招待。簡單同我聊些學業與生活經驗。喜歡劇場，或表演藝術嗎？問話時，男子眼神裡飽含善意。

我頷首，並表明：興趣極深，卻非該領域專業。首回入劇場表演，是高一上學期。為追隨仰慕的學姐，參加了戲劇社。那時的指導老師，是某藝術大學戲劇系研究生。指導老師打扮，卻像國術社習武之人，白運動衫老紮進深色馬褲，髮凌亂，戴銀框鏡。

有點像植物學家（俄語裡又意書獃子）。我說。

負責人咧嘴笑。

那時挺多時間忙各式花樣，信任遊戲，講祕密，培養感情玩團康。學了快速熱身法，持弓腰姿，低首垂手，放鬆全身至臉部肌肉。待計時，噗嚕嚕嚕擻脹雙頰猛吐氣，同時激烈甩動四肢，一分鐘方可。我手腳齊用，滑稽地同負責人解釋道：同外校的聯合期末展演，眾人於那區曾發生過名高校青少年殺人事件，自舊警局修復後，剛啟用第一年的小劇場裡呈現。僅演不到二十分鐘吧。一齣劇中劇。整場燈光陰綠，幽森，若有鬼魅，講殉情。

後來跳街舞，加入熱舞社，直至大學。系上每年冬季有名為俄羅斯風情夜的跨年級戲劇競賽。從初年級演鄉間童話，到高年級作契訶夫主角。班上男生少，不怯場富表演慾的男生更屈指可數。我總飾男一。得獎時，卻常自覺不因演技，而歸功於語詞的準確發音。我說。

此外，真正的劇場知識，我是匱乏的。我同負責人坦言。

他依舊微笑不語，只順手撕了張便條紙，刷刷寫下幾筆。

六月頭尾兩週，跟你同進退，負責接待的女子，叫讓娜，這是她的電子聯絡資料，過些時日，她會轉寄詳細流程予你。負責人交代著。

知曉由編舞家L率領的蒼穹與C執首的演奏樂隊嗎？

自然。那是島嶼最著名的藝術工作者群。我答。

你負責他們的隨行翻譯。負責人笑言。

隨後，他在便條紙下端隨意圈下幾筆阿拉伯數字。換算幣率後，相等島嶼寫字樓平均單月薪水。

兩週費用，伙食另計。是我人生第一筆工資。

2

謝列梅捷沃國際機場入境室，人潮如島嶼盛夏雨夜水蟻群湧。

左右擠搡，翹首，來回注視不時更迭的起降班表。兩小時已過，讓娜雙手抱胸，蹙眉深嘆。

年約四十餘，一米七五高，印第安紋魚尾紋細細密密。血橙色俏麗齊耳捲髮，全身牛仔貼身勁裝。讓娜同多數俄國人一樣，喜形於色。蒼穹舞團抵達前的漫長時間，多數時，我們並未交談，只專注盯梢來往的亞洲面孔。

讓娜問我在島嶼就讀何校。聽畢校名，卻是漠然表情。

先前有位畢業女孩，今於莫斯科就讀，前期來幫忙場勘，一進劇場，連帷幔怎說都不知曉，一逕指舞臺邊，喊那塊布，那塊布，據說還攻讀翻譯呢。讓娜冷嘲著。

心裡一緊，搭不上話，我只能窘迫微笑。

希望你比她靠譜。讓娜嘆道。

遠方，一行黑衣者緩步而來，神色篤定，卻微顯疲態。領頭者編舞家L，家喻戶曉，是報章雜誌，國際各藝文獎項熟面孔，更是首位將西方現代舞融入在地東方元素的島嶼創作者。L比想像中嬌小，膚色黧黑似久事莊稼，粗霧眉，髮鬢是已顯年紀的白雪銀灰，瘦若冬枝，卻在一群因長期巡演調伏時差而倦的年輕人裡，格外精神。

是L。讓娜喊道，便拉我箭步上前。

此時，身後幾名西裝革履的黃臉中年男子，一併移動。我才留意到，是代表處指派來的接機人員。

讓娜以英文簡短寒暄後，便將我正式介紹予L。熱情相擁後，L沉穩地握過我的手。

這週有勞了。他說。

下榻地是坐落鬧區靜巷的馬可波羅飯店。磚紅色底五層建築，前院高豎幾株拔天巨樹。夜間照明下葉影婆娑。乳白大理石階，深褐色織花地毯，暗木櫃臺家具，諸多舊宮廷燈柱襯得室內如畫。

讓娜熟練地同飯店事務員交涉，領房卡，核對舞團成員行政團隊夥同技師與隨隊醫護，物理治療師，再依序分發零用金。首日行程方了。

翌朝，讓娜與我一早便於飯店大廳等候。

一男一女先至，提議移師飯店夏季限定的露臺咖啡廳。男子乃蒼穹團隊製作經理，唇際一撮青鬍，中文語調奇異，細問，方知為另座島嶼屬民。青鬍在咖啡桌上攤開劇院平面圖，同我解釋此回舞作《邊境》主需的手動，電動吊桿架設，與燈具位置。

來此前，我們便已遭遇難題了。青鬍瞥過讓娜一眼後，說。

我並未將此話翻譯。

因亞洲部分稻穀進口汙染嚴重，俄國政府頒新法，禁止稻米進口。青鬍兀自道：原先在島嶼自製的三噸半金漆米，全數禁運。最後，還是巡演途中，覓著裡海產物，趕派技師前往莫斯科近郊前置作業。米須經洗，染，烘，晒，醃。很麻煩的，得耗時兩週。

讓娜聽過翻譯後，神情尷尬，賠罪般堆起笑臉。

城內多數供應商的米過於尖刺，不似亞洲稻穀圓潤，演出時易傷舞者。旁坐，沉默多時的女子道。她略顯年紀，一身寬鬆黑著，留頭蓬捲狷狂的髮，姿態與談話間，流洩股強韌而暖的氣場。

我是資深舞者，黎。她如此介紹：在這些細節上，我們格外謹慎。

致電告知禁運一事時，我笑了，貴單位竟動氣，用英文正色指責說這一點都不好笑。我能怎麼辦？青鬍沒好氣地埋怨著。

俄國人較真的，公事上非熟人，玩笑不得。我說。青鬍並未搭理。

用過午膳，L同其餘舞者於大廳集合。進劇場前一天的閒賦日，表定為市區導覽。多數舞者擺擺手，說前回來戲劇節時參加過了，興致不高，打算各自單獨行動。最後，我同讓娜領著L，青鬍，資深舞者黎與幾名年紀較長的舞臺技術人員，未走遠，僅在普希金廣場附近兜繞。晴好光媚，楊花白絮輕柔如夏吹雪空飄舞轉。L不時讚嘆如此時節。途中，黎走得靠我近些，彼此客氣交談。對視時，能察覺黎身上彌散的白巫覡氣，彷彿薩滿能療靈心，令人格外親近。

3

首演前兩天，大夥兒正式進莫索維特劇院裝臺。

成立於一九二三年，莫索維特劇院坐落於水族館花園內，舊世紀初建築，前有兩池各鑄了牧神潘，與太陽神阿波羅的青銅像噴泉。劇院內圓弧場，近九百位觀眾的軟墊折椅，平時被雲海似的厚重白布掩實遮起。

入場方知即席翻譯一職之艱。身上配掛內部通話裝置，當兩國行政團隊，技術人員，或劇場場務有任何問題，得隨傳隨到。我工蜂般，臺前臺後，院裡院外折返無歇。

劇院外圍與庫房間的灰泥空地，擺放數架墨綠色篩米機。白米袋磊石般堆疊，四周空置許多零散的塑膠水桶。兩名來自島嶼的技術人員，請我仔細同俄籍夥伴解釋，如何將稻穀扔進機器內好去殘渣。

雖事先已去毫芒，瀝乾，除雜，但上臺前，仍得再入篩米機。

稻米是需要馴服的。我如實對俄籍員工轉述。

塊頭魁梧的北國大漢們露出不悅神色，怨這無非多此一舉，近乎是東方人的偏執了。摸起來多光滑啊。他們宣稱。許多人倦懶地癱坐空地涼椅上，恣晒日光。

臺上亦不平靜。

道具裝設必求精準，分毫不差。青鬍昂首高指貓道與鐵梯上的俄籍員工，以英文喊：左邊點，右邊些，角度不對了，再過，再過旁邊去。俄籍員工不諳外語，垂手聳肩。此舉使青鬍勃然，語調更趨激昂。

我快步上前，拍拍青鬍的肩說：我用俄語幫忙吧。

怎料青鬍未理會，臉紅脖子粗的用英文咆哮。舞臺高處的俄籍員工們亦光火，回飆斯拉夫穢語，嫌這東亞病夫態度惡劣。青鬍兀自嚷嚷，我只好扯開喉嚨，在他連珠炮指令間，尋逼仄縫隙，將濃縮短如針的翻譯詞彙，根根深深刺入他者的耳蝸間。

用膳之際，坐舞臺側邊，手裡捧著餐盤，只覺疲憊。

讓娜搬了張椅子擺在我身旁。如何？她老練地掰開免洗筷，將雙箸互摩好去細小木屑，問道。

我搖搖頭。

每人做事，都有自己的步調，劇場這地方是用來磨合的。她續言：才第一次，你已做得挺好的。

首聞讚揚，決心打起精神。才進劇場第一天吶，我想，連首演都還沒到。為何這幾天午晚飯，全是中餐？遂改口問。

怕舞者水土不服。讓娜續言：事前為安排每日每餐新穎菜色，可聯絡了城內泰半中餐廳，才湊齊這外燴組合。

跟舞者，技術人員一同進食，有點不自在。我說。

不都同鄉嗎？介意什麼？

並未正面答覆讓娜。每日午晚，她總見我欣喜地吹口哨，拎錢包與薄料西服外套快步至劇院外街。自費在麥當勞，或連鎖咖啡店巧克力女孩內獨膳，不與任何人緊密接觸，才是真正閒散之時。

4

經首日磨合，來自島嶼的技術員與俄籍工匠們，似找出和諧處事節奏。將金漆米安置機關箱，再擺至準確位置，測試，讓操桿者習得力道與節奏，如何讓細碎稻穀如春雨緩降，已算大成就。

極簡式東方美學，舞臺並無龐雜擺設繁複投影。僅以金米，光影，肢體形塑意境。

島嶼的燈光設計與音控師皆少話。兀自低頭在舞臺上，音控室裡，踱步思索，丈量，調配器具，試光探聲。蒼穹的團員們，則在劇院附屬排練室自主練習，行氣功，太極導引，開胯拉筋。

裝臺期，L多待在專屬休息室內。據讓娜之言，在趕稿。L應島嶼報紙藝文版之邀，將此次歐洲巡演所見所聞所感，記下，每週連載。

唯獨在幫忙團員們分配午膳時，會在充當外燴自助餐的劇場大廳裡，碰上L。遠遠瞥見身影，我卻急忙壓低目光，不敢上前招呼。僅於眼神交會時，點頭致意。過度的熱情與親暱，那些島嶼人身上的常見特質，是我想迴避，逃離的。

幾次碰面，L卻會主動朝我走來，擱上幾句話。

有時他手持城裡印製的英俄旅遊景點摺頁簡介，指著人名地點，詢問正確中文翻譯。有時，他用暖實之掌，摩挲，或拍拍我的後頸，問我食飽無，會否疲累。少被長輩親切對待的我，總顯羞赧。

讓娜一旁看著，總私下開玩笑：你是L的喜歡類型。

L未曾出櫃的。我試圖辯解。

讓娜的眼睛眨巴眨巴地望著遠方長者，沉默不語。

5

見證一齣劇作，在舞臺上從虛空至滿盈的過程，極其珍貴。

首演前一整天，表定為《邊境》技術彩排與總彩排。負責居中協調的工作暫歇。白日舞者們先著便服走位，定光，試音。必須感受每個表演場給予的獨特能量。讓娜老手般談到：劇場是絕對當下的，依時空，觀眾反應，表演者自身狀態而有不同，即使單一腳本，編排，沒一場演出能被絕對複製。

那些微薄而變動的細節，正是劇場的靈魂。她說。我聳聳肩。

下午，我們躡手躡腳，溜至觀眾席邊沿，將覆蓋的厚重白布掀起，坐定。舞者們此回著正式服裝，配合道具與燈光正式彩排。

第一幕便令人震懾。

那是我見過最細緻的呼吸韻律。

舞者們自魆暗中，著斑土色襤褸衣，持禿杖緩步而逡。雙側熾光，替隨吐納而升降膨縮的胸腹筋肋，鏤刻造影。每道氣息的沉慢高低，無比立體。每名舞者，彷彿化作煙雲飄渺，如風盪擺，嫋升，消弭。遠觀，金漆米細如乾漠沙，邊境遠征者踽踽獨行。

有時，L會直接透過麥克風大聲喊停。

男子獨舞被L不時修正：衝刺的力度不夠，情感要再激烈，狂暴些，不，你顫抖時的狀態，不該那樣。

射精，對，你當想像是射精時的顫抖。L獨坐前排，手持麥克風激昂道。

讓娜見我神色幽微，轉頭問我L說了什麼，聽畢翻譯，投以神祕微笑。

這也是我頭一回看舞作落淚。

黎獨舞之際，荒雜髮絲沾染鎢金沙屑。她半躺，頭後仰，臉斜朝觀眾席，她的表情猙獰如獸，四肢騰空高舉，以下腹為軸心，不時激烈抽搐。像要擁抱什麼，而不可得，像要承接什麼，而不可得。如此苦痛，奮不顧身。

該在人生裡經驗多少情愛悲憫，才能換得的如此魅力？我捫心問。

打斷，重來，微調細節。整日反覆雕琢《邊境》各橋段。拉緩細探同一舞姿，確實每回皆有不同感受。

休息時我晃至後臺，查看表演者與技術人員有否協助之要。只見轉角，一表演者正以紗布拭血。那是整齣表演始終沒離開舞臺的唯一演員。不舞不動，身著裸半肩薄袍，閉目合掌，光頭，任那金漆米，悠弱慢淌如雨自空不斷撒下。

儘管以樹脂，透明膠帶做了防護措施，每場演出下來，都是傷。旁人對我說。

我急忙詢問是否聯絡醫護。他僅擺手淺笑道：不礙事的，不礙事的。隨後轉身，低頭倚鏡，就窗光專注地，一點一滴抹去頭臉，頸項，手上，密密麻麻的朱色斑痕。

6

首演獲熱烈迴響。落幕後，掌聲如雷如浪濤湧不歇，散場後，仍有許多俄國觀眾久站其位津津而論。眾人間，唯我神經緊繃。

首演後，戲劇節在劇院大廳辦簡單酒會，總經理沙德林先生領工作人員，與蒼穹團隊小酌。席間，沙德林與編舞家L輪番致詞，我生硬地站在他們身旁，替兩人翻譯。

全場三四十人眼睛灼燒而視，等待從我口中咀嚼，稀釋，反芻後的語句。非同步口譯，當沙德林與L在語句段落間，貼心停頓之際，我拿起麥克風還原梗概。信達雅並非當下考量，我在乎的，無非是快，狠，準。

如何於最短時限迅速反應，減縮聽眾的等待。不糾結辭藻，用腦中浮現第一對應字，擷段落之精髓。最後將語句包裝，拋擲進合適的文化對應模組。

最棘手的，非專有名詞。而是幽默感。

沙德林先生談吐風趣，博得俄籍員工哄堂笑。該如何尋找相對的滑稽感？若成長經驗相異的島嶼群眾，聽完原譯後，無反應，可會造成多大誤解？

所幸當晚安全下莊。

禮尚往來乃島嶼人之講究。第二日公演方休，L請了含我在內九名戲劇節俄籍員工，前往新阿爾巴特街的中亞餐廳夜宴。

那是一棟外觀極富童話特色的五樓建物。暖橘色燈照，大塊深褐岩牆，陶罐狀屋宇入口，多盆旱帶盆景植栽。上樓入座，全套原木家具樓扶壁飾，鮮紅色織花地毯，配上隨柱而攀至天花板的人造枝蔓。

席間，遠方臺上更傳來歌者合吟，民謠曲時而滄桑，時而節慶。飲一壺復一壺佳釀，輪桌敬酒，酒精抹去文化邊界，兩國人勾肩搭背格外熱絡。承蒙幾日關照，我更難得鼓起勇氣主動同黎與青鬍舉杯道謝。

明天即是公演末場，蒼穹將動身，前往另一座城市，表演另一齣舞作。L摟著我的肩，舉樽道：兩年後回莫斯科表演，要指定你做在地翻譯。

得返國完成學業，履行兵役，兩年後我將不在此。語畢，想著錮滯的未來，我心一沉，卻仍努力撐起笑臉，擎杯回敬L。

那我們未來見。L說。

7

演出間隔的二週，我返莫斯科大學語言系上課。課堂學員人數漸稀，眾人皆為下一次的遷徙兀自忙碌。

宿舍房裡的二手電視，播放著信號不穩畫面參差的新聞。報導員稱，城內將迎來破紀錄高溫。無空調，燠熱，夏令人怠。檢閱電子信箱，發現讓娜傳來的未讀郵件。她尋問我是否對戲劇節其他演出有興趣，提前交代場次，她可幫忙拿免費公關票。

錯過彼得·布魯克沒關係（其劇恰與蒼穹撞期），這次碧娜·鮑許將帶來全新舞作，要搶要快。信末標注連續驚嘆號，讓娜如是叮嚀。

從堆疊如山的課餘讀物裡，抽出節目單，縱覽後，才驚覺自己對當代劇場名家，可謂全然陌生。最後，我回了信，請讓娜預留三場表演。

榮獲東尼獎最佳編舞的馬修．伯恩，改編經典芭蕾《天鵝湖》，反傳統，清一色由男性擔綱經典群舞。終幕，袒裸胸腹，下穿似駝鳥羽匯織的緊高腰及膝白流蘇褲，男子們揮臂作翼，輕躍，梭巡在柴可夫斯基的樂曲間。

舞臺允許僭越。當雪白馬伕扮相的王子，在清月嵐影，殿柱間與鵝對舞。那醚似曖昧，並未引起恐同的群眾之惡，而多了諷刺詼諧之效。

舞臺指涉可能。古典芭蕾排除的，那些因高矮，胖瘦，女性胸部太豐滿，男性舉止太陰柔而被取消的身體，在當代劇場找回可能。金森穰的《妮娜物語》，以舞者驚人的肢體爆發度，續航力，無意識機械動作，挑戰僵化的多義性。

三場演出裡，最挑戰的，莫過於觀賞鈴木忠志，結合能劇，歌舞伎演繹希臘悲劇的《酒神》。雖做足行前資料，知曉導演究其一生探討文化撞擊，如何發揮日本人的身體性，將其安置於希臘悲劇或莎士比亞等西方範疇中，卻仍感隔閡。

幕起，上半場近三十分鐘時間，唯見高臺紅墊上，坐六名僧，穿金紅綠線交織密縫澤亮道袍，手持本，雙目闔，伴鈴聲雷鳴樹顫之音，禱唸經文。僧坐臺下沿，間或緩緩滑過坐輪椅，扭曲肢體的男女演員。無字幕翻譯，全場觀眾在肅穆，弔詭與懸疑交纏的氣氛下，等待。

有些意境或須年紀方能體會，我想。當外套口袋傳來無聲震動，翻開手機蓋，得知是情人詢問可否幽會時，我迅速回鍵約好地點。趁中場休息時分，拿起隨身物悄然而去。

鈴木的劇相當枯燥啊，什麼都沒發生，遂提前離席了。翌日回宿舍後，我傳了郵件給讓娜。

那是醞釀與堆疊啊，親愛的，精采的都在下半場。她如是回覆。

8

六月最末禮拜，C率領的演奏樂團，風塵僕僕自島嶼趕至。

初晤面著實心頭一震。C體態渾厚，豐唇肉臉，滿盈的下巴肉堆擠在襯衫立領間。談話時他慣性眯眼，堆滿笑，給人第一印象，是島嶼常見的政客，或商賈之流，非關藝術。我將心得偷渡予讓娜。

有些大佬強項，在爭財團與政府補助，讓團隊多角經營，劇場很現實，無法單靠熱情與才能。讓娜說。

入夜，C與戲劇節員工在中餐廳簡易開過會，隔日，我們便直搗市中心特維爾站附近的普希金劇院。

場內格局與莫索維特所差無幾。唯一之別，是普希金劇院觀眾席，兩側靠臺二樓貴賓席裝飾華麗。暗酒紅幃幔半垂，包廂外牆綴簡易希臘神殿浮雕，灰濛暗塵，彷彿仍積累著褪了色的蘇聯陳夢。

演奏形式，裝臺過程單純。C的團員各自將樂器擺放於指定位，依序檢查電子器材線路，音量。無須多久，團員們便著手調音，自主練習。需翻譯與行政幫忙少，我與讓娜索幸拖兩張椅子，閒坐側臺漫聊。劇場亦以流轉的蜚語為潛臺詞。

知道C前陣子剛離婚又結了婚嗎？讓娜問。

關於他的事，我不常留意。我說。

C新娶的太太比他年輕二十歲，據聞，先前還在團裡擔任行政人員。讓娜刻意壓低聲音說：鬧很大啊，前妻罵他是頭沙文豬，婚內從沒停止過外遇。

原來是名不貞潔的男子。我點頭作論。

看到臺下坐著的兩名女子？讓娜竊語，並將眼神瞥向觀眾席。

島嶼兩報社派遣來跟團採訪的記者，不是嗎？我反問。

是的，專程要報社送來這兒吃香喝辣，我猜，她們同C八成關係親近。讓娜翻了魚肚眼後，碎語著。

首演結束，眾人步行至戲劇節辦公室大廳舉行酒會。觥籌交錯，些許黃湯下肚，不勝酒力的我已暈頭脹腦。這時，兩名報社女子要求，得額外舉行小型記者會。她們拿著筆記簿與隨身錄音器，囑咐我四處尋來戲劇節高層員工，好作採訪。

沙德林呢？沙德林呢？她們兜兜轉轉，如雀鳥啾鳴。

許是疲憊，許是受先前讓娜之話影響，對她們，我不冷不熱，僅維持社交上應有的客氣。

C的團員們氣息截然不同。少了藝術家常見的傲慢，談話時親切誠懇，但他們臉上的情緒，或許過標準，過正向，總掛著公益廣告上會遇見的完美微笑，與我之間，亦似隔了一層，無以名狀之物。

9

當戲劇節將這齣表演訂在週三至週五時，我就預感是二流水準了，果然。

讓娜看完彩排與首演後對我說。

C率之眾，欲破舊演奏形式，效法前些年，於百老匯極受歡迎的破銅爛鐵樂隊。C在舞臺上擺置諸多尋常物事，水桶，鍋碗，掃帚，空杯。任團員們間或擊鳴，搥撞作音。

幾個銜接橋段，安排了簡易魔術秀，團員們在變兔子與彩帶戲法飛鴿拉禮炮間高亢歌詠。高潮處，全場霎然熄燈，扭開舞臺前暗置的紫外線燈管，任事先塗抹在樂器，衣著上的螢光漆繚亂成色。

當觀眾小學程度嗎？讓娜怨道。

觀眾反應確實不若其他節目熱烈，稀疏掌聲，即草草謝幕。

首演酒會結束前，讓娜說，翌日安排了保母車，早上至下午，我們將暫離劇院，陪C走個人行程。

晨起，宿舍窗外天是夏日以降難得的陰翳，體感微寒。

匆忙搭乘地鐵至飯店大門口同眾人會合，一上車，發現包廂裡，除了讓娜與C外，更坐著兩名女記者。我輕聲道早，C點頭回應，兩名女記者各自將眼神鎖向窗外。

莫斯科音樂學院又名柴可夫斯基音樂學院，離市區亞歷山大公園，僅兩三條巷子之遙。近白的極淺鵝黃十九世紀中葉建物，三角斜頂古廟入口，金漆撰寫大廳字標。甫下車，入院前，C將我拉至一旁，說有事交代。

你該想清楚，自己是替誰工作，該站哪邊。C正色同我說。

敢問這幾日，我在工作上是否有所缺失？

記者們抱怨你的態度不佳。

我自覺盡了翻譯該盡的本分，如此而已。

你好好想一想。

委屈，憤怒，與某種被強權壓迫的不適，衝撞在快速搏動的心室中，我呼吸急促。在角落狠狠盯著牆，給自己幾秒鐘，吞忍所有情緒，換上一張面無表情的臉後，獨自步向大廳。

讓娜察覺我臉色有異，以眼試探，我刻意避開她的視線。兩名女記者，拿著數位相機四處攝像，像閃躲著什麼。

校方提前知曉C的蒞臨，早安排接待人員等候。俄籍導覽員身旁，站著一名身型嬌小，膚色暗深的亞洲女子，她殷勤地同我們介紹道，她亦來自島嶼，是這音樂學院鋼琴系主修生。

穿梭在瀰漫舊沙皇氛圍的課室甬道，導覽員領我們探訪散落院內的各式演奏廳。照例，我徒步於導覽員與C間，鋼琴系女孩不時從旁側切入，同C搭話。有時她欲攔下導覽員剛拋出的字，搶先解說，可能力有限，詞句零散錯亂。C挪移身子，靠我近了些，鋼琴系女孩狠狠地瞪了我一眼。

演奏廳大小功能各異。拉赫曼尼諾夫廳興建於一八九〇年。柴可夫斯基是首位編曲教授。院內歷史最悠久的管風琴位於大演奏廳，由十九世紀末法國公司製，含三千多根音管。學生取得練習權與樂譜後，可實戰練習。

無數字詞自雙唇攀爬而出，整整兩小時。我彷彿變成一臺冰冷無感的器皿，一只鑿空漏洞的舊話筒，一段內裡纏繞的金屬電捲，或等待被填滿的插座孔。無法獨立而活，我的存有成立於兩端溝通的必要，認知的必要，成立於他者的慾望。

導覽員領我們拾級而上，行走於大廳二樓觀眾席間。牆上，紛列以乳白花卉桂葉浮雕圍框的貝多芬，舒伯特，柴可夫斯基，魯賓斯坦等人的褪色肖像畫。

Акустика。

一分神，耳中竟冒出無法被識別之詞（當下亦無暇以他語聯想，acoustic，英語形容詞聽覺的聲響的。俄語作名詞，聲學，兩者通根連株）。默愣數秒，憑上下文推敲，最後，音量一詞自我的唇齒墜落。

Акустика。Акустика。

無法在瞬間被辨別的字，鎮日於腦海徘徊。像道顯目而醜陋的疤，被惡狠狠地刻鑿在記憶的皮層上。無法抹滅。

10

盛夏的第一天屬適合告別，在謝列梅捷沃機場送別C與團隊，我在戲劇節的翻譯工作便告一段落。

隔幾日回辦公室領工資，剛推開重木門，便迫不及待鑽入旁巷，趁無人時，揭開信封，以指尖清點一張張嶄新盧布，並思索，該如何花費人生首筆薪資。

決意同情人相約於地鐵戲劇站，請他在名為威尼斯的 trattoria 義式餐館用膳。鬧區靜巷間暗藏的金邊水晶吊燈，骨董落地擺鐘，繁花手繪壁磚，再沒有比此更適合幽會與慶功之處。攤開菜單，無顧忌奢點 gazpacho，caprese 等前菜，薄皮比薩，香檳，甜品。情人見狀，笑我這派頭是孩子氣的豪邁。

含著屈辱賺來的錢，理應痛快花，不是嗎？我說，並將這幾日積累的不快全盤托出。

那你想過，到底該站哪邊嗎？他問。

大家難道不知曉，我拿戲劇節的錢，僱傭制，當然該站俄國這兒多些，C理想的亞洲式奉承，那鋼琴系女孩哈巴狗般的討好，我學不來，也永遠不想學。我提高聲量道。

你如此感受，可能是還未正式在社會打滾。情人淡漠地說。

結帳，簽完單離開餐館後，我便推託酒後身體不適，想先回宿舍休息。情人望我半晌，啟唇欲語，卻把話嚥了回去。我們並未親吻道別，他轉身，隱沒進不遠的地鐵入口。

盛夏之夜適合漫步，或許也適宜獨善其身。承載兩種或多軌語言者的孤獨鮮少人能解。島嶼不能。俄國不能。我朝紅場走，經大石橋，橫切過莫斯科河中途，佇步倚欄而望，不遠處，聖瓦西里教堂燈火燦然，從游河艇上，傳來稀釋後的民俗音樂。再不到一個月，我將離開。

萬物無法被準確翻譯，但我們仍須翻譯。憶及安娜女士去年的開學致詞。原來所指溢出文本，與生活相關。

我到底該站哪邊？

莫斯科倒數的盛夏夜晚，並未給予答案。

IV

後綴／反身動詞

八月片羽

八月五日

「二十代談感情，像黏土，能為了對方將自己形塑成任何形狀。三十代談感情，像拼圖，邊角無法磨去，只能尋有互補凹陷之人。」前幾年，我對年輕朋友嘆道。

遷就與不遷就，除了情愛，也是三十代交友準則。互惠為重，對那些氣味不相投的，鬆手不強求，讓那些錯的人如流沙自指尖滑過。

去年分別見了A與E，在夏秋交接之際。

素未謀面，互換社群媒體，得知我出了書，紛紛寄來私訊，附上與小說集的合照。A與E想與我會面簽名。我分別與兩人約在離家近的咖啡廳。

A非本地人，亦非本城居民。他長相清秀，談吐犀利，植物界網紅，Instagram 上總見他在溫室裡與親自培育的，人臉大鵝掌藤與龍翼花燭等植栽合影。相談甚歡，請A喝杯咖啡後，散了一小段步，約好他下回進城時再見。

你什麼時候要上我？最近，A自Instagram訊息。

我貼圖回應，避重就輕。

E比想像地高，瘦如螳螂，下班後穿運動衣而來，一見面給了我擁抱。大學行政，週末跑宗教團體。除佛典外，書架上只有這一本純文學書。E說。我點頭道謝，請了他咖啡。來合照。臨走前他說。他手在我臂膀上捏揉撫摸。尖尖獠牙緊貼我臉，我怕。

不要殘害自己的身體。良好品行的E一日私訊，原來是見我常熬夜。那自上而下的訓誡令我厭惡，我冷言請他尊重不同的生活方式。

內建名followers的軟體，刷新後，發現A與E紛紛刪我好友，並加以封鎖。三十代的情感節源，創作者對波特萊爾而言與妓女無異，但我們皆有其節操與榮譽。

別讓不值得的人玷汙你，妓女說。

八月十二日

Ann Demeulemeester寬版藕紫文化衫，無袖，兩條細黑垂緞。

Maison Margiela的tabi招牌低跟黑色鹿趾鞋，軟嫩小牛皮製。

Rick Owens象牙白七分褲，那兩層縫疊後方的蟬翼紗，走路時隨風搖曳，如此，彷彿帶些喜慶的味道了。

活動辦在法華寺斜方的翻新古料亭。

她來看我，帶束雪松。配上近似滿天星的雪斑花碎，湊近聞，在鼻尖氳著一股蔭綠色的山林氣。

另一個她帶著滿束絹印稀罕名字的花：白觀音薑，舞花薑，商陸；身處主位的大欉繡球，是灼燒的沉紫紅。

精美的攜字卡，薰香小禮，手搖杯。我在簽名合影後，一一答謝。

活動結束後，男孩替我捧花，搖搖晃晃一片凝香團聚身旁。中途餐室歇息時，他拍拍我：「裡面有束花，跟你寫的一樣。」男孩說時我不解回望。「少了雄蕊的花，特別長壽。」他獨引書中句。

「開在一朵香水百合上，要我幫你摘下雄蕊嗎？」這是我近年聽過最浪漫的話。

前日聯合活動卻是不同光景：幾名作者排坐簽書，一舊同窗並未帶上我的書（我並不介意），但他刻意在我面前停留許久，對過眼後，轉身將書遞給我身旁作者簽名（倏地憶及他曾私下批評過我的作品）。

另名舊同窗在閒散時，於眾人面前大聲使喚我（而她並未購買任何人的著作）。轉發照片於臉書當下，一名網友在底下留言，預祝我父親節快樂（而我恰巧剛出了受父親童年家暴的散文集）。

將花安妥於公寓花瓶裡。滑手機看到 Paul McCarthy 名為《面具》的系列作品：宰豬或夏季男子卵囊袋般肥皺的醜臉頭套。人性。

幸好美感，及時的幽默與愛，能將生活積累的刺疙瘩消融殆盡。

八月十九日

國小開始接觸神祕學，那時流行生日書，我抽出二月七號，記起幸運石紫水晶與同日生的狄更斯。某幾期《星少女》附贈臺灣漫畫家繪塔羅，我沿線撕下，放紅絨布袋裡養著，躲在臥室用時間流或六芒星牌陣解題。

阻止打嗝，得以銀湯匙舀三勺白糖輕含於口。此外，其餘的戀愛白魔法皆已遺忘。

成為佛教徒後，有聞藏傳者能以落葉知運。這些點滴，讓我成為生活徵兆的敏感者。

穿新皮鞋背新皮包時總下雨。若看電影對方挑鹹味爆米花兩人必然不合。在特定幾間電影院約會往往不歡而散。穿某幾件衣服外出時總遇怪事。

男孩同我共赴特映會，地點恰是約會偶有壞結果的電影院。

須找出破解之法，我想。

當日，我踢 Maison Margiela 金漆球鞋。購入後使用不超過五次的稀罕品，並非不捨，而是穿出門，身邊總會勾搭些黏糊糊的氣體與抽象物事。穿歹鞋往歹地赴約，負負相抵，我如此冀望。

「鞋很可愛。」影廳裡，男孩見我無心翹起的腳，說。

「很少穿它呢。」我回。

「還記得你上禮拜穿了鹿趾鞋。」他說：「你今天全身打扮，巧思皆是拉鍊，好特別。」

我慌忙低頭檢查。原來這件 Гоша Рубчинский 左袖口縫袋備拉鍊（短褲有銀拉鍊車邊，鞋子金屬拉鍊被我敞至最底）。但倏忽聞到這毛巾布底的上衣，混著前次酒吧沾染的淡菸，啤酒，隔夜香水與汗褪。像嗅著三十多年的泛黃二手書，我感到難為情（幸好人們仍戴口罩）。

沒牽手，男孩未載我回家。我的長皮夾遺落在打烊的影廳。

徵兆穩牢難破。

幸有書寫。於我，每寫下一件事，就像封印一件物體。

我以書寫頑抗命運。

八月二十六日

應獨立書店之邀，週末東訪。

湛藍天白雲絮，筆直的沿海公路，棕櫚炎熱，無人的小型多岩供應場。

入花蓮總以十年為計。包夾高中畢旅與此回公事的，是我二十七歲那年與伴侶H的短日行。

H出生釜山，畢業後移居首爾，主修中文，曾在山東作一年交換學生。我們認識時，他說一口流利中文，拿打工度假簽證，在韓團成員於臺北開設的咖啡廳做外場接待。

天橋已拆數年，H租貸處，比鄰的大街尚未嘈雜，窗外蛋殼青的天色濃濃淡淡，我在他刺有「淡泊以明志」的臂彎裡醒轉。倆人趕透早自強號赴東。

從手機查詢地點，轉客運至國家公園。乾泉低鳴，我們走過斷崖鑿洞與昏幽幽的燕子口，再如入京趕考之士，匆匆轉乘客運下山。

「這片海，跟十年前我與H來時不一樣。」太陽被噬前，友人載我至七星潭，腳陷流沙般在礫石灘艱難移動時，我說。奚惘悵而獨悲。

記憶中海天綿延交界，竟橫臥一圍碎石岸。

友人續問那回與H跑了哪些地點。

「當年還未茹素，我帶他吃公正包子。登登繞繞，晚餐後欲按谷歌路線回火車站返北，卻在闃黑少燈的市區迷了路。」我說：「夜市與舊鐵道街被拋得老遠，那兩層樓洋房與暗園組的迷魂陣。」

八月夜晚高溫灼黏，訪酒吧前，友人與我從民宿徒步至夜市。

年邁原民歌手自彈自唱。射氣球彈珠臺，手搖調酒，各式小吃昏花炫眼。「這是東大門？」

我問。

「當時的夜市不是這樣啊。」我焦躁不安道。

隨時間膨脹的城市記憶吃掉了H，而我找不到任何悼亡的足跡。

那是被消失的，我極少的，愛的印記。

——原載於《聯合文學生活誌》網站二〇二二年八月

千面砂

必須是隱晦，富有罪惡感的甜。

趁嬤午睡或夜眠，我躡腳步入她節約少燈的暗廚間。打開有酵素或中藥味的冰箱，慢慢將手探向盛裝邪慾的潘朵拉盒。

暗藻綠與薄荷青切割分明的底色，中間緞帶纏飾WS相疊縮寫英文行號。基隆產的維生方糖。

掀盒，抽起不鏽鋼鉗，以執行化學實驗的慎小謹微，拾起冰晶般的纖弱。先以舌尖輕舔角尖，待唾液嘴湿洳軟方冰癱雪，雪行於水，趁一切坍塌崩壞成汁前，鬆鉗，讓團團屑屑墜入喉間。

在堆擠著和風洋菓，榮華奇華半島酒店糕點的嬤家廚間，幼時的我獨鍾這原始，直觀而粗暴之物。

胡蠅貪甜。嬤逮到鬼祟食糖的我時，總以臺語叨唸。

著魔如我，常獨坐嬤家客廳邊看港片，邊擁整盒維生如蟻囓舔。

如水千形百媚，方糖由蔗成砂，再塑體成方。不同時空的我眷戀不同形式的甜。高中加入熱舞社，擔任新爵士的指導老師是有濱崎步澀谷辣妹感的年輕女子。某回社課後，我們廝混於校對面的麥當勞。

她扯開砂糖包，將冰霰緩灑穠稠番茄醬間，再以長薯摻混數回，要我試吃。我怪叫抵抗，最終屈服，並驚豔砂糖能喚醒工業生產後逝去的果物鮮。於是開啟了我混搭的甜牙史。

番茄醬加白砂糖。薯條單沾聖代。

大學依舊嗜糖如命。黎明前，離開打烊夜店，拖著半醉半醒的身子晃進仁愛路或信義區的NY Bagel。

點早午餐，選可續杯的碳酸飲料。

我若無其事地撕開砂糖，一股腦傾入。友人們訝然而視。

我總笑言：砂糖陷入新鮮氣泡的可樂裡，喝著，會有吃跳跳糖的錯覺。太瘋狂了，他們說。

然而輕狂純屬少年。維生方糖停產，NY Bagel 歇業。

中年軀體經不住濃甜罪愆。唯有以字煉糖千遍，麻痺舌尖。

——原載於《聯合文學》二〇二三年四月號

翻譯者的孤獨經濟

1

兵役甫結束的日子，浮晃，蕩漾，懸而未果。

許因軍旅或身處公務機關甚久，手擒退伍令後，心欲延展長長的無事與倦懶，權充歐美時興gap year，那多重制度傾軋間的息止音。

每日午時醒，自居處食畢，我乘捷運巴士散策城東。步上敦化林蔭道旁，那鎮日營業的複合式書店。先於地下美食街買杯手搖飲，再徐徐登堂二樓圖書部內裡。

當代華文創作區。抽書，隨機似地，有時單憑書名與直覺。席地坐，將背妥實緊靠數人雙抱未能圈的白漆圓牆。我任神識遊走老眷村，古都，與世紀末頂樓滿懸芳草的女巫居。

不急於投遞履歷或打開104人力網，LinkedIn。於戲院來回擺渡，追趕新院線歐陸藝文片。偶逢親友公事需俄語書信翻譯，我才打開電腦，慨慨敲上幾行字。但凡熟識品項，譯函僅須將官樣文，複現的產品，零件名，機械式改成雙語爾爾。那由海關，貨櫃，進出港口牽連起的貿易網絡，彷彿於我無涉。「別同錢過意不去。」工時，腦中常現當年大學導師的叮囑。她總盼我畢業後能順遂考過高普考，事外交。倘不，出國深造後返校執鞭。

但我任憑日子浮晃，蕩漾。

週末常邀大學摯友聚。畢業後的他們紛職金融，外商或國內自有品牌，揹上公關，業務或理財專員頭銜。我們如習，在新開的極簡風沙發音樂酒吧啜色豔豔的試管酒，或於後現代工業風餐廚啖歐亞混種料理，好續學生時期光陰。但友人們唸叨的，皆是我急欲逃避，關乎工作的大小事體：某項計畫研擬，刁鑽的客戶上司企業文化。

插不上話，過往的機智與幽默，顯得一無是處。而他們眼裡，我也活成一名好高騖遠，不事生產的虛無者。但留學返國，後經兵役，相較於實務歷練，我更急於釐清許多本質，關乎生命：我是誰，將如何定義情愛，道德與自我價值，云云。

含鎖諸友口中欲語未言的，該是我憑小康家境，有恃無恐探索哲思，已屬階級原罪。所以我疏遠，淡漠舊人際，將自身放逐到更遠更深之地。

滑開手機交友軟體，以尺為量距串起的夜宇圖。天溷，流火，蒭藁，積屍。我從渾沌虛空中撈捕那熠熠而爍，與我同有特殊氣息的星絜。我們約會，情愛，擦撞燃爆後離去，如斯安好。

一日，接獲來自大學系辦的電子郵件。熟悉的助教捎了信，附上連結，詢問我是否有意願，替某間國產企業擔任即席口譯。或許仍想與同儕證明什麼，或對貿易實戰有所好奇。躊躇數日，我傳了封簡短訊息以表意願。

2

城中央，一棟離捷運站出口數步距離的舊式大廈二樓。熾白過曝的燈光，蜂格狀切割工整，擠促的開放式個人單位，老舊，堆滿文書資料的灰鋁櫃。我在忙亂人群中，覓得承辦人艾琳娜。艾琳娜與我同年，德文系畢業，職場所稱即為當年的德文名。一米七高，挑染松金色，極富空氣感的及肩中長髮，俐落合身套裝。眼前膚況白，丹鳳眼，底妝精緻，挾剛硬底氣的女子，在整群中年男子滿盈的環境悠然自若。我想，定是名非可小覷的人物。

該公司為少數產高功率工業用電池主，自擁中游工廠，產品外銷。此回俄國四間不同產業的客戶將於兩星期後訪臺，南下參觀，預計停留一週半，而我主要任務，即隨行口譯。艾琳娜如斯解釋。

非按小時改以日計費，車馬帳另報公銷。敲定薪資後，沒擬合同，便算談妥工作。

臨走前，為搜集前置資料，我問艾琳娜可否予我幾份商品目錄，過往參展簡報。許是擔憂遺洩know how，艾琳娜蹙眉，思索些許，提議我參考公司網站即可。

「兩週後見，我隨行負責雜事，我倆將形影不離。」送我進電梯前，艾琳娜揮手笑道。

返家點開互聯網，滑開頁面，依索引逐條細檢，僅有公司草創史，部分產品按規格大小區分照片，與極少關於放電特性，電壓，浮充壽命等標示。將陌生的詞彙記下，轉譯，花不到兩小時功，稀少線索令人惴惴不安，莫可奈何。

艾琳娜又是貼心的。

兩週後收到行前簡訊，要我同大夥在下榻飯店大廳碰面方可，她與司機將自行至航廈接機。

臺北夜沉，繁燈啟，光迷離。我依約站在新開不久的鬧區飯店大廳，暗色調裝潢，大理石地，空氣中飄著茫茫木質調擴香劑。緊靠大盆侷促高聳花飾，眼神時時眺向茶色落地窗，終於艾琳娜偕客而至。

四名著休閒服標準款俄羅斯中年男子：高䠷魁梧，光頭，肚腹圓潤，雪色無雀斑肌膚冷皙。我上前自我介紹。其中個頭最高，談興最甚的是尤里。年紀較長，戴副細框銀邊眼鏡的凡尼亞語氣溫吞，予人一種歐美能尋，某些熟愛東方，穿馬褂搜玉墜，勤練太極的老儒士型。雖屬不同公司，尤里與凡尼亞常於海外商展碰頭，且都來自莫斯科，已屬舊識。另兩名寡言男子皆為新西伯利亞人，神色冷漠。我想，或經幾日相處，此時的緊繃感該如春雪自融。

艾琳娜同櫃臺辦理入宿登記後，將房卡轉交四人。安排妥當後，她以英文簡單道晚安，好讓來客盡早休息，以調時差。

我倆往旁側暫憩的鋼琴酒吧空位坐下。艾琳娜從公事包中抽出行程表。頭兩日讓客戶補足元氣，排市區與臨鎮導覽。後下臺南住一宿，翌日參觀數家工廠後返北。週末自由行。末兩日亦預留作觀光。

我有些納悶。工作內容與想像有所出入。但改念思忖，擔慮的工廠行程僅餘一天半，心中大石方落。艾琳娜抄下公司統一編號後，囑我打車回家早些梳洗。

3

「能學以致用挺好的。」翌日一早，艾琳娜在公司租貸的保母車上同我說。

「待德國客戶來，公司該多付妳一筆翻譯費。」我打趣道。

「德語早丟了，行旅各國還是英語方便。」艾琳娜該是以她道地英國腔為傲。

四名俄國男子鼻尖掂著大太陽眼鏡，晃著顫巍巍的肚腩上車了。他們熱切討論凡尼亞一早率眾嚐鮮的中式豆漿店，對此回味不已。我閉眼，吸氣舉臂，用食指無名指兩指尖揉按雙側太陽穴。私人儀式後，我啟唇發音，掏空自己，讓那些有意與無謂的話語，在兩種語境間找尋對應軌跡後，傳遞。艾琳娜聽畢，滿臉笑，應允這次要替他們多改訂中式餐廳。

驅車直駛入山，道途蜿蜒，越趨高處，越是淡霧飄渺。

原住民博物館小而雅。三層樓建物，包攬織藝，獵器，工藝品，建築等諸多展覽別。文化詞彙乃守備範圍，我不假思索地將顏色，圖騰，祖靈與神獸化為湮遠北國的能指與所指。凡尼亞聽得津津有味，尤里與另兩名男子則心不在焉地隨意繞行。

賞完豐年舞，艾琳娜為貫徹主題，訂了不遠處的傳統餐廳。

馬告排骨湯，打那雞，山豬肉刈包，過貓龍葵昭和草。但最能引起北國男子興致的，莫過於小米酒。

酒精濃度不高的小米酒，對北國人而言不啻於市售軟性飲品。席間，眾人高嚷無酒不歡，艾琳娜焦急地查尋谷歌該往何地添酒時，兩名新西伯利亞男子已從隨身背包各抽出一支伏特加。

「До дна。見杯底。」眾人齊聲道。

小杯斟滿，仰頭單飲，杯底不可飼金魚。喝酒對俄國人而言，飲或不飲意味尊重或失禮。若佯稱易醉，僅淺口輕酌分次飲，亦無義氣。要交朋友，談心，論正事，必將瓊漿猛勢導入灼燒喉際。

我本不勝酒力，前灌小米酒，後澆伏特加，工作不及半日業已頗暖旋暈，太陽穴噗通噗通嗚，血液裡像埋藏一尾迅速移位，隨樂音胡抖亂竄的野蟒陰陰。

「身為翻譯，得保持清醒。不能再喝了。」又一杯斟滿透明液體的玻璃杯轉至面前時，我半睜著迷醉的眼睛說。

「見杯底。見杯底。」尤里將他粗大的手掌，如擊戰鼓一下下重擊桌面。兩名新西伯利亞人在旁樂得高聲吆嗚。

我轉頭試圖向艾琳娜求救，但她對我使了個眼色。

喝吧。飲吧。為了訂單，為了所謂的業績與跨國情誼。

我飄飄然隨眾人離開餐廳，恍若騰雲雙腳離地飄移。艾琳娜酒量佳，提議逛至遠處觀幽幽山澗瀑景。我艱難地攀爬階梯，強忍嘔意，一心祈禱沒有任何嗷嗷待哺的陌生話語。

4

頂著因宿醉瞶腫的神識，戴上亞曼尼霧黑粗框鏡好遮眼底倦瑕，翌日透早，我強撐笑意，續攜眾人參訪。

待客戶有侍虎順毛撫之理。下交流道後，艾琳娜隨谷歌指示，再引司機至酒廠。尤里對眼前古銅色長島型蒸餾裝備豪無興致，拉著凡尼亞加緊腳步，越延綿數尺的雪莉桶儲藏間與中庭，至一仿歐美莊園建築。偌大開放型空間，展示自釀威士忌與琴酒。

泥煤味好，還是果香蜂蜜？煙燻還是花香？

將細瑣的話語逐一吞嚥，反芻。我訝異艾琳娜總能誠摯地給予意見，並不厭其煩囑我再三詢問店員，好滿足來客好奇。

眾人提拎大包小包戰利品上車。原以為將回公司商擬隔日工廠行程，怎料保母車反向滑行，將我們帶入同鎮傳統藝術中心。

身分錯亂我心微惱，此趟任務非翻譯，非導遊，倒成了活伴遊。但自知不若往昔受僱於俄國機構能任性妄為，此回在臺灣公司麾下，必得複製，呈現出某些外人所期待的臺灣感。那許是來自亞熱帶的熱情，善解人意與貼心。賞園間，除了翻譯芝麻綠豆般的渺渺雜疑，更得故作柔順地，在適宜時間點提問：腳痠咱稍歇息？涼處喝茶？聽雨軒急需？云云。

紅磚樓，滿燈籠，堆灰剪黏交趾陶。

園區內有清末，日治與二戰後所造的舉人宅，廣孝堂與文昌祠。但隨處可見的，是仿傳統閩南建築。偽舊鋪裡堆積竹編器，香包，針黹縫偶，陀螺等紀念品。角落尚有吹糖人，捏麵團等移動車攤。我想，是了，濃縮後的臺灣，併加前日原住民博物館之行，即是他者欲嘗我族風情時的隨身體驗包。一個捏塑的，層疊複抹懷舊濾鏡，與現實有所色差的臺灣。簡化的想像共同體。

陪凡尼亞在小鋪內仔細挑揀好送妻女的紀念品，我更身兼討價還價之責。艾琳娜與另三名客戶遙坐遠方憩椅談天，並用隨身塑膠杯啜著甫自酒廠購得的威士忌。或許商業參訪終究只是耗費他方資源，實享個人逸樂。

如此自省，是先前涉世未深的我，太較真了。

5

「下午工廠參訪併明日進行，我們想早點check in。」南下是日，同新西伯利亞男子們對過眼色，尤里要我對艾琳娜說。

「與廠房約好了，而且與其他地點並不順路……」她面有難色，囁嚅道。

尤里把架在光頭上的太陽眼鏡往鼻尖一拖，雙手抱胸，把頭半枕於舒眠墊假寐。凡尼亞與旁人各自攤開筆電、英文報紙故作忙碌。艾琳娜嘴角微微抽動，掏出手機更改行程。

城內東區連鎖酒店，雖為五星級，內裡裝潢卻暈黃微舊，透股寒磣氣。艾琳娜興沖沖打分機，吆喝眾人大廳集合。我準時現身，同艾琳娜左等右等苦不見人影。最後尤里訕訕而來，艾琳娜已備妥老城參訪路線，尤里卻擺擺手，說一直逛觀光景點沒多大意思，他們寧願自由走動，各自休息。

「只是有件事，要特請艾琳娜安排。」他對我投以神祕微笑。

「所託何事？」我問。

「我們此行想要體驗一下『特殊服務』。」尤里瞇眼道。

「『特殊』是指？」

「男人都有需求嘛。我們想嘗些『在地的』，活色生香的體驗。」尤里將肥壯臂膀撞我孱弱纖肢。聞及翻譯，艾琳娜瞬間垮眉。她試圖壓穩顫抖聲音，要我轉述，將託人打理行程。

晚膳後，艾琳娜打電話要我下樓。

抵大廳，四名俄國男子已至。艾琳娜將我拉到一旁，說透過司機大哥關係，終尋及市區按摩店，按摩師清一色女性，有全身指油壓，但並無情色服務。她更要我轉告尤里已盡力，人生地不熟苦覓無門，已是能做的最大極限。

尤里聽了失望地嘆了氣，隨後聳肩，示意男子們上車。

當我正打算踅回房時，艾琳娜一把拉住我：「你必須同行。」

所謂的全球化，也意味俯拾即是的二手情懷，那早無班雅明的原古靈光，與發源地徹底脫鉤的後工業時代樣板複製品。我們抵達一獨棟建物，入內，參差堆擺的石像佛雕與龐雜峇里島風藤編，竹工家具。近入口的大水缸，清水注，上頭漂浮大朵大朵雞蛋花。櫃臺旁站著五名中年女子，領班說任君自選。四名俄國客左審右端良久，才由挑定的按摩師傅相偕上樓。餘下一名蒼老，帶股怨懟神色的矮小女士瞪著我。

「你也快上樓吧，替你們付了一百二十分鐘的課程費。」艾琳娜說。

「我可以跟妳一齊等。」

艾琳娜無力地搖搖手，推開玻璃門後，朝停車場方向走。

老女士領我至二樓包廂。她在床沿丟下浴袍，和一份與仕女浴帽無異的透薄紙內褲。她面無表情地要我先行盥洗，更衣後，面朝洞口趴俯按摩床上。我不安地穿著可笑，帶皺摺捲邊的半透明粉色紙內褲，頭裹蒸熱浴巾，待宰家畜般平癱。老女士有仇似地，將力道集匯雙肘，再狠狠朝我全身經絡鑽壓揉轉。「可否輕些？」無福消受的我百般懇求。老女士卻按得更起勁，加深力道，更以尖削未剪的指甲戳疼我背數處。「好些地方都有凸隆的氣結，不用力整，怎整得開。」她責難語。

「舒服嗎？」見我狼狽地從按摩店歪斜而出，艾琳娜帶著詭異的笑，詢問。

「全身幾處散了似的，痛的。」我嘆。

艾琳娜睜瞪那雙，擦拭具加長功效墨黑睫毛液下，那細裹亮粉霧灰眼影底，澄澈無比的大眼睛。眨巴眨巴，自上而下打量我。

「公費款待，很不錯了。」艾琳娜說。

6

往官田之路迢，兩旁所見滿是鬱鬱稻梗田庄院，南都夏豔，暑氣蒸騰，路樹水泥道旁，常泊幾輛小發財車摩托車，幾名戴斗笠，纏袖套，遮陽蒙面身著客家碎花衣褲的婦女們，賣著當季文旦與剛出爐的鮮菱角。異地男子們將額頭貼緊車窗，好奇觀賞著。

連訪數座工廠，我感疲憊，挫折。

頭幾間主產小型零件的廠房簡陋，廣大挑高鐵皮棚下，許多打赤膊，圍汗巾，拖拉各式粗重器具的黑實男子來回巡梭。我們被領進二樓小隔間，透窗瞰，底下動態一覽無遺。廠長們叼菸，命我同客戶解釋自家產品如何異秀，如何自競爭品牌中脫穎而出。他們臉不紅氣不喘地吹捧，我負責將傲慢字詞婉轉翻譯，但尤里與凡尼亞心不在焉頻打呵欠。

入電鍍廠，廠長安排技術人員講解。該廠非僅接單電池相關物，諸多高低各異的亮苔綠掛竿，鏤空貨架上，垂放各式器具：重型機車把手，側保桿，遮光罩，麥克風等雜物紛呈。內裡作坊高有懸軌，下置滾池，從底處飄來陣陣濃稠酸蝕氣，諸多物事浸泡其中。

電解金，鎳，銀，錫。硬金軟金，閃光增稠。光面半光面啞光，韌銅壓鑄鋁不鏽鋼。可伐合金三元合金。

無數陌生詞彙，如雨季雲狀盤旋的大水蟻群迎面而襲。泰半字眼連英文名都識不得。解說員口沫橫飛，兩名新西伯利亞男子緊盯流程，轉頭看見我吞吞吐吐貌，便走開了。

「將兩種，相異的材質，相混，交融。酸的液體。成物的厚度，相對薄。」我試圖以極簡語求生，擦去化學專有名，將繁瑣步驟簡略復簡略。凡尼亞站我身旁仔細聆聽，沉吟半晌後轉頭，用完整語彙同尤里講解。我伺機捉捕自他口中解封的對應詞，將之填入進先前的空缺席。

艾琳娜饒富興味地望著我，嘴抿抹笑。我開始懷疑初會晤時，她拒絕提供資料的動機，我想，她可能等著考驗我的專業能力，抑或，單純想見我出糗。

強酸氣久聞令人疲。結束參訪，眾人圍聚廠房旁側空地邊的涼椅抽菸。我鐵青臉，泫然欲泣，踱至另邊不語。凡尼亞暖笑朝我走來，拍拍肩說：「別放心上，專業用語本就不容易。」

7

北返後的閒賦週末時光，報復性消費。

胡亂在保羅史密斯專櫃，抽幾件標籤輕微折扣的季末襯衫，粉橘乳黃，薄荷綠繁花滿開，一掃出差後的悒悶與不愉快。在侯布雄開設的午茶沙龍，飲鐵壺沖氳的五點鐘混種錫蘭紅茶，啖數只精細雕工如珠寶飾品，綴細花瓣，金箔小糖霜的招牌糕點。

夜晚，在租貸兩三小時的設計師行旅，擁抱炙熱的夜間發光體，讓慾望如流星過境。待對方離去，再獨步至街角酒吧點杯馬丁尼。

擲大把金，決絕地，帶著紋風不動的情緒，何其快意。

不禁想及，我根本不缺差事糊口。撐完餘剩幾天，無須再看臉色，受窩囊氣。階級優勢予我些許撫慰。

俄國客戶離臺前一晚，公司總經理設宴於百餘樓高的商辦中心，高級臺菜館隱於雲深不知處。我們被領至包廂，座位旁落地窗下，是璀璨的夜景迷離。總經理未到，艾琳娜按各人喜好，同服務員訂下個人套餐佐葡萄酒 pairing。

上頭幾道前菜時，眾人有一搭沒一搭地聊著。我暗忖待總經理來時，必連飲，遂動箸挑揀扎實感重的食材穩胃強脾，好緩醉意。

「你別只顧著吃。」艾琳娜斜乜著我說。

我錯愕無語，放下手中筷，別開頭，啞然對著凡尼亞與尤里笑。「吃啊吃啊。」尤里晃著手中的夏多尼酒說。我客氣點頭，為自己添幾口茶後，方回：「沒特別餓，請先用餐。」艾琳娜低頭擺動調羹，未看我一眼。上主菜前總經理滿懷歉意入席，稱被會議耽擱許久。他用小玻璃杯倒滿三份伏特加，一飲而盡，權充賠罪。

「好傢伙，好傢伙。」兩名新西伯利亞人讚譽不絕。

觥籌未歇，眾人微醺歡語。尤里喘醚氣，拍我肩，再指指總經理，好作傳話：「這回行程相當充實，不枉此行。只是長途跋涉至此，尚有件事相當可惜。」我客氣地對總經理說。

「究竟何事？」總經理霎時正色問。

「我們拋家棄子來到臺北，卻沒體驗到在地的『正統臺式服務』呢。」

8

保母車馳聘夜街，載著醺暖而熟的人們。車停鬧區十字路口。三角窗位置矗立一棟年老高樓。

土褐色細馬賽克壁磚飽經風雨，早已灰朽不堪。一樓是平價連鎖服飾店，其上為：醫美診所，瘦身機構，廉價旅館，語文短期補習班與住戶龍蛇雜處。夜深，旁側電梯入口前亮起一盞移動桌燈，白底紅漆寫著泊車服務。兩名惡煞手持對講機坐鎮。

我們跌跌撞撞在路旁乾等，艾琳娜好不容易聯絡上大學同窗，央求來此消費過的先行者陪我們走一遭。

艾琳娜的同窗與圍事打過招呼。一行人暈陶陶乘梯。上樓門啟，恍若跌進Van Cleef & Arpels隱密式鑲嵌的鑽石混祖母綠珠寶底。我被碎光刺得睜不開眼。地板，牆壁，天花板遍鋪黏貼細密的欖尖形與菱形鏡。鏡沿交界與室內彎道角落投以綠雷射燈與迪斯可炫光。人影，肢體被切割，被多重顛倒，被放大縮小等身成像，渺如齏粉散落星際。方向感盡失，無重力，時間亦被抽離，我們只能一人拉一人緩隨服務員入包廂。

純白髹漆牆，闃黑小牛皮L型沙發，寬敞液晶銀幕。宛若尋常唱歌包廂的長方室，渲染上淡螢光LED燈，立即予人置經典片《二〇〇一太空漫遊》（*2001: a space Odyssey*）裡的太空艙科幻氛圍。

點過酒水與小菜，男幹部率鶯鶯燕燕數名年輕女孩而入。她們流轉秋波，嫩笑倩。身穿極短，剪裁暴露的緊身小禮服，透明高跟鞋，青山黛眉煙燻眼，修整成杏仁片形的指尖搽抹果凍色指甲油。各味甜香彼此擁擠。

幹部替我們每人各安排一名女孩陪坐。

艾琳娜忙不迭地揮手婉謝。上了年紀的男領班笑吟吟道：「來者是客，皆須被好好款待。」艾琳娜閉眼，不好意思地將頭撇至牆角，試圖避開面前女孩的視線。

一名略顯惆悵，神情憔悴，挑染乾稻草色的長直髮女子坐我身邊。

「我叫樂芙。英文Love，請多指教。」她客氣地，以粗啞菸酒嗓，強撐起娃娃音自我介紹。

左手按穩遊走暴露邊緣的裙襬，右手扶拉波濤漲，垂涎欲墜的低胸領，女孩們紛紛入座。她們體恤地以短鉗夾起熱手巾，再轉身舀冰，斟酒，再蘭指高翹，舉臂，將輕刺牙籤吻上的果物伸至旁者嘴沿。俄國男子們神色陶醉。此時沙發另端的艾琳娜同窗朝我招手，示意我移步身旁。

「要請你同俄國客戶交代，與制服店，便服店相異，這裡是全臺北消費最貴，也最高級的三家禮服店之一。小姐們姿色絕頂，服務一流，但不包含性交易。」他於我耳邊竊聲語。

「若客人真想發生性關係？」我問。

「要先『框』下小姐，小框四小時，大框至是日下工，之後可點『外全』，也就是帶出場。」

「『外全』即意味性行為？」

「非也，大多數客人食宵夜後會送小姐回家，至於性行為，還得看她們個人意願。」他如斯解釋。我則趁敬酒時，將這些繁瑣規矩轉述予尤里知。

9

十分鐘後，大風吹。

小姐們紛紛起身換座。離去前，樂芙倏地抓緊我手，以戴上變色瞳孔放大片，瑩亮帶淚的雙眼深瞅而問：「你可以留我嗎？」

我困惑回探樂芙所指為何。

「小姐跟每位客人相處十分鐘，若談得愉快，可再指定，留下一節十分鐘時間。」她略顯慌忙快速交代。

我開口允諾，樂芙激動地緊摟我肩，我倏忽不自在混身打顫。「謝謝。謝謝。」她邊說，邊替自己倒了好大一杯威士忌。聽聞講解，原來，小姐被指名留一節二節，即成坐檯。禮服店每名小姐單日業績底線三檯，若未達標，麻煩。「二十八歲在這圈子算化石級別，新來者常是剛成年，未滿二十歲的美眉們，好競爭。」自嘲年老色衰的樂芙同我自首，已多日未達基本業績，徹夜誠惶誠恐。我在旁啜酒，搗頭附和。

「店裡最紅的小姐是哪位？」為免尷尬，我隨口試探。

「最紅的小姐平常不入店，早被業主包養了。」樂芙道。

「在這好賺嗎？」

「基本薪資十多萬，若被包養，每月約三十萬以上。」

「挺驚人。」

「日夜顛倒，酒精毀肝摧腎。許多女孩應徵上，在這打滾兩三年，賺飽私囊後拿皮肉錢作資金，從事美甲沙龍，網路商城，韓流，歐洲工廠直線批貨等新事業。」樂芙不避嫌地侃侃而論。

入廂半小時後，燈光驟暗。

前方液晶螢幕頓時投放色彩繽紛的經典粵式電子舞音MV，生猛節拍自旁側音響傾瀉。「秀舞了。」小姐們歡快地擊掌，挺脊起身，齊聲嬌喊。

樂芙迅速，老練地提臀叉腳，騎坐在我緊闔如蚌的大腿上。她且將雙手，如章爪藤壺纏繞我頸。樂芙將臉湊上，額貼額，鼻覆鼻。我猛地撇頭，只見昏昧室內，盤坐男子身上的女孩們，扭腰晃乳，款款軟軟，如烏參若珊瑚。她們隨次第狂亂，喧騰的節奏，以指尖緩撩肩帶輕褪裙。

音樂震耳欲聾，我趁樂芙卸罩前，朝她耳邊低喊：「可以不要脫嗎？」樂芙停止動作，不解地望著我。

「非好女色之人也。」我害臊道。

樂芙獃愣數秒，掩嘴狂笑，喉音粗嘎，若暗室刨木。她饒富興味地，憑藉熹微光源打量我，隨後滿意地搖頭晃腦。

「可以不要脫嗎？」我再三懇求。樂芙輕嘆，頹傾身子，縮胸凹背，一團凝脂白肉淺囤腰際。「若不秀舞，會被上頭罵的。」她仰首斜視，我朝那方眺，只見一只慢慢擺動的室內監視器，高懸沙發轉角上端。

「脫吧，但可否稍微拉開些距離，敷衍即可。」我提議。

樂芙慢慢將身體挪遠，半坐我雙膝間，她褪下粉色褻衣，露出渾實胸脯。兩只金烏灼灼焚燒，身為夜行之子的我，自覺成了伊卡洛斯，希臘神話裡肩負蠟製羽翼撞日，毳毛融後身墜海的愁傷神祇。我試圖轉移注意力，環視四周，女孩們袒裸胸乳，近身貼著男子們纖纖而舞。那是更甚於逮至堯之時，十日並出，焦禾稼，殺草木，而民無所食之景。鑿齒，九嬰，大風，猰貐。我極力半瞇雙眼，餘光掃見獨坐門邊，縮首捧腹，瑟瑟顫抖的艾琳娜。一名強勢職場女子，身處販賣自身性別想像地，親睹同儕媚行豔語，想必極其為難。但憶及近日點滴，我滿懷喜悅地，欣賞眼前風景，那平日高傲之人，如今瑟縮一隅，觳觫抖顫如聞雷而驚的無助幼獸。

樂停，燈亮。女孩們起身，梳整略微凌亂的髮，穿戴整齊。只見坐我身旁，平日待人客氣，愛家形象的凡尼亞，仍將毛茸大掌，緊覆女孩雙乳上。旁人貌似漠然，延續先前話題。斟酒，划拳，餵餚。我卻不時將目光飄向他。凡尼亞搓揉半晌，女孩忽然將他雙手反扣於牆。她慢條斯理地抽出凡尼亞緊收褲底的白襯衫，旋開鈕釦，刷地扒開衣裳。金絲遍布的壯實胸膛。女孩將幾綹垂掛額梢的長瀏海攏於耳後，再欠身，吐信，將那柔軟溼潤的舌尖環旋舔舐凡尼亞的粉色乳蒂。

兩名新西伯利亞人夥同尤里狼嗥歡騰，掌哨聲不斷。我緋紅臉，心狂亂。艾琳娜不見蹤影，其同窗已醉倒，垂瘓沙發邊際。

「妳為何這樣做？」待女孩停止動作，自桌上抽取紙巾拭唇之際，我問。

「比起被色瞇瞇地侵犯，我寧願主動出擊。」她看了樂芙與我一眼，面無表情訴說叢林生存法則。

10

寅時已過，矗混酒精沉沉滲透每人血液。

尤里與被他「大框」的女子狀似甚密，如膠似漆。「幫忙問問，這攤結束後，可不可『外全』。」濃烈酒氣不斷自他口中飄散。我將女孩帶至門邊，好詢問意願。

「外全沒問題的。」她說。

「但依我們客戶原意，應該不僅止於共食夜宵。」尤里見我同她談涉未果，隔著距離大聲嚷道：「快問她能不能被我幹。」我滿懷歉意，低聲下氣地轉達語句。女孩面對這態度，遂耷拉下臉色，沒好氣道：「一定要做嗎？」「一定。」我說。

「就跟他說我月事來潮吧。下班後想直接回家歇息。」思索數秒後，女孩如斯決定。

月事來不礙事的。跟她說。跟她說。尤里隨後噴濺的激動字詞，被酒意攪混，離析，我的耳膜將殘渣主動過濾。極倦，欲吐未吐，許是酒精善於放大情緒，我倏地悲從中來。申請公費遊學莫斯科，取得同齡人前所未及的檢定證照回國，我那昔日讀誦普希金原文詩，鑽研杜斯妥也夫斯基歪斜心理，能溯教會斯拉夫語字根的俄文程度，如今唯一用武之地，竟是做兩造性交易的溝通媒介。我覺得卑微。非常，非常地卑微。

景色亦被酒意攪混，離析。無力睜開眼睛。

回過神時，已是翌日正午，太陽自窗邊直射而入。我艱難地將身子支起，頭痛欲裂。手機嗚咽作響，我滑開簡訊，是艾琳娜傳來的通知，下午她同司機送俄國客戶搭機，要我今日多做休息。她跟我說，原先談妥的薪資，昨晚已用信封袋裝好，放在我的隨身公事包底。我捱著床頭書桌拆開，攤平四萬多臺幣，紫藍紙鈔隨風盪如夜海晃移。一週半時間，所賺超過多數同齡友人單月薪。

毫無得意。只覺自己像個被用爛，丟棄的耗費品，迷途於網絡人際。

浮晃，蕩漾。

昨夜的激光，酒素與廉價脂粉香似仍徘徊，流轉。

樂芙躺在我身旁。

我起身，箭步至盥洗室狂嘔。渾身打著冷顫，酸腥液體自鼻翕間低墜。疲抱座桶，面朝下的我，對生命與存在，興起前所未有的徬徨與恐懼。

別父歌

1

我二十三歲時，甫從遼遠北國留學一年返臺。某日母親同我說：「你父親將自洛杉磯返臺滯留兩星期，想會會久未見的你。」

「不要。」我蹙眉回應。

「生作白家人，體內究竟流著他的血液。」母親感嘆說。

「憑什麼我要見他，我不如割腕，讓那骯髒汙穢的血噴湧而盡。」我咆哮狂吼。母親上前擁抱，試圖安撫突如其來的猛烈情緒。

「他這趟是有心特地想同你和解的。」母親柔聲勸。

父親同我的關係向來緊繃。自他罹患急性精神分裂症，同全家族移民至美西，與母簽妥離婚協議後，我們鮮少聯繫。童年家暴翳影徘徊我心。母親變賣兩棟祖產，供父親於加州修畢服裝設計學業。怎料，近年從旁枝遠親口中知曉，彼時父親行反間諜計，雙雙騙欺奶奶與她，佯稱對方抗其志願，好自兩方揩油獲利。領取雙份學費生活費，據稱，父親就學間不曾穿過重複衣裳，他遛新車，課餘時購物壓馬路，長假遠行設宴閨蜜，生活愜意。

在我心底，他是自私可鄙之人。父親獨立就業後，沒付過一毛撫養費。針黹家計不敷時，為擔母憂，我曾致電父親冀求金援。換來的，卻是嘲諷酸語。「錢錢錢，只知道談錢。你母親就這樣教導你嗎？」父親在話筒裡甕聲甕氣道。

2

「他這次自己回來嗎？」我問母親。

「想當然耳，跟賴瑞一起。」她回。

我冷笑一聲。賴瑞是父親的伴侶（據父親語，入美國後他終於能成為「真正的自己」），加州同志婚姻生效當天打算攜手共度此生之人。我與賴瑞打過照面，升高中那年暑假，父親假藉奶奶病危之名，將我與母親拐至洛城探親，實則想讓賴瑞同我相識。猶太裔的賴瑞長父親數歲，高大墩胖，標準西岸休閒打扮，滿臉雀斑皺紋外，堆著虛浮的笑。一米八的父親在他身旁，總嗲聲媚氣撒著嬌，並不時將頭依偎在賴瑞肥厚的肩膀上。賴瑞在市立小學工作，是位特教老師，常伴智力發展遲緩的孩童們。

「有意重修舊好，父親定是步入更年期了。」我對母親說。

「此話怎講？」

「國高中課本，稱男性更年期徵候，為離職後歸巢期，急欲重返家庭另尋重心。女性剛好相反。」

「不知該把你父親類別男性好，還是女性妥當。」

母親的幽默稍緩我先前的緊繃情緒。不忍置她於艱難處境，終應允，趁父親回臺時晤面。

「僅一次。而我拒絕單獨跟他與賴瑞相處。」絞緊眉心，我對母親正色交代。

為活絡場面，母親打算是日晚宴上，約上小舅公與湯姨。

不作聲。只因我從未喜歡過小舅公。倏地憶及，一年前赴莫斯科留學前，母親屬意替我投旅遊險，意外險。彼時，職業百變的小舅公恰任職保險業務，聞此，遂脅母親將保單簽予旗下。會晤地離家近，出門前，我索性搭上運動棉褲夾腳拖。小舅公將摩托車停在我面前。壓印蓋章後，他用眼角餘光打量我，乜見夾腳拖鞋，竟當街斥：「穿這番邦鞋上街，可不丟人？老沒家教。」

小舅公僅年長父親數歲，是父系家族裡，極少數未移民的滯臺者。早些年，老太爺與小舅公同住。母親常於週末攜我至舅公家探訪。老太爺是父族裡我唯一親近對象。他總拄根暗沉色澤木枴杖，從逼仄甬道慢悠晃步至客廳。套件寬鬆素色短袖衫，鐵灰寬腿西褲，老太爺更將那稀疏霜白的髮，一綹綹，仔細用玳瑁梳抹髮油側分定型，好遮蔽禿濯的天靈蓋。

他身上彌散一股鬍後水摻混淡古龍水的香，微笑的彎勾眼深邃沉瑩。「瞧這肥腿。嫩呦。」老太爺會將我一把擁入懷，愛憐地捏我，親我，抱我。

對此，小舅公很是羨嫉。

老太爺年輕時據聞無比嚴厲，斯巴達式持家法，一口令一動作，若忤逆，男女不拘鞭刑掌摑伺候。老太爺往年是名建築師，倜儻多情，背著妻兒在施工地伙房裡勾搭年輕廚女。小舅公是私生子，奶奶的同父異母弟。

小舅公自幼冥頑，青春期後更趨反骨，屢屢頂撞其父。老太爺盛怒下，將他送至沙烏地阿拉伯，眼不見為淨。

小舅公依親於中東巨型營造廠工作近五年。回國後，自家公寓矮櫃上，仍擺幅鍍銀繁花百果相框，裡頭擺放那幀，一望無際沙漠裡，他身著長袖及踝雪白傳統棉袍，頭戴紅白格紋長巾之影。有別其父之雅，小舅公渾身粗獷氣。三分頭，肌壯力博，他且將膚色晒至黑黧，刻意蓄的仁丹鬍濃密莿硬。其雙頰坑疤滿布，毛孔之粗，恍若仍深嵌往昔，自利雅德強襲而至的乾旱沙。

慘遭「流放」，回國後依舊浪子作風的小舅公，卻異常想念中東。復述再復述，味蕾上，那覆著蜜椰棗，無花果乾撞擊駱奶的香。他愛當眾人面炫技冗長抖擻的彈舌音。私下更鍾情搜刮各式皮鍊繩編，或雕工細緻，鑲瑪瑙，光玉髓或綠松石的寬版鍍銀戒。

為標新立異，好些年，他更於家中飼養一尾軀幹爬覆淺橙紋路的白化球蟒。同母親探訪老太爺的週末，小舅公會興沖沖地將寵物自籠裡撈出，任成蛇攀繞，暫棲於桌上的直立裝飾枝椏。並當我的面，投予幼鼠餵哺之。

他曾明示，身為我父族在臺唯一依靠，他得盡責教導，使我成為鐵錚錚的漢子。母親未行體罰。幼園時，小舅公卻持晒衣架粗條棍，將我鞭撻至滿臀血痕。更曾因我於黑魆無人室，久久，並漠視綿延的拍門與啜泣。

3

湯姨亦屬奇人。

她是父親青春時的摯友，亦是父親初出櫃的傾訴對象。任教大學舞蹈系，是名蹚過洋水的現代舞舞者。曾赴紐約贄藝，歸國後許因教務雜忙，湯姨鮮有正式演出。記憶中僅一次，國小時，母親攜我至中山堂類的舊黨國營繕建物的會議廳，看湯姨學生們粉墨登臺。

自幼記憶，她慣留俏麗及耳的微膨短髮，總穿著便於活動的綁腿韻律褲，寬鬆，上頭印 VIVE L'ANARCHIE，F*CK THE PATRIARCHY（無政府萬歲，操蛋父權制）等猩紅油漆龐克風字素色恤。嘴裡，總叨叨絮論獨鍾的編舞家碧娜．鮑許。

近年母親與湯姨較少聯繫。

頭幾回，湯姨熱情邀約我倆至她住處。怎料，每次進門，餐廳裡，那居中而置的中式大圓桌旁，早已烏壓壓擠滿人。在場皆為湯姨教會的姐妹兄弟。逐一親頰問候，簡短自我介紹後，入座，湯姨請大家手牽手，閉眼禱告。隨後，個人依序發言，闡述該週中，偉大的耶和華，如何於微妙不思議之個人困境中顯靈排難。

「那忽焉而開的門，是主的到來。」

「那突如其來的光，必是上帝引信。」

「我有罪，無誠心懺悔，耶和華此週並未降臨。」

有人低頭啜泣，有人落下喜悅的淚。阿們，阿們。他們如是禱告低吟。我與母親沉默孤坐客廳。會後，湯姨總企圖說服母親參加次回團契。「別祭祖拜佛，那是撒旦之術。」她緊拉著母親的手說。

回臺前的初夏，恰逢兩年一度舉行的國際契訶夫劇場節。透過友人引薦，我在劇院擔任中文口譯。除了高給薪，更可任選各表演的高價預留席，縱覽無料演出。那回碧娜·鮑許率「烏帕塔舞蹈劇場團」而來，隨行工作的俄國大姐，問我是否要看一票難求的《熱情馬祖卡》。

思及湯姨，再聯想到父親。

我婉拒了大姐的好意。

4

父親將在臺灣待上兩星期。

母親說，幸好有一整個禮拜，父親將與賴瑞同遊花東。

會是於暗光岩壁間高低飛梭的燕，俯衝，以其短喙銳爪誤戳父眼？疾駛於人車同道，羊腸彎徑的大型遊覽車，迎面撞擊？賞奇岩斷崖時失足？抑或亂石忽落，扣砸上他與賴瑞的腦袋？

我在腦海中，翩翩臆想能省免重逢的各式B級腳本。

母親則為晚宴地點焦頭爛額。選貴的，父親定嫌奢侈。選廉價難食的則有失地主之誼。若選熱鬧餐廳，深憂談話間父親能失態發病掀桌。我主張挑離家遠些的普通中菜館子。「千萬別碰上熟人才好。」我說。

期間，母親分別與小舅公，湯姨見面數回。分頭模擬，商權晚宴事宜，母親更私心，想趁此聚餐湊合他倆。如今，小舅公離了兩次婚，獨自撫養一女（受其嚴酷軍事教育，活成了肥壯的假小子），暫無交往對象。而未出嫁，女權與基督至上的湯姨亦獨守空閨多年。

「別離數十載，如今單身又相逢。是緣。」母親說。

「基督徒不講緣分。」湯姨駁道。

「總談 fate，命運吧？你們輕鬆重新交個朋友，如此亦好。」母親提議。

5

「父親要求在聚餐前單獨見你。」母親說。

「他得寸進尺。」我咬牙回嘴。

「那日他下飛機，入旅館後撥了通電話，講話音調沉鬱鬱的。」

「與我何干？」

「你爺奶接連逝世，他心底難受。同他談談，好嗎？」母親的口吻，近似懇求：「二十多歲年紀，要你原諒他，實屬委屈。但隨年紀增長，該學習柔軟。」

我恨她永遠氾濫的同理心與良知。

父親下榻地，是離家近的福華飯店。從巷口穿出，我沿參天而立，葉蔭連庇的木棉與樟樹直行，走過幾間頂級珠寶店，便是淡褐細磚砌立的福華飯店。年幼時，總覺此地氣派無比，透明電梯，一二樓皆販昂貴舶來品，華美，顏色鮮豔的男女歐洲品牌與鐘錶珠飾。正中央，大廳西式自助餐，植假棕櫚數株，旁側湛藍淺池內，浮托鋼琴一座，晌午與傍晚，樂師腳旁水光漣漪，緩緩於琴鍵上，摁出滴滴答答的潮溼軟音。

下午諸物寂靜。

晃過空無一人的接待處，獨乘手扶梯而上。在炯炙光照與暗影交錯下，眼前的禮品服飾店，與信義區簇新的旅館與購物中心比，顯得蒼老，衰敗。走進約定的轉角美式輕食餐廳，揀一處有窗，能俯瞰街景的隱密雅座。

等待。

父親從遠處朝我走來，他穿卡其色百慕達褲，涼鞋，與刻意將領子豎得堅挺的淡粉色馬球衫。與前次加州行相較，似乎沒那般臃腫。但略禿見皮的後腦勺，浮泡眼袋，塌垂下墜的雙頰與魚尾紋，仍暴露了他的年紀。

他向我擠了個尷尬的笑容後，曲身入座。

我迴避他的眼神，低頭翻菜單。我招手同女侍點選特餐，再加添炸物拼盤，重量杯奶昔與起司蛋糕。我必須用吞嚥進食的嘴來迴避任何可能的發言。沉默是我僅剩的尊嚴。

父親無所適從，呆呆地望著我，隨即提些學業，健康等老話題。我不吭氣，點頭晃腦，偶爾聳肩佯裝一切無有所謂。

他從身旁的側揹深色小羔羊皮公事包中抽出兩疊物事，將之慎重地擺放於我倆間。那是兩大冊家族相簿，邊框塑膠包膜有柴火燒悶過的焦痕，外皮是褪了色，顯髒的廉價淡粉紅澤。

「想談談你爺爺。」他說。

我厭煩地擺擺手：「人死了沒什麼好說的。」

「你必須繼承，並瞭解他的歷史。」

「白家對我而言全是生人。你們沒養過我。」

「讓我們有個嶄新開始，好嗎？以前我搞砸了，真的真的搞砸了。」父親的語調，帶有前所未聞的傷虛。

「我很抱歉。」他低語。

緊繃的氣氛令人窒息。我兀自低頭用餐。窗外，傳來遙遠的車聲與喧嗚。

「這次，我帶著滿心誠意而來。我想彌補，補足多年來你精神，物質上我該付出而未給予的全部。」

我抬頭，冷冷直視他：「你要說什麼，快交代吧。我晚點有約。」

父親攤開那兩本厚重的相簿，裡頭，堆擠擺列尺寸不一的泛黃舊影。全是我未曾見過的臉。

「這是你爺爺，逃離東北前的第一個家。」父親道。

6

關於爺爺，我的記憶相當淡。對他的情感，卻挺複雜。

在家，爺爺一直是個唐突招厭的角色。來自瀋陽的老太爺，嫌滿洲國鄉下出生的爺爺粗鄙。爺爺卻是吉林師範大學音樂系畢業，留日，隨海軍於瀋陽搭機撤退遷臺後，因彼此皆為「單身」的回教徒，遂透過清真寺耆老與阿訇安排，與奶奶成親。

據母親說，爺爺是名盡責主夫，每日天際魚肚亮時便醒，騎腳踏車至市場幫全家挑選三餐備菜。為養活五口人（奶奶父親與兩名伯父），最多同時在十數間學校裡兼任音樂課。他亦是名創作者。若論傳唱度最廣之作，定屬五〇年代，經許常惠介紹，參加中華文藝獎金委員會舉辦愛國歌曲比賽時的首獎作品〈只要我長大〉。賽事終了，得獎曲目受呂泉生賞識而收錄進《新選歌謠》，隨後黨國推動教唱，復被灌錄成三十三轉黑膠曲盤，得以普及。

不久，他擱樂轉任公職，入監察院人事室擔任主任一職。

極少與爺爺有關的記憶。幼園時，一陰灰慘澹的週間午後，母親牽我匆匆過街。走過淺紅磚，薄灰石鏤雕細琢的高瘦鐘塔，圓窗無數。最後我們鑽入巨圓柱陣底，上階，佇候監察院門口，請執勤憲兵朝內通報探親。

我們依指示迷走於挑高迴廊圈。我仰頭側望，只見頂邊，迷魂幾何矩陣中央，嵌著恍如義大利教堂的淡藍繞漆圓穹頂。行進時的窸窣聲，皆被腳底厚絨紅毯抹去。無音。沒有人，像一座真空城堡。

爺爺的單人辦公室偌大，正對那方形書桌，是對擺的幾張低矮老木雕靠背椅。記不清母親為何事探訪，只憶及，爺爺命擔任攝影官的下屬，用公家常見的白底搪瓷松菊長壽杯，替我倆依序斟滿鐵觀音。爺爺的面容已被熱騰的茶煙水氣攪糊了，不復記憶。只印象深色西裝筆挺的他挺高，有仙人般八字粗眉，戴副深色玳瑁粗框鏡。

在家他是一貫沉默。絲毫舉動都能招來奶奶與老太爺嫌。

「你爺爺沒水準。」老太爺總對我叨唸：「吃飯時唏哩呼嚕響，將湯汁噴濺得滿桌滿地，打嗝震天響，野蠻人一樣。」

爺爺倒不介意。我唯一記得的來自他的教導，僅止於那句：「乖孫，人生五大樂事。穿大鞋，坐大車，看大戲，放響屁，到姥姥家去。」

7

父親說，爺爺在美國晚年罹患阿茲海默症，常常出門至鄰近公園舞太極後，便迷路無蹤影，數天過後，才全身泥濘沉傷地被警察帶回家。

千禧年前他執意尋根，特地託人在中國釋出尋親消息。被欺瞞多年的奶奶氣得炸鍋了，險些正式離婚。

「樹老了，落葉根邊。人老了，想回自己的家。」父親如斯轉述爺爺的話。

人找著了，爺爺在千禧年後不辭辛勞與異議，從洛城飛回遼寧錦州與當年遺留在鄉的子女團聚。迎賓花環，鎂光燈，巨型看板高規格接機，當地報紙更以頭版新聞報導榮譽市民歸國尋親記。返美後，爺爺的過身場面亦極戲劇性。他在洛城社區教堂教導聖歌唱詩班練習，高站指揮臺上，撲通一聲，頭後仰倒地。死因腦溢血。

如今這兩本相冊，記載塵封半世紀，失落於海峽彼端的白家歷史。

父親指著照片，逐幀解釋時，眼眶一紅，不禁抽抽搭搭哭了起來。見狀，我心油然生厭。一個女態的父親，一個發瘋的父親，一個失敗透頂的父親。

爺爺的過往，在我耳裡，像齣公式化的九〇後中國歸鄉電影。

卻是更加殘酷。

撤退前，爺爺在遼寧已生有一男一女：白鷲，白鷺。爺爺似乎自有套特殊命名學，他規定從我父之輩起，每隔一代，得依金木水火土五行為部首，取單名。母親曾提醒爺爺金正剋木，他仍堅持己見。

長子白鷲三歲時，爺爺抵臺，一別五十年。太婆為此哭瞎了眼。爺爺那有孕在身的前妻留守東北，只好帶著白鷲與長兩歲的白鷺，一路乞討至錦州。他們的小妹一出生即智力遲緩。如今白鷲在錦州當官了。白鷺家裡開了間包子店。

同性戀。精神分裂。謊言。遲緩兒。背叛。自閉症。偷情。私生。遺棄。父系家族交織層疊的各種身世，無一不是詛咒與業力。

我伸手，疲憊地翻閱桌上相冊，只覺錦州窮鄉僻壤：日軍撤退，國共抗戰後的黑白成像裡，渾身包裹肥厚衣物的人們神情憔悴。他們空張著黑魆雙瞳，站在背景一律是枯枝，殘城，或砲火煙熏後染成骯髒顏色的灰石牆前，遠景，則凹陷著一扇扇撐掛薄布充作簾的大空窗。

我盯著那遲緩兒，我該稱小姑媽的相片。微彎半開的嘴，呆滯眼神，她頭顱側歪，鼻翼與唇沿爬滿蛞蝓足跡似的晶亮痕跡。她眼眶溼溼的，穿破爛烏黑的棉襖，霜雪天，獨佇空蕩蕩的包子店前。我感到巨大，無以名狀的憤怒。

哥哥爸爸真偉大，名譽照我家。為國去打仗，當兵笑哈哈。

我腦中倏地奔響起爺爺的歌。是怎樣冷血之人，能丟下兩名兒女與剛懷孕的妻？白家人。都是這些天殺的白家人害妳。也是同一批，殺千刀的白家人害我。我的心在急撞。我的腦門發燙。我想推開桌上所有餐盤，我想拿起刀叉往左腕狠狠劃去。我想見血，大量，洶湧噴濺的血。我想尖叫。

父親仍抽抽搭搭地哭著。

「你們一家讓我感到無比噁心。」我說。

8

離開福華飯店，我四處遊蕩。從東區走至信義計畫區，再沿基隆路轉彎漫步返家。從血橙餘暉，走至碎星高掛。

腦血管嘣嘣響，太陽穴發疼，我打嗝不止，間或乾嘔胃疼。埋葬記憶內，經年累月的憤怒與傷害，像滄海谷底深層火山連環引爆，以摧枯拉朽勢，崩壞著我的身軀。我必須走，將那些滾燙發膿的情緒，藉由腳步與汗水，一點一滴從體內排除乾淨。

回家時夜正濃。母親不在，我將整座公寓裡，她刻意留下的燈光全數熄滅。踅回房間，我埋頭鑽入棉被，好讓自己墜入全然，寂靜無聲的黑闃裡。

許是幼時受小舅公禁閉之因。我在密閉的黑裡，像被悶滯於深幽，藻蔓虬纏的無氧水潭底。某種強行壓迫過一切的窒息感，浸滿全身。那是溺斃時的絕對安靜，似死之將至的解脫心情。

包裹在被窩裡，呼氣，呼氣，讓二氧化碳濃度漸趨飽滿。

在模糊，微暈狀態，我開始嚎啕痛哭。

二十三年，耗罄這些歲月卻始終無法同自身共處。自年幼，我便有感那狂熾之憤，我恨，恨為何自己須度過此番經歷。從國小，中學，每學期導師發下的學員基本資料，寫下父親姓名，或在祖籍那欄，觳觫填上「遼寧」二字時，我依稀能覺知父親那雙近乎讓我窒息的手，跨海而來，緊掐著我的脖頸。

想逃到一個不牽帶任何身世之地。因此使盡萬法，得留在遙遠異邦。

許多物事，如服用酶抑制劑，但凡入體即不可逆。自彼年莫斯科十月深夜初雪飄降，零下負三十五度繼臨，那寒天侵骨的冷，絲絲寸寸竄進全身毛孔底後，便永久紮營，再未離去。

生活異地，得調度龐大精氣，方能抵抗，適應。

懷念終於揚棄從臺北攜帶裝箱的寬鬆衣。我逛都心商場連鎖成衣店 Zara 大肆採購，奢侈些，再翩躚至鄰近紅場的中央百貨公司邊間走廊凱文克萊專櫃，抑或特維爾大道上的 Diesel 概念店，替自己選良好剪裁，緊緻服貼腰身肩寬臀曲腿線之品。腳上，卻輪穿購自伊茲麥洛夫斯基市集的低價高跟尖頭贗皮鞋。

輕易抹去來自亞熱帶的敦厚和煦，只因在俄國，多餘的善意易被視為愚昧。步履間，我仰頭昂頷挺胸縮腹。一切，只為讓一米七的亞洲身形，在均高一米八的高加索後裔之地，不那般嬌小可欺。

回國後，我日日上網搜遍教育局歐洲公費留學或獎學金補助，想趁服役之間，預習各式檢定考並備妥申請資料。

我必須遷徙，重返到一個不牽帶任何身世之地。一個未有任何父系足跡之境。

9

晚宴是日。母親、我、小舅公與湯姨相約提早半小時聚首。我們相覷而坐，在公寓住宅林立的密巷，一間裝潢樸素的中式私房菜館裡。整間餐廳連我們在內，零散地坐著三桌客人。靠窗的牆上，依垂架，掛滿各式迷你盆裝的暗色闊葉蕨類植物。我試圖不帶情緒地，為小舅公與湯姨轉述那天同父親晤面之景。

「你反應過激了。他這次，許是真想重建關係。在上帝面前，真心懺悔之人，都值得被原諒，傾聽。」湯姨揭開茶蓋，輕輕吹氣，語音不疾不徐。

「這不是對長輩應有的態度。」小舅公搭腔。

母親未多作回應，只不時低頭查看時間。「這次請你們來，主要想聽取，採納多方意見，也好在他倆間做緩衝。」她如此總結。

父親挽著賴瑞的手，走入餐廳。他們著情侶裝，深巧克力色長袖皮外套，同色皮鞋與巴拿馬帽，內搭栗色長褲與淡泥漿澤襯衫。從花東玩回來，兩人留著幾天未刮的短鬍茬，活像電影《法櫃奇兵》裡的印第安納瓊斯。

客套寒暄過，小舅公作主，替大夥兒決定菜色。觥籌杯盤推移間，眾人臉上咧著僵硬的笑，有一搭沒一搭地聊。湯姨與賴瑞併坐，以英文低聲交談，賴瑞獲知湯姨的舞者身分後，驚呼不歇。「《芝加哥》與《淫靴子》是我倆每次去紐約必看的百樂匯歌舞劇。」賴瑞扯著父親的袖子說。

「不過我最喜歡的還是《獅子王》。」賴瑞臉色緋紅，羞赧道。他從包包裡拿出最新款數位相機，點開螢幕，同湯姨分享一支支他在加州小學，替資源班孩子們編排的耶誕舞會表演影片。湯姨一語不發，側頭看著，那強迫自己專注欣賞的神情，流露出些許無奈。

父親將事先沖洗，護貝，用透明膠套分裝好的，他與賴瑞近年旅行歐洲加拿大等地的合影，送給我與母親。小舅公不時同他更新幾名移居美國後久未聯絡的親戚近況。談到某些人的不如意時，父親跟小舅公居然極默契地同聲嘲諷。我方才驚覺，原來家族底，隸屬不同支系的落魄私生子與精神病患男同性戀者，竟可因相似的被邊緣化角色，而有共鳴。

上完甜點，水果。眾人陷入沉默。母親清清嗓子說：「該是時候讓他倆單獨談了。」

我與父親再次對坐。其他人圍繞旁側，他們安靜啜茶，不時以眼角餘光巡視我倆。父親以疊字喚我名。我渾身打了股冷顫。

「這次回來，都還沒叫過我吶。」父親哀怨地說。

「要我喊爹，父親這些詞是沒可能的。」我直言。

「你到底想要我怎樣？」父親的音調倏地拔高。

「我就把話一次說清。任何關係，包括親子，都得培養與付出。你從未參與我生命任何階段，實質與路人無異。」

「這次我不就來了？想重新同你培養，建立關係。」

「我強調的是彌補。你沒養過我一分，隔了十數年更年期發作想當一名『撿現成的父親』，這太取巧。」

湯姨替賴瑞逐字翻譯，賴瑞聽著，沉下臉，面色凝重。小舅公本想插話，我舉臂，不客氣地將手掌擋在他的臉前：「我話還沒完。今天要我喊一聲爸，可以，你拿錢來，掏出十年撫養費，我就跪下來喊爹。要磕頭也行。」

「怎會有如此勢利之人。是妳。妳故意把他教成今天這德行，好來報復我。」父親猛拍桌，赤紅臉，額角青筋暴現，他挺直身子，用右手惡狠狠地戳向母親。

當母親正欲辯駁時，我把話攔下：「二十三歲，我早有自由意志，你甭賴她頭上。不付扶養費也行，你把當年從她那騙來的兩棟房子吐回來。」賴瑞聽完湯姨的翻譯後，臉色大變。

「你……。」父親氣急敗壞，伸手扔碎了一只茶杯。他甩開椅子，氣沖沖摔門，揚長而去。全場鴉雀無聲。

「你快追上。」母親推了小舅公的肩，說。小舅公這才回神起身，奔向餐館外暗巷。母親忍不住哭了，從包包裡忙亂地翻掏衛生紙巾。圓桌上的氣氛凝至冰點。

「不然，你同賴瑞談談吧。」湯姨試圖打圓場。

我點頭同意。「並非想刻意為難你，只是，我與父親間有太多糾葛。」我以英語同賴瑞道歉。他嘆口氣，投予一抹意味深長的笑。

「或許有些事，可以透過我，來跟他溝通的。」賴瑞道。

「要我現下跟父親『重新開始』，不太可能，除非他想彌補我的過往損失。」

「『過往損失』確切所指？」賴瑞詢問。

「親子關係，說難聽點，是靠時間跟金錢積累而成。今天他無有付出卻想贏得愛與尊重，太不實際，並且對母親非常不公。」我直言。

賴瑞從包包掏出紙筆。他戴上老花眼鏡，仔細在紙上塗寫幾行數字加加減減。

「你若來美國讀碩士，可與我們同住。我們另外能支付你所有的學費與生活開銷。」賴瑞的臉紅潤起來，嘴角再度浮出那虛浮的笑。

湯姨跟母親交頭接耳。母親氣憤不過，以中文言：「原來這就是他們打的如意算盤。來搶人。」

「要我去美國，不可能。難道去其他國家，你們就不付嗎？」

「若你想去西班牙，亦歡迎。我們可幫你付公立學校的兩年學費。」賴瑞微笑道（母親提過賴瑞似有西班牙血統）。

「西班牙公立學費整年只需幾百歐元。」湯姨冷冷回：「那他的房租生活費呢？」

「如他方才所言，身為『自由意志』的人，可獨立打工的。」賴瑞說。

「在美國跟他們同住一屋簷就有生活費，去西班牙就用幾百歐元打發，太狡詐了。」母親憤憤不平，她硬要湯姨把這席話翻譯給賴瑞聽。

「這正是『談判』的精神啊。」賴瑞腆腹訕笑道。

10

父親像名賭氣的小女生，嘴唇噘得老高，滿臉漲紅。小舅公貼在他身後，半推半挪那具不願移動的高大身軀。小舅公還不時輕輕撫拍父親的肩背，連聲柔哄。待他們重新入座，母親伸手，向老闆要了帳單。

「今天應該就此為止。」湯姨幽幽而言。眾人頷首。

「最後一件事，爺爺過世後，指定將〈只要我長大〉的版權予你繼承。」沒看我，父親將一封牛皮信封，扔到母親面前。

「我不要。」

「由不得你。」話未說完，父親已拉著賴瑞的手往外走。

「你陪他們搭車回去吧。我顧著他們母子倆。」湯姨如斯交代小舅公。

小舅公嘆口氣，嘴裡咬根牙籤，拎起擱在椅背上的外套，小跑步追了上去。結好帳，湯姨挽著母親的臂彎。「想散散步嗎？」湯姨轉身問。我點點頭，慢慢地跟在她們影子邊。

「今天讓妳見笑，真對不住。」母親說。

「噯。都自己人。」湯姨暖言。

晚風颼，夜涼如水，我們三人懷著各自心事，踏著細碎步伐，走在無星亦無月的濃墨街頭。

有貓，玻璃珠似的青綠瞳孔在暗裡炯炯而亮，牠輕軟，迅速地，竄躍於舊日式兩樓木質建物外的洗石子圍牆上。

「湯姨覺得小舅公怎樣？」追上她們，我試圖打趣道。

湯姨掩嘴笑，一個勁兒地猛揮手：「行不通。他給我的感覺不好，如何解釋方好？坐在他身旁，我依稀聞到股濁味。像魚屍內臟器全爛的羶腥氣。」

「那是落魄的味道。」我搖頭輕嘆：「也是白家人身上的味道。」

11

再也沒見過父親，小舅公與湯姨。

老太爺百餘歲逝世時，我並未前往加州奔喪。那只牛皮紙袋，被靜靜地塞在玄關沙發角邊。

準備申請巴黎研究所，我開始勤學法語。

某日，母親同我提起，近期一名師範大學裡專做民謠研究的教授，致電幾回，尋問爺爺生平，主要想替二十世紀臺灣音樂家做完整紀錄。教授更提議，打算製作有聲書，內容為五、六〇年代民歌童謠精選。我無謂地隨口應允。母親再遞來一份文件，說是對方囑咐要我過目。

那是〈只要我長大〉改編普唱前的原曲。我定睛細探，怎料舊詞，竟是一首沾血附沙的暴戾之歌：

哥哥爸爸／叔叔伯伯／街坊鄰居／革命軍人　真偉大，

名譽照我家／榮光滿鄉下／造福為人家／四海把名誇，

為國／救國／反攻／抗俄　去剿匪，

當兵笑哈哈／壯志賽奔馬／生死全不怕／犧牲為國家，

走吧走吧哥哥爸爸家事不用您牽掛／去吧去吧叔叔伯伯我也要把奸匪殺／幹吧幹吧街坊鄰家

我也挺身去參加／殺吧殺吧革命軍呀我也要把朱毛殺，

只要我長大，只要我長大。（C調，2／4，活潑的）

間隔數月，母親再轉述，稱是教授有意願想收購歌曲版權，問我是否同意轉讓。

「就免費轉讓吧，不收一毛錢。」我爽快答應。

母親要我再三斟酌，畢竟是爺爺一番心意。

「就轉讓吧。出國後，我不想與白家再有任何瓜葛。」

——原載於《中國時報．人間副刊》二〇二三年五月三十日至六月一日

莫斯科的情人

作　者—白樵
副總編輯—羅珊珊
責任編輯—蔡佩錦
校　對—蔡榮吉　白樵　蔡佩錦
封面設計—廖韡
內頁設計—SHRTING WU
行銷企劃—林昱豪

總編輯—胡金倫
董事長—趙政岷
出版者—時報文化出版企業股份有限公司
一〇八〇一九臺北市萬華區和平西路三段二四〇號
發行專線—（〇二）二三〇六—六八四二
讀者服務專線—〇八〇〇—二三一—七〇五・（〇二）二三〇四—七一〇三
讀者服務傳真—（〇二）二三〇四—六八五八
郵撥—一九三四四七二四時報文化出版公司
信箱—10899臺北華江橋郵局第九九信箱
時報悅讀網—http://www.readingtimes.com.tw
思潮線臉書—https://www.facebook.com/trendage/
法律顧問—理律法律事務所　陳長文律師、李念祖律師
印　刷—家佑印刷有限公司
初版一刷—二〇二四年五月十日
定　價—新臺幣四六〇元
（缺頁或破損的書，請寄回更換）

時報文化出版公司成立於一九七五年，
一九九九年股票上櫃公開發行，二〇〇八年脫離中時集團非屬旺中，
以「尊重智慧與創意的文化事業」為信念。

莫斯科的情人／白樵作. -- 初版. --
臺北市：時報文化出版企業股份有限公司, 2024.05
320面；14.8x21公分. --（新人間叢書；415）

ISBN 978-626-396-117-3（平裝）

863.55　　113004271

ISBN 978-626-396-117-3
Printed in Taiwan